Frey & Rubedo
「錬金術師の最愛の悪魔」

Chara

錬金術師の最愛の悪魔

宮緒　葵

キャラ文庫

この作品はフィクションです。
実在の人物・団体・事件などにはいっさい関係ありません。

目次

口絵・本文イラスト／麻々原絵里依

錬金術師の最愛の悪魔

「うっ…、ひぃっ、く、ううっ……」

ひっきりなしに溢《あふ》れる嗚咽《おえつ》を堪《こら》えるのは、もう諦《あきら》めた。

泣いたってもう、慰めてくれる優しい母は居ない。死んでしまった——いや、殺されたのだ。息子の身代わりになって。

「うっ、ひくっ、うっ、ぐしゅ、ううっ」

びしょびしょの頰《ほお》を喪服の袖口《そでぐち》でぐいと拭《ぬぐ》い、フレイはずらりと並ぶ器具に向かい合う。

白銀製の錬金釜《アタノール》、風炉、蒸留炉、反射炉、砂炉、硝子《ガラス》の器具……どれも十歳のフレイが必死の思いで買い揃《そろ》えた、錬金術師には必要不可欠な道具類だ。

全《すべ》ては、母と二人きりの暮らしを守るためだったというのに…！

『フレイ…、貴方だけは生きて……』

「母様っ……」

血まみれになった母の無惨《むざん》な骸《むくろ》が脳裏によみがえり、床にくずおれてしまいそうになるのをどうにか踏ん張る。

泣いたっていい。みっともなく鼻水を垂らしたって構わない。でも手と足と頭だけは動かせ。魔力の限界まで振り絞れ。もう二度と失わないために。

……これじゃ、駄目だ。

フレイは使い慣れた錬金釜をじっと眺め、首を振る。大金を注ぎ込み、腕利きの鍛冶師《かじ》に作ってもらった一品物だが、フレイの目的を達するには力不足だ。

「ひく…っ、うっ、ううっ…」

無いものは創るのが錬金術師である。

フレイは小さな両手を虚空に突き出した。思い浮かべるのは釜だ。潮の満ち引き、生命の誕生と喪失を司《つかさど》る月のように丸く大きな母胎。

そこへ魔力を注げば、子どものフレイならすっぽり入ってしまえそうな大きさの白く丸い釜が現れた。石とも金属ともつかない、卵の殻を思わせるそれは、フレイの魔力だけで構成された錬金釜だ。名付けるなら魔法錬金釜《マジックアタノール》か。

「……これは我が魔力、我が母胎」

嗚咽が混じりそうになりながら、フレイは魔法錬金釜のふたを開け、用意しておいた紅《あか》い液体で満たしていく。万病を癒《い》やす霊薬、エリクサーだ。王侯貴族が目の色を変えて欲しがる貴重な霊薬も、フレイにとっては簡単に創れるありふれたアイテムに過ぎない。

魔法錬金釜が九割がたエリクサーで満たされたところで、胸ポケットにしまっておいた拳大《こぶし》の宝玉――賢者の石を沈める。

全錬金術師の見果てぬ夢と謳《うた》われる宝玉の錬成に成功したのは、確か一昨年だったか。歴史に残る偉業なのだろうが、知るのは母だけだ。これからも母以外の誰にも知らせるつもりは無かった。

「そしてこれは、我が命」

袖口をめくり、魔法錬金釜の上に伸ばした手首を短剣で切り裂く。激痛と共に鮮血が溢れ、ぼたぼたとしたたり落ちた。

「っ…、偉大なるメルクリウスよ。永遠と刹那《せつな》を司りし者よ…」

フレイの血と混ざり合ったエリクサーがきらきらと輝き始める。フレイの声が錬金術の守護神、メルクリウスに届いている証拠だ。

勇気を得たフレイはぶんぶん頭を振って痛みをごまかし、拳を握り締める。深い傷口から溢れた血がとめどなく流れ落ちていく。

「決して裏切らず、滅びず、力漲《みなぎ》りし下僕を、我がもとに…」

――フレイ。可愛《かわい》いわたくしの子。

母は美しく優しい、貴婦人のかがみのような人だった。…けれど、強くはなかった。だから刺客に襲われたフレイを庇《かば》い、凶刃に斃《たお》れてしまった。

……どうか、強い者を。

優しくなくていい。美しくなくていい。何があろうとフレイを置いて逝《い》かない、強い者が欲しい。

そうすればきっと、母の居なくなったこの冷たい離宮でも、生きて…。

「我がもとに、遣わし…、……」

…生きて、いかなければならないなんて…。

「う…、……ああああ、あああ、ああっ！　何で！　どうして！」

頭の中が憎悪と悲しみで真っ赤に染まる。

どうして母が殺されなくてはならなかったのか。どうして自分は独りぼっちなのか。どうして誰も自分を助けてくれないのか。

どうして、どうして、どうして…。

『…泣かないで』

ふと誰かの声が聞こえた気がして、フレイは涙と鼻水でぐちゃぐちゃの顔を上げる。

離宮でも奥まった位置にある研究室は相変わらずしんと静まり返り、誰かが覗《のぞ》いているような気配も無かったが、魔法錬金釜には変化が生じていた。フレイの血と混ざったエリクサーがぼこぼこと沸騰し、紅い煙が卵型の釜を包み込んでいく。

「お願い……」

不思議なくらい強い衝動に突き動かされ、フレイは叫んだ。習い覚えた錬金術の規則も文法も忘れ、ただ願いをこめて。

「お願い、来て！　俺と一緒に…、一緒に生きて……！」

――いいよ。君がそう望むのなら、とっておきのを送ってあげる。

快活な、どこかいたずらっぽい若い男の声が頭の奥で応えた瞬間、魔法錬金釜に無数の亀裂が入る。

リ……、リィイイ、イイイン……。

高く澄んだ音をたて、魔法錬金釜は粉々に砕け散った。

刹那、浮かび上がった紅い紋様に、フレイは王族の証《あかし》でもある大きな金色の瞳を見開く。朱金の翼を広げ、長い尾羽をなびかせた、優美さと獰猛《どうもう》さを兼ね備えたあの鳥は…。

……不死鳥？

南方大陸では神の化身として崇《あが》められ、フレイの生まれた西方大陸では悪魔として忌避される幻獣。錬金術においては黒化《ニグレド》、白化《アルベド》に次ぐ最終段階、物質を完璧《かんぺき》な状態に昇華させる赤化《ルベド》のシンボルでもある。

「うっ……」

血と混ざったエリクサーがすさまじい勢いで蒸発していく。

とっさにつむった目を恐る恐る開けば、そこには全裸の男が長い脚を両腕で抱えるようにしてうずくまっていた。

ぴくりと肩を震わせ、男はおもむろに起き上がる。何気無い仕草の一つ一つに気品が満ちている。

精緻《せいち》な造り物と見まがうばかりの、若く美しい男だった。白くなめらかな肌も、鍛えられた彫刻のごとき肉体も、股間《こかん》の雄の象徴さえも、完璧としか言いようが無い。母親似のフレイも光を束ねたような金髪に、幼いながらに『天使のような』と誉めそやされる整った顔立ちの主で――だからこそ王妃や異母兄たちにはよけいに忌《い》み嫌われるのだが、この男の足元にも及ぶまい。

襟足の部分だけ長く伸ばされた朱金の髪はきらきらと輝き、紅蓮《ぐれん》の炎を纏《まと》う不死鳥の尾羽のようだ。強い意志を宿す瞳は賢者の石と同じ深紅。やや吊《つ》り上がりぎみで威圧感を漂わせるが、フレイに向けられた眼差《まなざ》しはどこまでも優しい。

「我が創造者。我が主君よ」

紅い唇が紡いだのは、さっき『泣かないで』と囁《ささや》いたのと同じ声だった。完全無欠の美丈夫は答えられずにいるフレイの前にひざまずき、血まみれの手を取る。

「我が魔力は光となり、傷を癒やせ」

「……っ⁉」

なめらかに詠唱が紡がれるや、男のてのひらから緑色の光が溢れ、フレイの傷をみるまに癒やしていく。

……治癒《ちゆ》の術を…魔術を使った……!?

ありえないことだった。魔術を使える者…魔力を持つ者は限られている。

だが男の長身から溢れ出るのは、間違い無く魔力だった。もしかしたら、創造主であるフレイよりも強大な…。

「我が創造主よ」

フレイの驚愕《きょうがく》も知らず、男は痕《あと》すら残さず治った手首に恭しく唇を落とした。命ある者しか持たない温《ぬく》もりが凍えた心に染み込んでくる。

……生きてる。

ひくり、とフレイは喉を震わせた。

「私を光溢れる世界に呼び寄せて下さった、聡明《そうめい》で慈悲深い我が主よ。今日この時より貴方に忠誠を捧げ、お傍《そば》を離れないと誓います」

真摯《しんし》な誓いの言葉が、驚きも不安も…母を喪《うしな》った悲しみさえも吹き飛ばす。

フレイは膝《ひざ》をつき、男の手を両手でぎゅっと握り締めた。

「…っ…、本当？　本当に、ずっと傍に居てくれるの？」

「はい。我が主が望まれるのなら、いつまでもお傍に」

男は深紅の瞳をとまどいに揺らしつつも頷《うなず》く。つんと目の奥が痛くなり、フレイは持ち上げた男の手を己の額にくっつけた。

「…お前は強い？　何があっても絶対に死なない？」

「我が主…？」

「強くなって。絶対に死なないで、ずっとずっと俺の傍に居て。俺の願いは、それだけだから」

棺《ひつぎ》に納められる前、最後に触れた母の亡骸《なきがら》の冷たさを思い出し、喪服に包まれた身体が小刻みに震え始める。

男ははっと息を呑《の》み、もう一方の手をフレイのそれに重ねた。

「誓います。強くなり、決して死なず貴方のお傍に在り続けると」

「…、う、…っ…」

「何故なら私は貴方に創られ、貴方のためだけに生まれた存在……ホムンクルスなのですから」

「う、う、……うわぁぁぁぁんっ！」

滂沱《ぼうだ》の涙を流しながら、フレイは男の胸にしがみ付く。

あのいたずらっぽい声は何だったのか、浮かび上がった紅い紋様は何を意味するのか。そんなことはもうどうでもいい。

……だって、俺はもう一人じゃない。一人じゃないんだ……！

しゃくり上げるたび、やり遂げた満足感と歓喜が涙に混じって溢れ出す。

男はしばらく腕をさまよわせていたが、やがて己よりもはるかに小さな身体をそっと抱き締めた。

嗚咽が治まれば、理性と一緒に羞恥心《しゅうち》も戻ってくる。フレイは男の背中をぽすんと叩《たた》いた。すると察しのいい男は身を離し、再びひざまずく。

素裸での跪座《きざ》は普通の人間ならこっけいなだけだろうが、男がやると古代の騎士めいた風格と気品が漂うから不思議だ。

「…俺は、フレイ。フレイ・ソティラス。お前の主」

「フレイ様……」

「主として、お前に名前を与える。……『ルベド』。お前はルベドだ」

生まれて初めて創るホムンクルスに与える名前。他にも色々候補はあったはずなのに、実際の姿を見たらそれ以外考えられなくなってしまった。錬金術において完璧を意味する赤よりも相応《ふさわ》しい名前など、きっと存在しない。

「……ルベド……」

男が恍惚《こうこつ》と呟《つぶや》いた瞬間、心臓がきゅっと握り締められ、何かとつながるような感覚に襲われた。

きっと男…ルベドも同じ感覚を味わっただろう。もっともルベドの左胸に息づくのは心臓ではなく、核となった賢者の石だけれど。

「素晴らしき贈り物をありがとうございます、フレイ様。未熟者ですが、この名に恥じぬよう忠義を尽くすと誓います」

「う、…うん…」

たった今生まれたばかりとは思えない高貴なたたずまいは、未熟者とはほど遠い。高位貴族の従者、いや貴族本人だと言っても通るだろう。

どうやらルベドは生まれながらにある程度の礼儀作法や常識を備えているようだ。それがどのくらいなのか、まずは確かめなければなるまい。

いや、その前に…。

「ちょ、ちょっと待っていて」

フレイは部屋のすみに置かれたチェストを漁《あさ》る。どんなホムンクルスが生まれてくるかわからなかったから、男物から女物まで、一通りの衣装を用意しておいたのだ。

おかげでルベドの寸法に合いそうな着替えが一通り、どうにか見付かった。

「これを私に？」

ひざまずいたまま従順に待っていたルベドは、手渡された着替えに深紅の瞳を丸くした。

「うん。少し窮屈かもしれないけど、着てみてくれる？」

「ありがたき幸せ。主からの賜り物を、拒むはずがございません」

ルベドは恥ずかしがる様子も無く、渡された衣服を身に着けていく。下着、シャツ、ズボン、ブーツ。慣れた手付きは、ルベドの中に衣服に関する知識が存在する証拠だ。

「いかがでしょうか」

「ふ、ふわあ……」

向き直ったルベドに、フレイは間抜け面をさらしながら見入ることしか出来なかった。

渡した着替えはフレイのお財布事情によりさほど高価なものではなく、飾り気もほとんど無いのだが、それがかえってルベドの気品溢れる美貌《びぼう》を引き立てている。まるでお忍びの王子様だ、とフレイは自分の身分を忘れて見惚《みと》れてしまう。

「格好いい…、すごく格好いいよ、ルベド」

「もったいない仰《おお》せ。全ては私をお創り下さったフレイ様の御業《みわざ》にございます」

優雅な一礼は王宮でも通用するだろう。異母兄たちが見たら、従者に欲しいと駄々をこねるに違いない。

……絶対、やらないけどな！　ルベドは俺のなんだから！

ふんっと荒い鼻息を吐き、フレイはルベドを研究室の隣の部屋へ連れて行った。最低限の調度類だけしか無い部屋は、なまじ広いせいでがらんとしている。

「ここ、俺の部屋」

「こちらが、フレイ様の…？」

ルベドは深紅の瞳で室内を見回し、首を傾《かし》げた。

「フレイ様は非常に高貴なお方でいらっしゃいますよね。ここがご身分に相応しいお部屋だとはとうてい思えないのですが」

「…何で、俺が高貴な身分だと？」

「それはもちろん、フレイ様が魔力を…神の血をお持ちだからです。しかも相当に濃い。人の子は神の血を持つ者を崇め、統治者に戴《いただ》くもの。ならばフレイ様は権力の中枢に近いお方だと判断しましたが、間違っているでしょうか」

理路整然と答えられ、フレイは腰を抜かしそうになった。…ある程度、どころではない。ルベドはおそらく下手な貴族以上の知識と思考能力の主だ。

……それに、魔力も。

改めて観察してみるが、やはりルベドからは強い魔力を感じる。傍に居るだけで肌が焼かれそうなほどの魔力は、国王である父すらしのぐだろう。

その源として思い当たるのは、魔法錬金釜に注ぎ込んだフレイの血しか無い。だがいくらフレイが王族としても高い魔力を誇るからといって、錬金術で創られたホムンクルスが魔力を帯びるとは…。

「フレイ様?」

心配そうに呼びかけられ、フレイは我に返った。今は深く考えている場合ではない。

いくら高い知性の主だからといって、ルベドは生まれたばかりの赤子のようなものなのだ。己を取り巻く状況を教えてやらなければならない。

さもなくば、ルベドもまた母のように――。

「失礼します」

「わ、…あっ⁉」

ルベドがフレイを軽々と抱き上げ、奥のソファに運んだ。自分は床にひざまずき、目をぱちぱちさせるフレイを不安そうに見上げる。

「お加減が悪いようでしたので…。ご迷惑だったでしょうか」

「う、ううん!」

フレイは拳を握り締め、ぶんぶんと首を振った。

「ルベドはすごい! 生まれたばっかりなのに、もうそんなに動けるなんて…俺、重たくなかった?」

「とんでもない。フレイ様は羽根のように軽くていらっしゃいます」

「ふわあああ……!」

どれほど冷たい貴婦人の心さえ蕩《とろ》かしてしまいそうな甘い微笑《ほほえ》みに、フレイの心も弾む。自分はなんて素晴らしい存在を創り出してしまったのだろう。

「ルベド、ルベドもここに座って」

ぱしぱしとソファの隣を叩けば、ルベドは素直に従ってくれた。ホムンクルスは己を創り出した錬金術師には絶対服従するものだが、隣に誰かが座ってくれるだけで嬉《うれ》しくなってしまう。

「…ルベドが言ったことは、間違いじゃない」

ともすれば緩んでしまいそうな顔を引き締め、フレイは切り出した。

「俺はこのソティラス王国の第三王子なんだ。神の血…魔力は国王の子の中でも一番濃いって言われてる」

「王子殿下でいらっしゃいましたか…」

「魔力を持つ者が崇められてるのも本当。でも俺は、父上からも異母兄上《あにうえ》からも…貴族たちからも嫌われてる」

ソティラス王国は全能神ソティラスと人間の娘の間に生まれた子を始祖とし、西方大陸随一の歴史を誇る大国である。

ソティラスの血を引く王侯貴族は魔力を持ち、魔術を行使出来る。

保有する魔力はソティラスの血の濃い上位貴族ほど多くなっていく。ことにソティラスの直系である王族は崇拝の対象でもあった。

強い魔力を持って生まれたフレイが周囲から疎まれるのは、生母のバーサが元メイドの側室であり、身分の低い男爵令嬢だったからではない。錬金術に没頭しているせいだ。

錬金術は南方大陸から東の地を渡り、西方大陸にもたらされた新しい技術――だとフレイは思っているが、教会は邪法と呼んではばからない。本来なら魔力…ソティラスの加護によって導かれる現象を、錬金術は様々な素材や道具を用いて発生させるからだ。

たとえば魔術には治癒魔術が存在するが、錬金術でも回復《ヒーリング》ポーションが創れる。魔術で炎を出すことは出来るが、錬金術で創った火薬を使えばさらに大きな爆発を起こせる。

しかも錬金術は魔力の無い者、つまり庶民にも扱えるのだ。

錬金術を司る神、メルクリウスは神々の中でも異端とされるほど好奇心が強く、人間の想像力や創意工夫を対価として受け取るからだと言われている。いたずら好きで、生真面目な全能神ソティラスをたびたびからかっていた逸話が多く伝わっており、錬金術がソティラスを崇める教会に忌み嫌われる原因の一端でもあった。

王侯貴族は敬虔《けいけん》な教会の信者であるため、ソティラスの王宮に錬金術を学ぶ者は居ない。しかしフレイは錬金術の存在を知った時から興味津々《しんしん》だった。

――おいで。ここにおいで。

誰かに耳元でずっと囁かれている気がしてならなかった。急《せ》かされるようにお忍びで街に下り、小さな古書店で手に入れたぼろぼろの錬金術の入門書。

それが四年前、当時はただの日陰者王子だったフレイの人生を一変させたのだ。

複雑な図形と独特の言い回しで表現されるため、難解極まりないと言われる錬金術の真理を、六歳のフレイは入門書をひもとくだけで完全に理解出来た。むしろどうしてこれが難しいのかと首を傾げたくらいだ。意地悪な教師に叩き込まれる宮廷作法の方が、よほどわけがわからないのに。

入門書を手に入れた二年後には、全錬金術師の永遠の目標と謳われる賢者の石——卑金属を貴金属に変化させ、万病を癒やす霊薬《エリクサー》の素材にもなる宝玉の創造に成功したが、フレイがその事実を打ち明けたのは母親だけである。

フレイの生まれる前から、王宮では熾烈《しれつ》な王位継承権争いがくり広げられていたのだ。

フレイの父王クリフォードには三人の王子が居る。第一王子ダグラス、第二王子エドガー、そして第三王子フレイだ。

ダグラスは王族出身の正妃が産んだ子にもかかわらず、粗暴な上短慮な性格から周囲の支持を得られずにいる。

対してエドガーの生母パトリシアは側妃だが、フレイの母と違い名門公爵家の娘だ。エドガー自身も聡明と名高く、貴族派の支持を集めている。しかし性格は冷酷で身分の低い者をあからさまに見下すため、反発する者も多い。

気の強い王妃と側妃の板挟みになり、優柔不断なクリフォード王はどちらも選べずにいる。

だが錬金術狂いの王子とさげすまれ、教会からも睨《にら》まれている自分が王になることだけはあるまい。

それでいいとフレイは思っていた。ダグラスでもエドガーでもいいからさっさと玉座に就いてもらい、自由の身になりたかったのだ。

錬金術を使えば、市井に降りてもじゅうぶん母親を養っていける。

『フレイはすごい子ねえ』

優しい笑顔で誉めてくれる母と二人、のんびり暮らしていければいい。そのためには錬金術狂いの無能な王子のままでいなければならない。

「……でも、甘かった」

フレイは震える拳をぐっと握り締めた。三日前…フレイの十歳の誕生日。母の手作りのケーキで祝ってもらい、あまりにもささやかな誕生会を終えた夜、眠るフレイを刺客が襲ったのだ。

寝返りを打った直後、ざくっと不吉な音がして目覚めたら、枕に深々と短剣が突き刺さっていた。寝台を転げ落ちたフレイに、刺客は新たな短剣を突き刺そうとして、そして。

『危ない、フレイ！』

駆け付けた母がフレイに覆いかぶさり、その背中に凶刃は突き刺さった。

『くそっ、どけ、女！』

焦った刺客に殴られ、蹴《け》られ、何度刺されても、母はフレイを抱き締めて離さなかった。細くやわらかな身体が動かなくなった頃、ようやく衛兵が現れ、刺客は捕縛されたが。

「母様は……助からなかった」

気まぐれに手を付けただけの母から、父クリフォード王の寵愛《ちょうあい》はとっくに失せている。訃《ふ》報《ほう》を聞いた父は眉一つ動かさず、適当に弔《とむら》っておけと命じただけだったそうだ。

昨日、執り行われた母の葬儀は、仮にも王子を産んだ側室とは思えないほど寂しいものだった。

参列したのは息子のフレイと、幾人かの使用人だけ。父は花束一つ手向《たむ》けず、母方の祖父母は王宮に上がるには身分が低すぎるという理由で参列を許されなかった。

葬儀を取り仕切った司祭は、教会の教えに逆らう錬金術狂いの王子であっても、うつむいて震える姿はさすがに哀れだと思ったのだろう。慰めの言葉をかけてくれたが、フレイは悲しくて泣いていたのではない。

「……悔しかったんだ」

幼くして賢者の石を創り、これで母を養っていけると有頂天になっていた。けれど刺客が振りかざす刃の前に、フレイはあまりに無力だった。その無力のつけを、母親が代わりに払わされたのだ。

だからフレイは決意した。

――もう、錬金術師としての才能を…牙《きば》を隠したりしない。

隠していても狙《ねら》われ、母を殺されたのだ。ならばいっそ手を出すのをためらうくらい、見せ付けてやる。

　そうしてフレイは喪服のまま研究室にこもり、ホムンクルスの創造を始めたのだ。

　ホムンクルス——錬金術によって人工生命体を生み出す術自体は、フレイが生まれる前から存在した。だがそれは核となる宝石に培養液と魔物の血を注ぎ、知性の無い拳大の小人を創り出すもので、その小人も錬金瓶《びん》を出たら死んでしまうというお粗末な代物だった。

　しかしフレイはホムンクルスに希望の光を見出《みいだ》した。

　ただの宝石と魔物の血から小人が生まれるのなら、最高の宝石と血を用いれば、人間と同じ生き物が…フレイの傍に居てくれる存在が生まれるかもしれない。

　通常の錬金釜の代わりに、フレイ自身の魔力を凝縮させた魔法錬金釜を。核となる宝石には賢者の石を。培養液にはエリクサーを。そこへソティラスの末裔《まつえい》たるフレイの血を注ぐという、フレイ以外の錬金術師には不可能な贅沢《ぜいたく》極まりない素材を注ぎ込んだ。

「……その結果が私、というわけですね」

　黙って聞いていたルベドがフレイの手を取り、きつく握り込んでいた指を優しく解いた。てのひらに刻まれた爪の痕に、そっと唇を落とす。

　ぱあ、と淡い緑色の光が弾《はじ》け、爪の痕も痛みも一瞬で消え失せた。

「治癒魔術…今度は無詠唱⁉︎」

　数ある魔術の中でも治癒魔術は特に難しく、魔力に恵まれた貴族でも使えない者の方が多い。

フレイは傷をふさぐ程度の術なら使えるが、無詠唱なんて絶対に無理だ。

「何故貴方が泣いていらしたのか、ようやく理解しました。フレイ様…私の創造主…」

フレイの驚愕をよそに、ルベドはもう一方の手も同じように治癒させると、大きなてのひらで包み込んだ。

「ご安心下さい。このルベドがお傍に在る限り、フレイ様にはかすり傷一つ負わせません。ありとあらゆる苦難からお守りすると…」

「誓わなくていい」

「…フレイ様？」

とまどうルベドに、フレイは顔を寄せた。深紅の瞳に映る自分は、今にも泣いてしまいそうだ。

「さっきも言っただろ？　俺がお前に望むのは何があっても絶対に死なないくらい強くなって、ずっと俺の傍に居てくれることだけだって」

「ですが…それではフレイ様の御身が…」

「俺の身は、今度こそ俺が守る。…ルベド、お前も」

一回り以上大きなてのひらを、フレイはぎゅっと握り締めた。

「お前を見てると忘れそうになるけど、お前は生まれたての赤ん坊みたいなものなんだ。十歳も上で創造主の俺が守るのは、当たり前だろ」

「十歳⁉」

「……何で、そこで驚くんだよ」

フレイがむっと唇をとがらせると、ルベドは取り繕うように微笑んだ。

「いえ…、あまりに無垢《むく》で愛らしくていらっしゃるので、もっといとけないお歳かと…」

「発育不良だって、はっきり言っていいんだぞ？　言われ慣れてるし」

ソティラス王家は長身の家系なので、異母兄のダグラスやエドガーから『下賤《げせん》の血が混じったせいだな』と馬鹿にされるのはしょっちゅうだ。魔力は二人よりも多いのだが。

「不良？　まさか」

ルベドの微笑みが甘さを帯びる。

「フレイ様に悪いところなどあるはずがございません。フレイ様の無垢なお姿は、その純粋なお心の表れでしょう」

「う、……うぅっ……」

幼く見られていることに変わりはないのだが、蠱惑《こわく》的な笑みを向けられると胸がどきどきしてしまう。

こつん、とフレイは額をルベドのそれにぶつけた。

「ルベド、ずるい」

「え……？」

「そんなに綺麗《きれい》な顔で笑いかけられたら、どきどきして何も考えられなくなっちゃうもん。俺はいいけど、他の奴には…特に女の人には絶対にやっちゃ駄目だからな」

ぐりぐりと額を押し付けていると、握っていた手を解かれ、抱き上げられた。そのまま向かい合う格好でルベドの膝に乗せられ、フレイはきょとんとする。

「ルベド…、どうしたの？」

「……わかりません。ただ突然こうしたくなって、我慢出来ませんでした」

お嫌でしたか？　と悲しげな顔で問われ、ぶんぶんと首を振る。

「嫌じゃない！　嫌じゃないよ、ルベド！」

「でしたら良いのですが…」

とまどった様子のルベドは、何故自分がこんな行動に出てしまったのか、本当にわかっていないようだ。この行動が何を意味するのかも。

知識や知性は並みの人間以上なのに、感情の機微についてはまだまだ疎いらしい。教えてあげるのは創造主たるフレイの役目だ。

使命感にかられ、フレイはルベドの左胸に顔を埋《うず》めた。しなやかな筋肉の奥にあるのは賢者の石のはずだが、心臓と同様、とくとくと規則正しく脈打っている。

……あったかい……。

人工生命体であるルベドの体内を巡るのはきっと血ではない。神の血を受け継がないのに膨《ぼう》

大《だい》な魔力を宿し、無詠唱で高度な魔術を行使する才能を持つルベドは、ホムンクルスですらな
いのかもしれない。
でも、構わない。フレイにとって大切なのはルベドが温かくて、こうして傍に居てくれるこ
とだけだから。
「……俺のところに生まれてきてくれてありがとう、ルベド」
「フレイ様…」
「俺、大切にするから。ルベドのこと、何よりも誰よりも絶対に大切にして守るから。だから
…」
傍に居て。母様みたいに、俺を置いて逝かないで。
願うより早く、フレイは温かな腕に包まれた。とんとんと背中を優しく叩く手は母のそれに
似ていて、収まったはずの涙が溢れ出てしまう。
「お礼を申し上げるのは私の方です」
「ルベド…、ルベドっ……」
「貴方という創造主のもとに生まれてこられて、本当に良かった…」

ルベドに抱き付いたまま、泣き疲れて寝入ってしまったらしい。

ふと頭を撫《な》でられる感触で目を覚ますと、ルベドが険しい表情で部屋の入り口の方を見据《みす》えていた。窓から差し込む朝日で、室内はぼんやりと明るい。どうやら一晩眠りこけていたようだ。

「…ごめん、ルベド。俺、ずっと寝ちゃってて…」

「とんでもない。フレイ様はお疲れなのですから、もっとお休みになって下さい…と、申し上げたいところなのですが…」

ルベドが鋭い眼差しを入り口に向けた。

「何者かがこの部屋に接近しております。害意は無いようですが、なかなかに強い魔力の主が一人と、それよりは格段に落ちるものの、やはり魔力を持つ者が二人です」

「何だって…?」

王族に仕える使用人は貴族が多いが、フレイの住まうこの離宮の使用人はほとんどが魔力を持たない平民だし、自らフレイのもとにやって来ることはめったに無い。

膨大な魔力を持つルベドが強いと評するのなら、間違い無く高位の貴族、あるいは王族だ。

フレイは慌ててルベドの膝を降り、ソファの後ろを指し示す。

「そいつらが帰るまで、ルベドはそこに隠れていて」

「フレイ様、ですが」

「害意は無いんだろ？　だったら俺一人でも大丈夫」

当分の間、フレイはルベドの存在を公にするつもりは無い。

ルベドはホムンクルスとしては規格外すぎるのだ。少なくともルベドが己の身を守れるだけの力と知識を身につけるまでは、人目にさらすわけにはいかない。

「……」

「ルベド、……命令だ」

低く命じれば、ルベドは納得出来ていない表情のまま従った。創造主の命令には絶対に逆らえないところは、従来のホムンクルスと同じようだ。

「第三王子殿下にご挨拶《あいさつ》を申し上げます」

しばらくして現れたのは、黒い髪と瞳の理知的な青年だった。生まれてすぐ母と一緒に離宮へ追いやられ、王宮に呼ばれることはほとんど無いフレイでも、この青年くらいは知っている。

ジョセフ・コンシリア。幼い頃から秀才の誉れ高く、二十歳にもならぬ若さで父である宰相の補佐を務める俊英だ。

いずれ父の後を継いで宰相に就任するだろうと言われている。未婚の令嬢や部下からの人気は高いが、フレイはこの男が嫌いだ。

「…何の用だ？」

そっけなく返せば、ジョセフの背後に控える文官たちは不愉快そうに顔をゆがめたが、ジョセフは無表情のまま平然と告げた。

「はい。ご側妃、バーサ様が殺害された一件につき、調査が完了しましたのでご報告に参上いたしました」

「母上の…っ…⁉︎」

捕らえられた刺客は厳しい取り調べを受けているはずだが、母が殺されてからまだ四日しか経っていない。王子殺害未遂事件の取り調べがこんな短期間で終わるだろうか。

嫌な予感は的中した。

「刺客は王都を根城とする賊の一味だと判明しました。金目のものを狙い忍び込んだところ、殿下に気付かれたため口封じに及んだとのことです」

「……は？」

「幸い、殿下はご無事でしたが、陛下のご側妃殺害も許されざる大罪。即日処刑し、大元の賊も捕縛いたしましたのでご安心下さい」

「……、お前、本気で言ってるのか？」

ただの賊の一味が、王宮の一画にあるこの離宮にやすやすと忍び込めるわけがない。

それにあの刺客は金目のものではなく、明らかにフレイの命を狙っていた。だから母をあれほど執拗《しつよう》に刺したのだ。

「むろん、建国以来王家に忠誠を捧げてきたコンシリア侯爵家の嫡男たる者が、尊き神の血を受け継がれるお方に偽りを申し上げるはずがございません」

ジョセフは毅然《きぜん》と断言した。恭しい言葉とは裏腹に、黒い瞳は冷ややかな光を帯びている。

「っ…、それこそ偽りだ。お前だってわかってるはずだろ。あいつは賊なんかじゃない。異母兄上《あにうえ》たちのどっちかが俺を殺すために放った刺客だって」

「フレイ殿下⁉」

「第一王子殿下と第二王子殿下に無礼な…いくら殿下でも許されませんぞ！」

文官たちが青筋を立てるが、フレイは引き下がろうとは思わなかった。フレイを殺して得をするのは二人の異母兄…第一王子ダグラスか、エドガーくらいしか居ない。

「……第三王子殿下」

嘆息するジョセフは、聞き分けの無い子どもをなだめる教師のような顔をしていた。この男がフレイを名で呼んだことは一度も無い。

「口を慎まれよ。無駄に騒ぎ立てることは、御身のためにはなりますまい」

「…無駄？　母様…、…母上の死が無駄だって言うのか？」

「そうは申しておりません。側妃様が亡くなられたことはまことに遺憾《いかん》に思っております。賊の侵入を許した警備隊にも責任を取らせ、解雇を申し付けました」

淡々と告げ、ジョセフは眼差しを鋭くする。

「今後は私が厳選した衛兵に離宮警備を任せますゆえ、同様の事件は二度と起こらないと約束いたします。…第三王子殿下におかれましては、ご自重の上、ご身分に相応しきふるまいをなさいますように」

「っ……」

――仮にも王子だから身は守ってやる。お前はよけいな詮索《せんさく》をせず、身のほどをわきまえて過ごせ。

ジョセフの真意を察すると同時に、フレイは理解した。自分がどれだけ訴えても、ジョセフは『賊の犯行』という結論をくつがえす気は無い…ダグラスやエドガーが罪を問われる可能性は皆無なのだと。二人はこの国で最も尊い、神の血を引く王子だから。

……母様は、俺の身代わりになったのに？

強い怒りの炎が全身の血をぐらぐらと沸騰させていく。

「うわっ…⁉」

無意識にズボンのポケットを探ろうとした時、文官が悲鳴を上げた。裾《すそ》の長い制服に覆われた股間を両手で押さえ、ぴょんぴょんと跳びはねる。

「熱っ…、熱い熱い熱いぃぃぃぃっ！」

「お、おい、どうした……あ、熱い、痛い！」

もう一人の文官も苦悶《くもん》の表情で跳ね始め、しまいには二人とも股間を押さえたまま走り去ってしまった。残されたジョセフはフレイを訝《いぶか》しそうに見詰めたものの、『部下が失礼しました』

と一礼し、部下の後を追いかけていく。

フレイが苛立《いらだ》ちまぎれに何かしたのだと疑われたのだろうが、フレイは何もしていない。だとすれば、やったのは…。

「――フレイ様。お許しを頂けませんか」

ソファの後ろからルベドが身を起こした。深紅の瞳は不穏な光を宿し、ぎらぎらと光っている。フレイすらびくついてしまうほどに。

「お、お許しって……何の？」

「あの害虫どもを駆除するお許しです。ひとまず股間の毛だけを燃やしてやりましたが、その程度ではフレイ様に対する無礼を償うにはとうてい足りませんし、ジョセフとかいう大害虫は最低でも四肢をもいでやらなければ気が済みません」

フレイは思わず己の股間を押さえてしまった。やはりあれはルベドの仕業だったのだ。

離れた位置から、見えない相手の股間の毛だけを焼く。しかも無詠唱で、優れた魔術師でもあるジョセフに悟られずに。

無駄に精密すぎる制御力だが、幼くてもフレイは男なので、文官たちの苦痛を想像出来てしまう。

「フレイ様……駆除してもいいですよね？」

「あ、……あぁぁー、駄目！　絶対に駄目！」

にこりと微笑まれ、うっかり頷いてしまいそうになったのをどうにか堪えた自分は誉められていいと思う。

「何故ですか？　あの大害虫は母君様が殺された事件の真相を闇に葬ったばかりか、王子であられるフレイ様を侮《あなど》っているのに」

「侮られるのは仕方ないよ。俺は錬金術狂いの名ばかり王子で、あっちは将来有望な宰相の右腕だもん。…それに…」

いくらジョセフが異母兄たちを庇おうとしても、王である父が側妃の死の真相を明らかにせよと命じれば、ダグラスもしくはエドガーは罪に問われていただろう。

フレイを泣き寝入りさせたのは父なのだ。ジョセフはただ結果を告げたに過ぎない。

「…って、今ならそう思えるけど、あの時は頭に血が上って、うっかりやらかしそうになっちゃった」

フレイはズボンのポケットから小さな紅い宝玉を取り出した。きらりと光るそれに、ルベドは目を瞠《みは》る。

「それは……もしや魔玉《まぎょく》ですか？」

「わかるの？　ルベド」

「はい。魔力の無い者にも使えるよう、高品質の宝玉に魔術を込めたものですよね。これほど出来栄えのいいものになれば、非常に高価だと思われますが…」

魔玉は高品質の宝玉と無機物に術を込められるほど魔力の多い魔術師が揃わなければ作製出来ないため、ルベドの言う通り非常に高価だ。ゆえにその存在を知るのは貴族か、平民では戦いを生業《なりわい》とする冒険者や傭兵《ようへい》くらいなのに、生まれたばかりのルベドは知っていた。

さすが俺のルベド、といい気分になりながら、フレイは秘密を打ち明ける。

「これはせいぜい銀貨二枚くらい」

銀貨二枚といえば、庶民が記念日に食堂でちょっといい食事をするくらいの値段だ。魔玉なら最低でも金貨一枚はする。

「銀貨…、二枚？　本当ですか？」

「本当だよ。だってこれ、俺が作ったんだもん」

フレイは自分自身が魔術師でもあり、王族特有の強い魔力にも恵まれているから、大枚をはたいて魔術師を雇わなくていい。

さらに、宝玉は城下町の冒険者ギルドと交渉し、冒険者から納品するには品質が低すぎるものを低価格で譲ってもらった。冒険者といっても皆が迷宮《ダンジョン》を攻略したり、魔物退治にいそしんでいるわけではなく、宝玉の原石を発掘する者も居るのだ。

「誰も知らないみたいなんだけど、売り物にならないようなクズ石でも、錬金術で磨いてやれば一級品になるんだ。そこに俺が魔術を込めるから、かかるお金は宝玉代だけってわけ」

ふふん、とフレイは胸を張るが、ルベドは紅い魔玉を凝視したままだ。てっきり『さすがはフレイ様です』と誉めてくれると期待していたのに。

「…込められているのは『麻痺《まひ》』の術ですね。何故この術を？」

「え、えと、俺、しょっちゅうギルドとかで絡まれるから、護身用に…」

『麻痺』の術は数十秒の間、対象を麻痺させる下級魔術だ。投げ付けるだけで効果を発揮する魔玉は、大勢に囲まれ、魔術を詠唱する隙《すき》すら無い時に重宝する。

だからさっきついジョセフにこの魔玉を投げ付けそうになったのは、取り澄ました顔をちょっと痺《しび》れさせてやりたかっただけなのだ。

「大害虫などどうなっても構いません」

フレイの懸命の言い訳を、ルベドは一言で切って捨てる。

「問題はまだ幼いフレイ様が城下町に降りられたばかりか、どこの馬の骨とも知れぬ冒険者相手に交渉をこなした上、護身用の魔玉を使わなければならない事態に何度も追い込まれたということです。…何故、仮にも王子であられる貴方がそのような真似《まね》を？」

「…そ、…それは…」

素直に話したら、呆《あき》れられたりしないだろうか。フレイはためらったが、深紅の瞳は言い逃れを許さない。

「……お金を、稼ぎたかったから」

「ですが王子には、王宮から養育費や品位保持費が支給されるのでは？」

「そんなの、離宮の管理人にほとんどかすめ盗られちゃって、俺や母様がもらえるのはほんのちょっとだもん」

だから一時は母が私物の宝石やドレスを売り払い、糊口《ここう》をしのいでいたのだと言うと、ルベドの美貌から表情が抜け落ちた。

「…そのような罪人が、何故処罰されないのですか」

「王妃の親族だからだと思う」

王族出身の王妃は気位が高く、男爵令嬢という低い身分のくせに夫の目にとまった母も、その腹から生まれてきたフレイも毛嫌いしている。管理人に横領させ、フレイたちを困窮させることで溜飲《りゅういん》を下げているのだろう。

離宮に仕える使用人たちは王妃を怖れ、管理人の罪を知りながら口を閉ざした。このままではいつか飢えて死ぬかもしれないと思い始めた頃、不思議な声に導かれて錬金術と出逢い、自分には錬金術師の才能があるのだと知った。錬金術アイテムが金になることも。

それからフレイは錬金術アイテムを創っては売り、新しい器具を購入してはさらにレベルの高いアイテムを創り、売るのをくり返した。母と自分を生かすために。

たどたどしく説明する途中で、ルベドの美貌がくしゃりとゆがんだ。

「……だから、なのですね」

「え…、…ルベド?」

「だから貴方は、そんなにも……」

ルベドは片手で顔を覆い、膝をついてしまう。

「…だ、大丈夫だから！」

フレイはルベドに慌てて駆け寄った。長身のルベドとは、この体勢でも視線が合わない。

「今は俺、ギルドに定期的にアイテムを卸《おろ》してて、それなりに稼いでるから。ルベドには絶対、ひもじい思いなんてさせないから」

「フレイ様…、貴方は……」

力説すればするほど、深紅の瞳は悲痛にゆがめられていく。

……どうしよう、どうしよう。

フレイはルベドの創造主、つまり親も同然の存在なのだ。ただ傍に居てもらいたい一心で創ったルベドに、生活の不安などさせてはならないのに。

母と同じように、ルベドもフレイが守らなくてはならないのに。

「……どのような暮らしでも構いません。貴方のお傍に居られるのならば」

やがてルベドはフレイの手を取り、甲の部分に唇を落とした。姫君に忠誠を誓う騎士のような姿に、心臓がどきんと跳ねる。

「私は貴方の忠実なるしもべ。私の幸福は常に貴方と共に在ります」

「ルベド……！」

ルベドが広げてくれた腕の中に、フレイは破顔して飛び込んだ。逞《たくま》しいルベドの身体はびくともしないけれど、忘れてはいけない。

……ルベドがこんなふうに言ってくれるのは、俺が創造主だからなんだ。

創造主であれば、たとえフレイ以外の者にもルベドはひざまずき、同じように忠誠を誓っただろう。ホムンクルスとはそういう生き物だから。…でも。

ずっと傍に居てくれる存在が欲しい。

ルベドはフレイの切なる願いを叶《かな》えてくれた。だからフレイはルベドを守らなければならない。

大切な人を喪うのは、一度でたくさんだ。

腕の中でうつむくフレイは、気付かなかった。ルベドがひどくやるせなさそうな表情を浮かべていたことに。

食事をして寝台に入るなり、フレイはことんと眠りに落ちてしまった。もっと話していたそうだったが、さすがに疲れていたのだろう。

「つくづく、規格外のお方だ…」

胸に抱き付いたフレイの小さな背中を撫でながら、ルベドは嘆息を漏らす。

聞けば母が殺されてからずっと眠らず、飲まず食わずの状態でルベドを創り出したのだというのだから恐ろしくなった。

体力も魔力も消耗しきっていたところに、大量の血まで失ったのだ。普通ならとっくに死んでいる。極度の疲労程度で済んでいる方がおかしいのだ。フレイにはまるで自覚が無いようだが。

「ん、……」

小さく呻《うめ》いたフレイがルベドの胸に顔を擦《す》り寄せる。眠っているとは思えないほど強くしがみ付く腕は、まるで荒海に放り出され、溺《おぼ》れまいと浮き輪に縋《すが》る遭難者のようだ。

「フレイ様……」

こみ上げてくる甘い衝動のまま、ルベドはフレイを抱き返す。

これは決して創造主に対する態度ではない、とルベドに刷り込まれた知識は警告しているが、衝動にはあらがえなかった。寝台に入ったフレイに『一緒に寝て』とせがまれた時も、命令でないのだから拒むべきだったのに、小さな手を突き放せなかった。

思えば、最初からそうだったのだ。

『う…、……ああ、あああ、ああっ！　何で！　どうして！』

胸が苦しくなるような慟哭《どうこく》が聞こえ、慰めてあげたいと願った。それがその時はまだ名も、己という存在の認識すら無かったルベドに自我が芽生えた瞬間だった。

『お願い、来て！　俺と一緒に…、一緒に生きて……！』

錬金術の法則を無視した叫びに、どうしようもなく惹《ひ》き付けられた。

——この方を守りたい。

ならば強くなければならない。いかなる脅威からもこの人を守れるほど強い肉体と、魔力を授けよう。

——この方の涙を拭いたい。

ならば知性が無ければならない。賢者の知性と、人の世に溶け込めるだけの知識と常識を授けよう。

——この方の関心を独り占めしたい。

ならば美しくなければならない。木石をも魅了する美貌を授けよう。

願望が浮かぶたび、面白がるように応えたいたずらっぽい声の主が誰だったのか。そんなことはどうでもいい。

ルベドにとって重要なのは、フレイのもとに生まれてこられたこと。そしてフレイに気に入ってもらえたことだけだから。

だがそんなルベドでも、フレイを取り巻く環境は許しがたかった。

建てられてゆうに百年以上は経過しただろう離宮は、広さと部屋数だけはそれなりだが、あちこち傷んでいる上に補修もされておらず、一言で表すならみすぼらしい。とても神の血を受け継ぐ王子の住まいとは思えない。

住まいがそれなら、仕える人間も同様だ。

母を亡くしたばかりの、しかもまだ十歳の王子が食事も摂らずに引きこもっているのだ。普通は心配し、様子を見に来るものだろう。

しかしフレイのもとを訪れる使用人は一人も居なかった。

ジョセフが去った後、さすがに空腹を我慢しきれなくなったフレイが合図すると制服を雑に着たメイドが現れたが、面倒くさそうに給仕されたのは硬そうなパンと具の無いスープだけだった。平民の子どもの方がよほどいいものを食べているだろう。

しかもフレイはその粗末な食事に文句一つ言わず、ルベドに与えようとしたのだ。

『俺は大丈夫。食べ物ならちゃんと用意してあるから』

そう笑って取り出したのは、保存のきく干し肉や乾パンだった。普段からろくな食事を出してもらえないので、街で買い込んであるのだという。母が生きていた頃は温かい食事を作ってくれていたというが、王の側妃が厨房《ちゅうぼう》に立つこと自体普通ではない。

『私はホムンクルスです。食事は必要ありません』

ルベドが何度そう主張しても、フレイは引き下がってくれなかった。しまいには命令されそうになり、運ばれた食事と保存食を半分ずつ分け合うことでどうにか折り合いがついたのだ。

ホムンクルスには食事が必要無いだけで、食べられないわけではない。きちんと味覚も備わっている。

パンは見た目通り硬くぼそぼそしており、スープにはろくな味付けがされていなかったけれど、主と分かち合う食事は極上の美味だった。この先何を食したとしても、あれほどの美味は無いと断言出来る。

食事の後は、普通の王侯貴族なら湯を使うのだが、やはり使用人が風呂の用意に訪れることは無かった。フレイは『浄化を使えるから大丈夫』と慣れた様子で自分とルベドに浄化の術をかけ、寝台に潜り込み——今にいたるのだ。

……おいたわしい。

フレイが眠りについてから、何度目かもわからない溜息《ためいき》がまた漏れた。

この幼い主が置かれた環境は何から何まで普通ではないが、最も痛ましいのは、その事実をフレイ自身が理解していないことだろう。

王子でなくとも、まだ親の庇護《ひご》を受け、守られていて当然の年頃なのに、思考は大人のそれだ。劣悪すぎる環境が、フレイを子どもでいさせてくれなかった。大人にならなければ、生き延びられなかったのだ。

せめてもの幸いは、母親から深い愛情を受けられたことか。けれどその母親もフレイを数多《あまた》の悪意から守ることは叶わず、フレイの心に消えない傷を刻んで亡くなってしまった。

――この血肉に誓って、主を守らなければ。

ルベドの肉体は見た目こそ人間と同じだが、体内の構造はまるで違う。心臓の代わりに賢者の石が鼓動を刻み、血の代わりのエリクサーを循環させている。

エリクサーに混じるのは、フレイの血。フレイが自ら細い手首を切り、したたらせた紅く尊い血だ。

だからなのだろうか。この幼い主をずっとこうして囲い込んで守りたいと思うのは。主の心の痛みを、我がことのように感じてしまうのは。

創造主とホムンクルスの絆《きずな》というのは、そんなにも甘美なものなのだろうか…。

「…う、…ぅ…」

苦しげな呻きにはっとして覗き込めば、フレイが額にしわを寄せている。きっと悪い夢でも見ているのだろう。…無理も無い。愛する母を亡くしてまだ四日しか経っていないのだから。

……おかわいそうに。

心の底から溢れ出る、熱い血潮にも似た甘やかな感情。それがホムンクルスとしては異端だという知識は、ルベドの脳に刷り込まれていない。

「大丈夫です…フレイ様。私が居ります」

だからルベドは腕の中の主に囁き続ける。重たすぎる荷を負わされた小さな背中を、優しく撫でながら。

「何があろうと決して死なず、お傍に侍《はべ》ります。だから貴方は安心してお休み下さい…」

次の朝日が昇るまで、ずっと。


翌日から、ルベドと二人の新しい生活が始まった。

使用人たちは相変わらずフレイのもとには寄り付かないから、二人きりも同然だ。むしろ人目を気にせず離宮を案内出来るのだから——と、思ったのだが。

「……しまった。忘れてた」

離宮のあちこちに配備された警備兵たちの姿に、フレイは頭を抱えた。

間違い無くジョセフの仕業だろう。ルベドのような美丈夫を連れて歩いたら、あっという間に発見され、大騒ぎになってしまう。

「あの羽虫どもに気付かれなければいいのですね?」

弱り果てたフレイに、ルベドが尋ねた。彼らの親玉が大害虫ことジョセフなので、配下は羽虫ということらしい。

「うん、そうだけど…」

「でしたら、お任せ下さい」

ルベドは微笑み、フレイを片腕一本で軽々と抱き上げた。

「わあっ……！」

ぐんと視線が高くなり、フレイは思わず歓声を上げてしまう。街に出た時、小さな子どもが父親に抱っこされているのを見て、ひそかに憧れていたのだ。実父のクリフォード王は抱っこどころか、離宮へ息子の顔を見に来たことすら無い。

「…だ、駄目、ルベド。下ろして」

はっと己の立場を思い出し、フレイは身体を揺らす。創造主の自分はルベドの親でもあるのだから、子どもみたいにはしゃいではならない。ただでさえ昨日、泣いたり喚《わめ》いたりとさんざん醜態をさらしてしまったのだ。

そう思ったのに、ルベドは美貌を悲しげに曇らせる。

「フレイ様……私に触れられるのは、お嫌ですか？」

「えっ…ううん、そんなわけないよ」

「では、お好きですか？」

花がほころぶような笑みにつられてこくこく頷けば、抱き上げる腕に力がこもった。

「私もフレイ様に触れて頂くのは好きですから、何の問題もございませんね」

「そ……、そう、なのか？」

「そうですとも。それにこう見えても私は生まれたばかりの身。創造主たるフレイ様と触れ合っていれば安心出来ます」

「……そうか。そう、だよな」

言われてみれば確かに、生まれたばかりの赤子はいつも母親に寄り添っているものだ。ルベドは見かけこそ成人だが、生後一日目の言わば新生児である。親のフレイがくっついているのは当然だ。抱っこする側とされる側が逆転しているのは、体格的にどうしようもない。

「いいよ。ルベドが安心出来るなら、好きなだけ触って」

「ありがとうございます。フレイ様も可能な限り私に触れていて下さいね」

「…う、うん」

ルベドが望むのだからと、フレイはルベドの肩に頭をもたれさせる。ルベドは笑みを深め、魔力のこもった言葉を紡いだ。

「陽炎《かげろう》よ、隠せ」

つかの間湯気のように揺らいだ空気が、フレイたちを包み込む。

ルベドはフレイをていねいに抱え直し、廊下に出た。そこへ帯剣した警備兵の二人組がやって来るが、フレイたちに気付くどころか、一瞥《いちべつ》すらくれずに通り過ぎていってしまう。

「もしかして…さっきのは隠匿《いんとく》の術？」

二人が曲がり角の向こうに消えてから尋ねると、ルベドは唇を吊り上げた。

「はい。声にさえ気を付ければ、離宮内ならどこを歩き回っても問題無いかと」

「ルベド、すごい！」

注意されたばかりなのに、フレイは思わず歓声を上げてしまった。

隠匿の術は周囲の大気に働きかけ、対象を一時的に不可視にする術だ。

構成が複雑な上魔力の消費も激しく、遣い手は限られている。フレイも一応使えることは使えるのだが、ルベドのようにごく短い詠唱で発動させるのは無理だ。

同じ術でも遣い手によって詠唱の内容と長さが違う。基本的に魔力が強く、魔術のセンスが高い者ほど詠唱は短い。長ったらしい詠唱を荘厳だとありがたがる者も多く、特に教会の聖職者が治癒魔術を使う時などは無駄に長い詠唱を聞かされるはめになる。

「全てはフレイ様のお力ですよ。私はフレイ様に創られたのですから」

「でも、すごいものはすごいよ。俺、魔力は高いけど、魔術は苦手だもん」

錬金術を使う際、魔力を素材やアイテムに流し込むのは呼吸よりもたやすく出来るのだが、魔術になるととたんに魔力を動かしづらくなるのだ。

そのせいか、王族でありながらフレイが行使出来るのは中級に分類される術までで、異母兄たちにさげすまれる一因にもなっている。フレイ自身は錬金術さえ使いこなせれば構わないため、気にしてはいないのだが。

「私のものはフレイ様のもの。私の力はフレイ様の力です。…さあ、参りましょう」

「うん！」

隠匿の術のおかげで、フレイは警備兵に一度も見付からずに離宮を案内してやれた。

といってもフレイが使っているのは研究室と私室、倉庫も兼ねた書庫くらいだが、ルベドは書庫がおおいに気に入ったようだ。フレイが錬金術アイテムで稼いだ金の多くを注ぎ込み、揃えた本の山に深紅の瞳を輝かせている。

読みたい本があれば持ち出していいよと告げると、ルベドはフレイを抱えたまま、いそいそと本棚を物色し始めた。

……ルベドはどんな本を選ぶんだろう？

本棚にはフレイが街の古書店などで手に入れた魔術や錬金術関連の書物が並んでいる。どれも貴重だが、特に錬金術の書物はソティラス王国内では入手しづらく、錬金術師なら目の色を変えて欲しがる代物だ。

魔術師として優れた才覚を持つルベドなら、魔術書か。それとも錬金術師に創られたホムンクルスゆえ、錬金術の書物に興味を示すのか。

いやそれ以前に、本を欲しがるということは文字が読めるということなのだ。生後一日目で文字が読めるなんて、やはりルベドは天才である。

親馬鹿丸出しでにこにこと見守ってみるが、ルベドは首を傾げるばかりで選ぼうとしない。

「読みたい本、見付からない？　魔術関係の本なら、あっちのチェストにもしまってあるけど……」

「……、ありがとうございます。では、フレイ様のお勧めの本をお借り出来ますか？」

「うん、任せて！」

フレイは張り切って魔術書を数冊選んでやった。普段なら踏み台を使わなければならない位置の棚も、ルベドのおかげで簡単に届くのが気持ちいい。

「初級と中級と上級の魔術書を揃えてみたよ。俺はせいぜい中級までしか読破出来なかったけど、ルベドなら上級も読めるようになるかも！」

魔術書はただの書物ではない。魔術文字で記されているため魔力を持たない者には読めないし、魔力を持っていても才能が無ければ相応のランクの魔術書までしか解読出来ないのだ。フレイは今のところ中級が限界で、上級の魔術書を読みこなせる異母兄たちにはさんざんけなされている。

「フレイ様のご期待に応えられるよう、努力します」

――そう微笑んだルベドは、フレイの期待を良い意味で裏切ってくれた。

何と上級の魔術書まで、たったの五日で読破したのだ。ちなみに異母兄たちは家庭教師の助けを借りまくり、一年以上かけてどうにか読み解いていたが、当然ながら肝心の知識はろくに身につかなかったらしい。

そして、六日後。

「陽炎よ、覆え」

「ふわあああああ……！」

短く唱えたルベドの姿が一瞬で変化し、フレイは頬を紅潮させた。

特徴の無い顔立ち、中肉中背に制服と革鎧《かわよろい》を纏った姿は、どこにでも居そうな兵士のそれである。しかも触れてみたら革鎧は硬く、手も兵士らしくごつごつしていた。

……感触まで再現してるなんて！

「ルベド、すごい！　すごいよ！」

ルベドが唱えたのは、上級魔術書に記されていたという変身の術だ。幻影を纏い、他人に変身する術である。

上級魔術に分類されるだけあって魔力の消費量は多く、発動も難しく、そのくせ幻影を纏うだけなので触れられれば正体がばれてしまうという使い勝手の悪さのせいで遣い手はほぼ居ない。けれどこうして感触まで真似られるのなら、よほど魔力の高い魔術師でもなければ看破される恐れは無いだろう。

「ありがとうございます。フレイ様のご指導のおかげです」

「そんな…、俺なんてたいしたことしてないし…」

謙遜《けんそん》でも何でもなく、事実だ。

この五日間フレイがしていたことといえば、錬金術アイテム創りを除けば、食事の準備くらい。

あとはルベドの望み通り、魔術書を読み進めるルベドにくっついていただけである。ソファで並んで寄り添ったり、膝に乗せられたり、抱きかかえられたり。ルベドの腕の中はすっかりフレイの定位置と化してしまった。

「いいえ。フレイ様が居て下さらなかったら途中で挫折《ざせつ》していたに違いありません。ただそこにいらっしゃるだけで、フレイ様は私を励まして下さるのです」

「…俺だって、そうだよ。ルベドがずっと一緒に居てくれるから…」

もしもルベドが居なかったら、母の死に打ちひしがれていただろう。

今だって母を思い出すと胸が締め付けられるが、悲しみや怒りに引きずられずに済んでいるのはルベドのおかげだ。もしも自分が馬鹿な真似をしでかせば、ルベドを守る者が居なくなってしまうのだから。

「フレイ様」

これが親心ってやつなのかなとしみじみ嚙《か》み締めていると、ひざまずいたルベドに手を取られた。幻影を解き、いつもの姿に戻っている。

「我が唯一にして至高の主。貴方をお守りする力をつけるため、つかの間、お傍を離れることをお許し下さい」

「ルベド……本当にやるつもりなの？」

「はい。色々考えましたが、これが最も手っ取り早い方法でしたので」

「う、うーん…」

フレイは悩んだ。…この六日間でつくづく思い知った。ルベドは優秀だ。変身の術をはじめ、魔術書に記されていた術は全て習得したし、元々使えていた魔術はさらに洗練され強力になった。

フレイが説明したソティラス王国や周辺諸国の状況も即座に呑み込み、重要人物の名も覚えてしまった。一度見聞きしたことは絶対に忘れないのだという。読破した魔術書の内容も、そっくりそのままそらんじてみせた。

美貌に加え、賢者の知性と魔術の才能の主である。

どうしてこれほどのホムンクルスを創り出せたのかと、創造主すら疑問に思わずにはいられない完璧美丈夫が次に求めたのは腕力だった。王宮には兵士や騎士たちのための訓練場があるが、そこに潜り込みたいと言い出したのだ。現在の実力を測ると同時に、武術を学ぶために。

武術の指南役など付けられなかったから、フレイの腕力は見た目通りだ。武器は振るえないし、武術を教えることも出来ない。

その点優秀な教官の揃っている訓練場なら、武術を学ぶにはうってつけだろう。

けれど世界で一番綺麗なルベドが、無骨な兵士たちに溶け込めるわけがない。それどころか目を付けられ、ひどい目に遭わされるかも…と青ざめるフレイに、ルベドは変身の術を披露してくれたというわけである。

「お願いします、フレイ様。……強くなりたいのです。ずっと貴方のお傍に侍るために」

「う、…うぅ、んっ…」

縋るような眼差しでそう懇願されれば、断れるわけがない。

ごほん、とフレイはわざとらしく咳《せき》払いをした。子どものわがままを受け容れる親の気分で、しかつめらしい顔を作る。

「しょ……、しょうがないなあ。いいよ」

「フレイ様……ありがとうございます！」

「でも、でも、ちょっとの間だけだから！　あと、俺も絶対付いて行くから！　じゃないと許さないから！」

「もちろんです。むしろ私からお願いしようと思っておりました」

ルベドは片腕でフレイを抱え、隠匿の術をかけた。もう何度もくり返しているので、慣れたものだ。

離宮は広い宮殿の敷地の北端にあり、訓練場は王宮を挟んだ反対側にある。なるべくひとけの無い経路を進み、離宮の裏庭に差しかかると、制服をだらしなく着崩したメイドたちが談笑していた。あたりには菓子の食べこぼしが散らばっている。

「…ったくもう、新しい警備兵ってばくそ真面目野郎ばっかりで嫌になるわ」

「本当本当。ちょっと持ち場を外れるだけで『どこへ行く』だもんね」

「おかげでこうして息抜きするのもひと苦労だもの。勘弁して欲しいわよね」

主がすぐ傍に居るとも知らず、メイドたちはおしゃべりに興じている。背後に殺気が立ちのぼるのを感じ、フレイは焦った。

もう慣れているからいいと何度も言ったのに、ルベドはフレイをないがしろにする使用人たちを目の敵にしているのだ。フレイが止めなければ、離宮は屍《しかばね》の山になっていたかもしれない。

「あーあ、前は良かったなあ。側妃様がたいていのことはやって下さるから楽だったのに、日に三度も食事を運ばなくちゃならないんだもん」

「よく言うわ。厨房に届けられる食材やお菓子をくすねてるくせして」

「そんなの、誰だってやってるでしょ。管理人様も見て見ぬふりなんだから」

メイドたちがきゃっきゃっと笑うたび、ルベドの放つ殺気は濃度を増していく。フレイには彼女たちが自らの墓穴を掘り進めているようにしか見えないが、制止のために声を出せば気付かれてしまう。

「賊に殺されたのが側妃様じゃなくて、あの錬金術狂いだったら良かったのに」

クッキーを下品にかじりながらメイドが放ったぼやきは、自らの死刑執行書にサインするも同然だった。

……まずい！

抑えきれなくなった殺気が魔力と溶け合い、空気をぶわりと膨張させる。上級魔術書まで読破したルベドなら、無詠唱で攻撃魔術を放つことはじゅうぶん可能だ。

「…、何…？」

「空気が急に、重くなって…」

平民のメイドたちもさすがに違和感を覚えたのか、不安そうに騒ぎ始める。

……駄目だ、ルベド！

叫ぶ代わりに、フレイは伸び上がってルベドの頭を抱え込もうとした。だが焦って手がすべり、ルベドの白い頬に唇をぶつけてしまう。

「……、……」

呆然《ぼうぜん》とするルベドから、弾けそうだった殺気が引いていく。何が何だかわからないが、逃げるなら今だ。

フレイが強くシャツを引っ張りながら訓練場の方を指差すと、ルベドはおとなしく従ってくれた。

裏庭を抜けたところで、フレイは詰めていた息を吐き出す。人の姿は無いから、声を出しても大丈夫だろう。

「もう、駄目だよルベド。使用人に手を出さないでって、何度も言ったのに」

「……、……ですがあのあばずれどもは、フレイ様にお仕えする身でありながら、万死に値するほどの無礼を……」

「彼女たちが仕えているのは王妃様だよ」

給金は国庫から出ているとしても、あのメイドたちを採用したのは王妃なのだ。フレイに嫌がらせをするため、わざと身分が低く素行の悪いメイドを離宮に配属させたのだろう。

「しかし……」

「俺にはルベドが居てくれればいいんだ。ルベド以外の奴らなんて、どうでもいい。…そうだろ？」

深紅の瞳に歓喜の色が滲《にじ》んだ。

「もちろん。フレイ様のしもべは私だけです」

「だったら、もう二度とあんな真似はしないでくれるよな？」

ルベドはしばらく考え、渋面のまま口を開いた。

「……フレイ様が、先ほどのように私を止めて下さるのであれば」

「先ほどの……って？」

こてん、と首を傾げれば、ルベドは己の頰に触れた。

「ここに、唇で触れて下さったでしょう？」

「…、ああ、口付けのことか！」

ようやく理解し、フレイは説明してやる。唇で相手の身体のどこかに触れることは口付けと呼ばれること。誰にでもしていいわけではなく、家族や恋人など、愛《いと》しい存在にのみする行為であることも。

「愛しい存在……」

「うん。さっきのは事故みたいなものだったけど、俺はルベドが可愛いから何の問題も無いよ」

「可愛い……」

ルベドは頬を染め、『愛しい、可愛い』と何度も噛み締めるようにくり返した。

「……でしたら、私がまた我を忘れそうになったら口付けて下さい。フレイ様に口付けて頂くと心が落ち着いて、フレイ様のことしか考えられなくなりますので」

なるほど、とフレイは納得した。フレイも幼い頃は母におはようやおやすみの口付けをしてもらい、幸せな気持ちになったものだ。生まれたばかりのルベドが口付けで安心するのは当然である。

「じゃあ、……はい」

ちゅっ。

わざと音をたてて頬に口付けてやると、ルベドは美貌を蕩けさせた。

「ありがとうございます、フレイ様」

「また落ち着かなくなったら、いつでも言って。…ルベドの手を、あんな奴らのために汚させたくないから」

「……はい、フレイ様。必ず」

ルベドはフレイの髪を優しく撫で、再び歩き始めた。ほど無くして訓練場に到着し、高い木の陰でフレイを下ろす。

「フレイ様は決してここを動かないで下さい。何かあったら…」

「わかってる。すぐルベドを呼ぶから」

フレイは首につけたペンダントをかざしてみせた。

銀のチェーンにぶら下がった石は小さいながらもフレイが磨いた極上の魔玉で、『通信』の魔術を封じてある。ルベドも同じものをつけており、魔玉を持つ者同士なら念じるだけで意思疎通が可能になる優れものだ。

「頑張って。…でも早く帰って来てね」

「もちろんです、フレイ様」

頬に口付けられたルベドは嬉しそうに微笑み、変身の術を発動させた。さっきの平凡な兵士に化け、訓練場へ駆けていく。

……ルベド、大丈夫かな……。

普通の王族なら何人もの騎士や私兵を付けられるから、訓練場に出入りする機会はそれなりにあるらしいが、離宮でほったらかしにされていたフレイに騎士など居るはずもなく、今日が初めての訓練場だ。

木の陰からそっと窺《うかが》ってみれば、兵士たちがめいめいの武器を手に激しく打ち合っている。剣も槍《やり》も斧《おの》も、刃こそ潰《つぶ》されているが全て本物のようだ。ぶつかり合うたび鈍い音をたて、実戦さながらの光景にフレイはびくっとしてしまう。

あんな中に生まれたばかりのルベドが入っていって、無事で済むのだろうか？　いや、うっかり変身の術が解け、正体がばれてしまったら…。

「ん？　お前、見ない顔だが新入りか？」

「はい、この間入隊したばかりなんで、よろしくお願いします」

フレイの心配をよそに、ルベドは堂々と指導教官に声をかけ、木剣を借りて兵士たちの輪に入っていく。

怪しまれた様子は無く、ほっとしたのもつかの間。フレイは別の意味ではらはらすることになった。

「ル…、ルベド…、強すぎない……？」

木剣を振るう動作がぎこちなかったのは、最初の数分だけ。ルベドは教官の指導をまたたく間に己のものとし、洗練された鋭い剣筋を披露し始める。熟練の剣士にしか見えない動きに、周囲がざわめきだす。

眠っていた武術の才能を、わずかな指導だけで開花させたのだ。さすが俺のルベド、と誇らしい反面、フレイは危機感を抱いてしまう。平凡な容姿の新人兵士があんなに注目されたら、良からぬ輩《やから》に目を付けられはしないかと。

フレイの不安は当たってしまった。ルベドが十数人目の兵士を倒した直後、王宮の方からきらびやかに着飾った集団がぞろぞろとやって来たのだ。

銀の鎧を纏っているのは近衛《このえ》騎士たちだろう。銀の鎧は近衛騎士の証だ。王族の身辺警護や儀典での警備を務める近衛騎士は、基本的に全員が貴族出身であり、魔力を持っている。反対に兵士は全員平民だ。

そして、騎士たちの中心でふんぞり返っている少年は――異母兄の一人、第一王子ダグラスだ。

フレイより三つ上の十三歳。半分血がつながっているはずだが、共通点は王族特有の金色の瞳くらいだ。肥満ぎみの大柄な身体も、粗野な気性が滲み出る顔立ちもフレイとはまるで似ていない。

「げっ……」

フレイは半分以上はみ出していた身体を慌てて木陰に隠す。ルベドの隠匿の術を見破れるのはルベド以上の魔力を持つ者のみ。ダグラスに見破られるとは思えないが、念のためだ。

ダグラスは勉学を嫌う反面武術をおおいに好み、母王妃の威光と財力で強い騎士を何人も従えている。時折訓練所を訪れては騎士たちと兵士を戦わせていると聞いたことがあるが、まさかこんな時に……！

「…おや？　見ない顔だな」

どうか何事もありませんように、というフレイの願いもむなしく、ダグラスはルベドに目を留めてしまった。ルベドが新兵らしくぎこちない動きでひざまずくと、ダグラスに命じられた騎士たちが剣を抜き、その切っ先でルベドの顔を上げさせる。

……っ、俺のルベドに、なんてことを！

すぐ近くでフレイが怒りに震えていることも知らず、ダグラスは変身の術で変化したルベドの顔を興味深そうに見下ろす。

「見た目はいまいちだが、なかなか素質があるようだ。…そうだな？」

「はっ、はい！　近来まれに見る逸材かと思われます！」

ルベドの隣でひざまずいていた指導教官が緊張もあらわに答えると、お付きの騎士たちが『さすが第一王子殿下、慧眼《けいがん》であられます』だの『やはり王位を継がれるべきお方は殿下です』だのと誉めそやした。ダグラスは手を振ってやめさせたが、そばかすの散った顔はまんざらでもなさそうだ。

「よし。では、俺の騎士と戦う栄誉をくれてやる」

ダグラスの言葉に、訓練場がざわめいた。遠巻きにしていた兵士たちがルベドを気の毒そうに見詰める。

「あーあ、目を付けられちまったか」

「かわいそうに。骨の一本や二本で済めばいいけどな」

「前にやられた奴、再起不能になって故郷に帰ったんだっけ?」

魔力を持つ騎士と持たない兵士とでは、戦闘能力に差がありすぎ、勝負にならない。しかもルベドは新兵という設定なのだ。

……ダグラスの奴……っ……。

フレイはぎりっと歯を軋《きし》ませた。ダグラスは兵士を蹂躙《じゅうりん》させ、自分の騎士の強さを自慢したいのだ。そんな騎士たちを従えている自分こそ次の王に相応しいと、見せ付けたいのだろう。

近衛騎士は後ろ盾の確かなダグラスやエドガーには礼儀正しく、フレイには慇懃《いんぎん》無礼だが、その実力だけは確かだ。今のルベドに敵う相手ではない。

――お待ち下さい、フレイ様。

隠匿の術を解き、割って入ろうとした時、魔玉からルベドの声が伝わってきた。

――私は大丈夫ですから、フレイ様はそちらにお留まりを。

――でもルベド、俺はお前が傷付けられるなんて絶対に嫌だ!

――毛一筋の傷も負わないと約束いたします。ですからどうか、そちらで見守っていて下さい。

フレイは魔玉を握り締め、なおも言いつのろうとしたが、その前にダグラスが騎士の一人を指差した。

「よし、イーサン。お前が行け」

「はっ、殿下」

進み出たのは長身揃いの騎士たちの中でも、最も背の高い男だった。体格もがっしりしており、平凡な兵士に化けた今のルベドより一回りは大きく見える。

「勝負はどちらかが降参するか、戦闘不能になるまでだ。いいな?」

ダグラスがルベドとイーサンを向かい合わせ、念を押す。

審判役を務めるつもりのようだが、きっとルベドの降参が聞き入れられることは無いのだろう。ルベドが無惨に叩きのめされるまで、戦闘は続くのだ。観戦を命じられた兵士たちの憐憫《れんびん》の表情がそう物語っている。

「では、……始めろ!」

ダグラスの高らかな宣言と同時に、ルベドとイーサンは武器を構えた。どちらも木剣だが、イーサンのそれは淡い光を纏っている。魔力を宿らせ、強度と切れ味を飛躍的に上昇させているのだ。

「我ら騎士は偉大なるソティラス神の血を継ぐ者。貴様ら平民とは違う」

尊大に笑い、鋭い一閃《いっせん》を放とうとしたイーサンがぎくりと硬直した。中途半端に振り上げられた木刀がぷるぷると震えている。

「イーサン、どうした？」

「あっ…いえ殿下、その、…あの…」

言い訳しようとするイーサンの額に汗が滲み、顔色もどんどん悪くなっていく。やがてぎゅるるるる、と嫌な音が響いた。…イーサンの下腹部から。

「も……っ、申し訳ございません！」

イーサンは木剣を投げ捨て、訓練場の片隅に設置された厠《かわや》へと駆け込んでいった。脱兎《だっと》のごとき勢いにぽかんとしていた観客は、耐えかねたように噴き出す。

「ぷ…っ、偉大なるソティラス神の血を継ぐ騎士様でも、腹下しには耐えられないか」

「そこは平民と同じなんだな…、くくっ…」

笑っていないのはルベドと、屈辱に震えるダグラスと残りの騎士たちだけだ。

――ル、ルベド、今のは…。

――冷気を操り、あの男の胃腸を急激に冷やしてやりました。

魔玉越しに問えば、平然とした答えが返ってくる。目には見えない人体の内部、しかも臓器の一部だけを狙って冷やすなんて、どれだけ器用なのだろう。

ダグラスは丸い頬を真っ赤に染め、だんだんと地面を踏み鳴らした。

「え…っ、ええい、今のは勝負無しだ。次、フランシス！　今度こそ近衛騎士の強さを教えてやれ！」

「はは…っ！」

金髪の騎士が慌てて飛び出し、二度目の試合が始まった。フランシスは攻撃力より速さを重視しているようだ。木剣を魔力で強化しつつ、風魔法でぐんと速度を上げながらルベドに襲いかかる。

……ルベド、今度はどうするんだろう？

普通の兵士ならなすすべもない一撃を、ルベドはすれすれの間合いでかわした。おおっと歓声が湧く中、お返しとばかりに突きをくり出す。

「ふん、この私を捉《とら》えられるものか！」

フランシスは不敵に笑い、再び加速…出来なかった。風魔法が発動しなかったのだ。ルベドが魔力で妨害したせいだと、気付いたのはフレイだけだろう。

「え、…ああっ⁉」

だから他の者たちにはフランシスが勝手につんのめり、顔から地面に倒れ込んだようにしか見えなかったはずだ。

はずみですっぽ抜けていった木剣を器用に受け止め、ルベドはフランシスの額に己の木剣の切っ先を向ける。

「……こ、……降参する」

「フランシス⁉　諦めるな、お前なら…っ」

「申し訳ありません、殿下。私はもう……」

あっけない降参の理由は、すぐに判明した。フランシスはひどく腰を痛め、一人では起き上がれなかったのだ。仲間の騎士たちが激痛にのたうつフランシスを担架に乗せ、医務室へ運んでいく。

——ルベド、何かした？

——転んだ瞬間、腰骨を空気の塊で強く圧迫しました。折ってはいませんが、しばらくは歩けないはずです。

つまり魔術でぎっくり腰と同じ症状を再現したらしい。母が生きていた頃、使用人が重たい荷物を持ち上げようとしてぎっくり腰になったところを見たことがあるが、本当につらそうだった。

体内の傷や病気は上級以上の回復魔術でしか治せない上、上級以上の回復魔術を使えるのは基本的に上位の聖職者のみだ。多額のお布施を用意出来なければ、フランシスはしばらくの間苦しみ続けることになるだろう。

……すごい、ルベド。

器用に魔力を操り、あくまで相手の自滅に見せかけつつ最大の痛手を与えているのだから。

近衛騎士は戦闘能力以上に品位が重視される。格下の兵士相手にぶざまな負けをさらしたイーサンとフランシスは、騎士として致命的な傷を負ってしまった。

わくわくするフレイとは対照的に、不機嫌のどん底のダグラスはとんでもない命令を下した。

「ええい、卑しい兵士相手に何をやっている⁉　こうなったら全員でかかれ！」

「っ…、殿下、それはあまりに…」

「うるさい、うるさい！　平民ふぜいが第一王子に歯向かうな！」

顔色を変えた指導教官が訴えるが、ダグラスは駄々っ子のように髪を振り乱しながら両手を振り上げる。

「輝く猛き炎よ、我が敵を打ち砕くため我が手に集い……」

「…、あの馬鹿！」

強い魔力が集まっていくのを感じ、フレイはとっさに地面に手をついた。ダグラスは攻撃魔術を放つつもりだ。しかもあの詠唱の長さからして、上級の炎系攻撃魔術だろう。

……自国の兵士に向かって、攻撃魔術を撃つなんて！

「で、殿下！　いけません！」

「そうです、こんなところで魔術を放てば、陛下にきついお咎《とが》めを受けますぞ！」

「思いとどまって下さい、殿下！」

王宮内での攻撃魔術の使用はかたく禁じられているから、騎士たちも必死で止めようとする。

クリフォード王の耳に入れば、王位継承権を剝奪《はくだつ》まではされずとも、継承権争いにおいて大きな後れを取ることになるだろう。

「土塊よ、我が脳裏に描く形を取り、我が前に現れよ」

ズズ、ズズズッ……。

フレイの呼びかけに応え、盛り上がった土が無数のスズメバチに変化する。

錬金術によって創造されたかりそめの命…ゴーレムだ。創造主に絶対服従であるところはホムンクルスと同じでも、単純な構造ゆえに複雑な命令は受け付けないが、フレイの目的を達するにはじゅうぶんである。

「偉大なるメルクリウスの御名のもと、汝《なんじ》らに真理《エメス》を刻む。……行け！」

フレイは指先に魔力を集め、空中に真理を表すシンボルを刻んだ。忠実なゴーレムたちはフレイの望み通りブウウウンと大きな羽音をたて、ダグラスのもとへ飛んでいく。

「…っ、う、うわあああああ！　蜂が⁉」

頭に血がのぼっていたダグラスも、さすがに我に返ったようだ。詠唱を途切れさせ、両手で顔を覆いながら逃げ回る。

「殿下、落ち着いて…わあああっ⁉」

騎士たちも必死に追い払おうとするが、相手は小さな蜂だ。素早く逃げられ、鎧の隙間に入られた挙句、太い針を素肌に刺されてしまう。

「ぎゃあああ！」

「に、に、逃げろおおおっ！」

たまらず逃げ出した兵士たちに交じり、ルベドも脱出する。途中で隠匿の術をかけ、自分のもとまで戻ってきたルベドに、フレイは飛び付いた。

「ルベド、ルベド！　無事で良かった…」

「フレイ様、何という無茶を…。あれが貴方の仕業だと露見したら…」

「大丈夫。誰にもわかりっこないよ」

即席で創り出されたスズメバチゴーレムたちは、あと数分もすれば元の土に戻ってしまうはずだ。証拠は残らない。それに。

「ばれたって構わない。どんな罰を受けることになっても、ルベドがひどい目に遭わされるよりずっといいもん」

「フレイ様……貴方というお方は……」

変身の術を解き、ルベドはフレイを抱き上げてくれる。近くなった頬に、フレイはちゅっと口付けた。

「ルベド、すごく格好良かった。俺のルベドは魔術だけじゃなく、武術の才能にも恵まれてるんだね。…ダグラスのせいで、当分の間訓練場には入れそうもないのは残念だけど」

わずかな間指導を受けるだけで、あれほど上達したのだ。しばらく通えばさらなる才能開花が見込めるが、これだけの騒ぎが起きた後である。訓練場に近付くのは避けておくのが賢明だろう。

だが、訓練場以外でルベドを鍛えられる場所はどこか。考え込むフレイに、ルベドが思いがけない提案をする。

「冒険者ギルドはいかがでしょうか。確かあそこは依頼を斡旋《あっせん》する以外にも、希望者に武術の指導をしているのですよね？」

「…そうだけど、指導を受けられるのはギルドに登録した冒険者だけだよ」

冒険者ギルドには十三歳から登録が可能であり、戦闘経験もろくに無い子どもや貧乏人が登録し、あっけなく命を失うことが非常に多い。

ギルドとしてもそれでは困るため、少しでも生還率を上げるべく高レベル冒険者による武術指導を行っているのだ。

「フレイ様のお許しを頂けるのならば、冒険者登録をしようと思います」

「ルベドが……冒険者に？」

「はい。お許し下さいますか？」

むむ、とフレイは眉根を寄せた。

冒険者とは言わば何でも屋だ。依頼の内容にもよるが、基本的に危険が付き纏い、死とも隣り合わせである。

大切なルベドをそんな危ない目に遭わせるなんて、冗談ではない。…でも。

「お願いします、フレイ様。私は貴方に相応しい自分になりたいのです」

「うっ、…ううう っ」

深紅の瞳で真摯に願われたら、心がぐらぐら揺さぶられてしまう。これではさっきと同じ流れだ。ここは創造主として、生みの親として毅然とした態度を…。

「我が唯一にして最愛の創造主。私は強くなりたい…何があろうと貴方のお傍を離れないために」

「……しょ……っ、しょうがないなぁぁ！」

こつんと額をぶつけられた瞬間、決意は吹き飛んでしまった。せめて創造主の威厳は保とうと咳払いをしながら、フレイはルベドにしがみ付く。

「ルベドがそこまで言うなら許すけど、危ないことは絶対に駄目なんだからね」

「もちろんです、フレイ様。ありがとうございます」

「ちょっとでも怪我《けが》をしたら、冒険者なんてすぐに辞めさせちゃうんだからね」

「傷一つ付けさせません。フレイ様から頂いた大切な身体ですから」

ルベドが神妙な顔で頷いてくれるのを見ると、どうにか創造主の威厳は損なわれずに済んだのだろう。

……俺も、離宮に帰ったら頑張って錬金術アイテムを創ろう。ルベドのためにも。

意気込むフレイを大事そうに抱え、ルベドは離宮への道をたどっていった。

フレイとルベドが立ち去った二刻ほど後、宰相補佐のジョセフは部下と共に訓練場を訪れていた。

多忙を極める彼がわざわざこんなところまで足を運んだのは、第一王子のダグラスから強い訴えがあったせいだ。突如現れたスズメバチの群れに襲われ、ひどい目に遭った。第二王子エドガーの仕業に違いないから調査せよ――と。

……くだらない。

漏《も》れそうになった溜息《ためいき》を嚙《か》み殺す。

訓練場は木々に囲まれているのだ。王宮は専属の庭師を何人も抱えてはいるが、広大な敷地の全《すべ》てに手が回るわけもない。蜂の巣くらいあってもおかしくないだろう。

それにあのエドガーがそんな嫌がらせのためにわざわざ労力を費やすとも思えない。やるなら確実に殺せる方法を選ぶだろう。…フレイに刺客を放った時のように。

あの刺客を送り込んだのはエドガーだったと、ジョセフは推測している。

良くも悪くも単純なダグラスが生母の身分の低すぎるフレイを競争相手とみなしていないのに対し、エドガーは少しでも不安要素となるなら消してしまおうと考える気性の主だからだ。

ダグラスと違い、フレイなら質の悪い刺客でも消せると判断した。だから実行した、というところだろう。フレイの代わりに母親である側妃バーサが殺されてしまったのは予想外だったはずだが。

犯人の目星が早々についたからこそ、ジョセフは捕らえられた刺客をただちに処分した。自暴自棄になって下手な供述をされる前に、口を封じなければならなかった。

側妃を殺した刺客がエドガーの手の者だと知れ渡れば、ダグラスの母である王妃はここぞとばかりに責め立て、エドガーを廃嫡するよう国王クリフォードに迫るだろう。バーサを虐《いじ》め抜いていたことなど無かったかのように。

そうなればエドガーの生母、側妃パトリシアとて黙ってはいない。実家の公爵家の力を借り、ダグラス一派に決戦を挑むはずだ。最悪、国を二つに割る内戦に発展しかねない。

それはジョセフも、宰相たる父も望むところではなかった。自分たちの役割は中立を貫き、偉大なる王家の血統を守り、国家の安寧を保つこと。だから賊の犯行と公表したのだ。クリフォード王も異論は挟まなかった。

ジョセフ自ら離宮に赴き、偽りだらけの調査結果を報告したのは、フレイに…母親を殺された幼い子どもに対するせめてもの誠意だ。偽善とわかっていてもやらずにはいられなかった。まだまだジョセフも青いという証拠だろうか。

「ジョセフ様、完了しました」

フレイの泣きそうな顔が脳裏によぎった時、部下たちが帰ってきた。周辺の木々を確認させていたのだ。

陰謀うんぬんは抜きにしても、スズメバチは脅威である。どこかに巣があるのなら、駆除しておかなければならない。

「ご苦労。…どうだった？」

「庭師たちにもくまなく探させましたが、どこにも巣はありませんでした。庭師いわく、蜂がこのような開けた場所で巣作りをすることはめったに無いそうです」

「つまり、ここ周辺以外のどこかから侵入してきたということか……うん？」

ふと地面が目につき、ジョセフは長い脚を折ってしゃがんだ。

兵士たちが日々踏み固めている地面の土は硬く乾燥しているが、少し色の濃い土の塊が点々と散らばっている。触れてみるとやわらかく、少ししっとりとした感触がある。

「ジョセフ様？」

いぶかしげな部下を置き去りに、ジョセフは木立に入っていき、拾っておいた土の塊と地面を比べる。訓練場とはそう離れていないが、人が立ち入らないせいか、土は水分を含んでやわらかい。

「…同じ、だな」

何故ここの土が訓練場に落ちていたのだろう。兵士たちのいたずらか、ただの偶然か。

どうでもいいことが妙に気にかかる。何故なのかと考え、ジョセフはすぐに思い至った。散らばっていた土の塊がちょうどスズメバチくらいの大きさだったせいだ。

……やれやれ。私も相当気苦労が溜まっているらしい。

スズメバチくらいの大きさだからといって、何だというのだ。土を生物に変え、操る術など魔術には存在しない。

――錬金術なら？

苦笑して部下のもとへ戻ろうとした瞬間、頭の奥にひらめきが走った。

ジョセフは魔術には長《た》けているが、錬金術の知識はほとんど無い。ソティラス貴族の大半がそうだろう。

唯一の例外はフレイだ。第三王子でありながら錬金術狂いと呼ばれ、管理人によれば使用人も寄せ付けず実験室にこもっているという。低すぎる出自を差し引いても、民の税で養われている身でありながら趣味に耽《ふけ》るだけという時点で、宰相補佐の視点においてフレイは王族失格である。

離宮に派遣した警備兵たちからは、フレイが外に出たという報告は入っていない。こんなところに来たはずがないのに、どういうわけかジョセフの頭からフレイの幼い面影は消えてくれなかった。

フレイがルベドと共に城下町の冒険者ギルドへ行けたのは、訓練場での一件から実に二か月近く経った後だった。

離宮の警備兵が何故か倍近くに増員されてしまい、警備体制が格段に厳しくなったせいだ。さぼってばかりの使用人たちすら彼らの目を怖れ、真面目に働き始めたため、長い時間離宮を留守にするのが難しくなってしまったのである。

どうやら馬鹿なダグラスがスズメバチの襲撃をエドガーのせいだと騒いだせいで、ジョセフが監視も兼ねて各王子の警備を増やしたらしい。

あの異母兄は本当にろくなことをしない、とぼやきつつも、フレイは対応策を練った。その結果たどり着いたのが、自分そっくりのゴーレムを創り、身代わりを務めさせるという策だったのだが。

「どうだルベド、今度こそそっくりだろ？」

完成したばかりのゴーレムと並び、フレイは自慢げに胸を張る。ゴーレムもすかさず同じ姿勢を取った。

……ふっふっふっ、我ながらいい出来だ。

何せ厳選された素材を用い、核にはとっておきの紅玉を使ったのだ。これならルベドも納得してくれるはずだと思ったのに。

「……駄目ですね」

「何でだよ⁉」

残念そうに首を振るルベドに、フレイは食ってかかった。身代わりゴーレム自体は最初の数日で完成したのだが、ルベドに駄目出しを喰らい続けたせいで何度も創り直しを余儀なくされていたのだ。これは確か五十三体目のはずである。おかげでフレイのゴーレム創りの腕は飛躍的に上達した。

「美しさも可愛《かわい》らしさも聡明《そうめい》さもフレイ様に遠く及びません。仕草もフレイ様独特の愛くるしさに欠けますし、これではすぐ偽者と露見してしまうかと」

「そんな微妙な違いに気付くのなんて、ルベドくらいだと思うけど」

「いいえ、フレイ様。貴方ほど美しく可愛らしく才気に溢《あふ》れたお方は他に居ないのですから、誰もが気付くに決まっています」

断言するルベドは本気だと、真剣な表情が物語っている。

ルベドと暮らし始めて二か月と数日。フレイに対するルベドの思慕はいや増すばかりで、フレイすら時折驚かされるほどだ。人と同じ姿のホムンクルスは他に例が無いため、比較も出来ないのだが、本来のホムンクルス…錬金瓶《びん》を出たら死んでしまう小人も、これほど創造主を慕うものなのだろうか。

「…じゃあ、ちょっと試してみようか」

ルベドの気持ちは嬉《うれ》しいが、このままではいつまで経っても外に出られない。フレイは身代わりゴーレムをソファに座らせ、自分は不満そうなルベドと共にその裏側に隠れた。

「……お呼びでしょうか」

身代わりゴーレムが呼び鈴を鳴らすと、メイドが現れる。以前は何度も鳴らしてようやく来てくれたから、よほど警備兵の監視は厳しいようだ。

「お茶を持って来て」

「……はいはい」

身代わりゴーレムに命じられ、メイドは面倒くさそうに下がり、少ししてティーセットを運んでくる。どん、と乱暴にポットやカップを置く姿は相変わらずだが、フレイを怪しむ素振りは無い。

「ほらね。大丈夫だったでしょ？」

メイドが去ると、フレイはふふんと鼻を鳴らした。ルベドは理解しがたいとばかりに眉をひそめる。

「あのメイド…性根のみならず目まで腐っているのでしょうか？　フレイ様とゴーレムの区別がつかないとは…」

「そんなものだって。母様なら気付いただろうけど、この離宮で働いてる奴らはみんな俺に興味が無いんだから」

なにげなく言ったのに、ルベドは深紅の瞳を痛ましそうに細め、フレイを抱き上げる。

「私はフレイ様をお慕いしております。私の心を占めるのは貴方だけです」

「……うん。ありがとう、ルベド」

ちゅっと頬に口付けると、ルベドもフレイの頬に口付けを返してくれた。訓練場の一件の後、自分もフレイに口付けたいとねだられたので、喜んで許したのだ。

今では一日に数え切れないほど口付けを交わしている。大きななりをしていても、ルベドはまだ赤子も同然。親に甘えたいのは当たり前だ。

身代わりゴーレムに留守を任せ、フレイとルベドは城下町へ向かった。ルベドの隠匿《いんとく》の術があれば、外に出ること自体は簡単なのだ。

庶民がほとんどの冒険者たちを管理する冒険者ギルドは、下町と貧民街《スラム》の境目にある。同じ冒険者ギルドでも錬金術発祥の国と言われる東のカマル帝国では貴族並みの待遇を受けるそうだが、貴族と平民の差が激しいソティラス王国での扱いは『あぶれ者の吹き溜まり』だ。

「こんにちは」

「おおっ、レイじゃないか」

ルベドと一緒にギルド内へ入ると、受付のカウンターに並んだ中年の男…ゴードンがぶんぶんと手を振った。

獰猛《どうもう》なヒグマが人間になったような外見だが、これでもれっきとしたギルドの職員だ。一昨年初めてフレイがギルドに錬金術アイテムを売りに来た時、子どもだからと相手にしなかった他の職員を叱《しか》り付け、代わりに対応してくれたのがゴードンだった。レイはフレイが街で使っている偽名である。

「久しぶりだな。あんまり来ないんで何かあったんじゃないかって心配してたんだぜ。…で、そっちの御仁は？」

ゴードンがフレイの隣にいぶかしげな目を向けた。今のルベドは変身の術でありふれた容姿の青年に化けている。

「えっと、俺の錬金術の師匠で、名前は…」

「ルドと申します。弟子がいつもお世話になっております」

あらかじめ決めておいた偽名を名乗り、ルベドは小さく頭を下げた。ゴードンが丸い目を見開く。

「おお、あんたが！　偏屈な引きこもりだって聞いてたが、なかなかいい男じゃないか。今日は何だってここへ？」

「いつまでも弟子に任せっぱなしではいけないと思い、冒険者登録をしようと一念発起しました」

フレイことレイはとある錬金術師の弟子で、引きこもりの師匠に代わって錬金術アイテムを売りに来ている――という設定で自分の創った錬金術アイテムを売っていた。ちょうどいいのでその師匠役をルベドに任せたのだ。

「そりゃあいい心がけだ。師匠が傍《そば》に付いてりゃあ、ちょっかい出そうとする奴も居なくなるだろうからな」

「…ちょっかい？」

うんうんと頷《うなず》くゴードンに、ルベドの声音がほんの少しだけ低くなる。嫌な予感を覚え、割り込もうとした時だった。冒険者たちが数人、連れ立って入って来たのは。

ひと仕事終えた後らしく、身に纏《まと》った革鎧《かわよろい》は薄汚れてあちこち破損し、疲労感を漂わせている。身長の半分はありそうな大剣を担いだ剣士を見付け、フレイはしまったと思いながらルベドの背中に隠れたが、ほんの少しだけ遅かったようだ。

「おやあ？　レイ、レイじゃねえか」

「失礼ですが、貴方は？」

どかどかと近付いてきた剣士から、ルベドがすかさず庇《かば》ってくれる。剣士は一瞬鼻白んだが、すぐにふてぶてしい笑みを浮かべた。

「俺は銀級《シルバーランク》のハリーだ。大剣使いのハリー。知らねえのか？」

「寡聞《かぶん》にして存じ上げませんが、その大剣使いとやらが私の弟子に何用ですか？」

ギルドに所属する冒険者はその功績と実力により、銅級《ブロンズランク》から始まり、銀級《シルバーランク》、金級《ゴールドランク》、白金級《プラチナランク》へと昇格していく。白金級ともなれば国によっては貴族と同格の扱いを受けるのだが、冒険者の地位が極端に低いソティラスには高位の冒険者が寄り付かないため、銀級のハリーでも幅をきかせられるのだ。

「ハリーさんに何て失礼な！」

「謝れ、謝るんだ！」

わっと騒ぎ立てる冒険者たちは、ハリーの取り巻きだ。気前のいいハリーにくっついて歩き、銀級のおこぼれにあずかっている。

ハリーは気障《きざ》ったらしい仕草で彼らに手を振った。

「まあまあ、お前ら。…あんた、レイの師匠ってことは錬金術師だな。いつもレイが納品してる錬金術アイテムを創ってる」

「だとしたら、何です？」

「アイテムを売れよ。回復《ヒーリング》ポーションは必須、いくつあってもいい。あとは爆弾《ボム》に、鑑定石に、自動地図《オートマップ》に…」

「おいこら、ハリー！　いい加減にしないか！」

冒険者同士のいさかいには口出ししないゴードンが、さすがに怒声を張り上げた。

ギルドに納品されるべき商品を冒険者同士で勝手に売買する行為は中抜きと呼ばれ、ギルドでは固く禁じられている。ギルドの利益を損なうのはもちろん、劣悪な品質の商品が広まり、冒険者たちを危険にさらす可能性が高いからだ。

だがゴードンが怒るのは、その理由だけではない。

「今度レイにふざけた真似《まね》をしたらただじゃおかないって言ったのを、忘れたのか？」

「…失礼。ふざけた真似とは？」

割り込んだルベドの声は、地を這《は》うように低い。フレイは嫌な予感に襲われ、黙っていてくれるよう身振り手振りでゴードンに願ったが、伝わらなかったようだ。

「そいつはレイに外でしつこく付き纏って、ギルドに納品するはずのアイテムをまき上げてやがったんだ」

「人聞き悪いこと言うなよ。ちゃんと金は払ったじゃねえか」

「ああ、子どもの小遣いにもならないようなはした金をな」

ふてくされるハリーに、ゴードンは汚らわしそうに吐き捨てる。

怒れるヒグマよりも、フレイは顔の見えないルベドの方が恐ろしくてたまらなかった。だって目の前の長身からは、殺気混じりの魔力が溢れ始めている。

「あん時は依頼に失敗して、すかんぴんだったんだから仕方ねえだろ。今日はちゃんと金出すからさ、いいだろ？」

「お前って奴は……！」

どんっ、とゴードンがカウンターに拳《こぶし》を叩《たた》き付け、ギルド内にざわめきが走る。それでもフレイには、ルベドの呟《つぶや》きがはっきりと聞き取れた。

「……なるほど。護身用魔玉はこの虫けらどもに使われていたのですね」

「ル、ルベド…」

「何をされたのか、後でしっかり説明して頂きますよ？」

肩越しに投げかけられた微笑《ほほえ》みは変身の術を使っていてもうっとりするほど美しいのに、背筋がぞくぞくする。

震え上がるフレイを片腕で抱き上げ、ルベドはゴードンに話しかけた。

「実は私、武術の指南を受けるつもりなのですが、指南役をこちらの大剣使いどのにお願い出来ないでしょうか？」

「はっ…？　ああ、いや、武術指南は高ランク冒険者に頼むことになるから、出来なくは無いが…」

「では、ぜひお願いします。…もしお引き受け頂けるのなら、後ほどアイテムを格安でお譲りしますよ」

ルベドの囁《ささや》きにハリーが目を輝かせて乗ったことで、話はすぐに纏まってしまった。ゴードンはさんざん渋っていたが、ルベド本人が強く希望するなら止められない。

ルベドの冒険者登録を済ませた後、フレイたちは地下に下りた。王宮に比べればずいぶんとささやかだが、ギルドにも冒険者用の訓練場があるのだ。保護の魔術がかけられており、多少の衝撃や攻撃魔術ではびくともしないようになっている。

「よし、じゃあ俺が適当に打ち込んでいくから、あんたは避けてろよ」

木製の大剣を担いだハリーが不敵に笑う。取り巻きたちは歓声を上げるが、フレイは嫌な予感がしてならなかった。あのハリーが真面目に指南役を務めるとは思えない。

付いて来てくれたゴードンが腕組みをしながら唸《うな》った。

「あいつ、指南のふりしてルドを痛め付けるつもりかもしれねえ」

「えっ…」

ゴードンによれば、以前もハリーから指南を受けた新人冒険者が大怪我《けが》を負い、辞めてしまったことがあったそうだ。その時は数少ない銀級冒険者ゆえギルド職員が監視に付いておらず、『新人冒険者が指南の後、無茶な依頼を受けて負傷してしまった』というハリーの主張を受け容れざるを得なかった。

「な、何でそんなことを?」

「たぶん、自分より強い冒険者が生まれる前に潰《つぶ》しておこうとしたんだろうな。俺が見てる前では、さすがにあからさまなことはやらないだろうが…」

「そ、そんな…っ」

恐ろしくなったフレイが駆け込む前に、ハリーは大剣を勢いよく振り下ろした。

ブン、と空気を斬《き》る音がここまで聞こえてくる。性根が腐っていてもさすが銀級の冒険者だ。普通の人間なら避けきれず、打ち据《す》えられてしまうだろうが——。

「へっ……？」

紙一重の間合いでかわされ、ハリーが間抜けな声を漏らす。

しかしルベドが素人丸出しで木剣を握り締め、情けない表情を浮かべているのを見ると、にいっと唇を吊り上げた。…それがルベドの演技とも知らずに。

「何だ、まぐれか。…次、行くぞっ！」

ハリーは大剣使いとは思えない速さで次々と斬撃《ざんげき》をくり出していく。腕前は確かなのだ。だからギルドも多少の素行の悪さには目をつむってきた。

だが必殺の間合いで放たれた斬撃を、ルベドは木剣を握り締めたままひょいひょいとかわしていってしまう。一度だけならまぐれでも、数度、十数度と続けば、それは。

「……あ、あんたは……」

「——覚えました。貴方はもう用済みです」

斬撃をルベドが木剣で払いのけた直後、攻守は入れ替わった。ブン、ブンッと空気を唸らせながら、ルベドはハリーに木剣を叩き込む。

その動きはさっきまでのハリーとまるで同じ…ではない。木剣を振るうたび、さらに速く美しく、洗練された動きに研ぎ澄まされていく。

あまりにも急激な変化、いや進化に付いて行けない。己より弱い相手としか戦ってこなかったハリーでは。

「ぎゃっ…、ぎゃあああああ！」

みぞおちに剣先を突き入れる瞬間、ルベドの瞳が深紅に戻ったのに気付いたのは野太い悲鳴を上げたハリーと、フレイくらいだっただろう。

急所を抉《えぐ》られた挙句、殺気混じりの魔力を間近で浴びせられ、ハリーは訓練場の床に斃《たお》れた。ズボンの股間《こかん》が濡《ぬ》れ、鼻をつく嫌な臭いが漂う。

「ハ…ッ、ハリーさんが負けた？」

「そんな…、冒険者登録したばかりの新入りに？　嘘《うそ》だろ？」

愕然《がくぜん》とする取り巻きたちには一瞥《いちべつ》もくれず、ルベドはフレイのもとに戻ってきた。あれほど激しく動いていたにもかかわらず、息一つ乱していない。

「ルベド、…ルベド、ルベド！」

錬金術師とその弟子という設定も忘れ、フレイはルベドに飛び付いた。当然のように抱き上げてもらい、胸にしがみ付く。

「すごい、すごいよルベド！　本当に…本当にすごくて、格好よくて、すごくて…」

感動のあまり、すごい以外の言葉が出てこないのがもどかしい。ええい、とフレイはルベドの胸に顔を埋めた。

「とにかく、ルベドはすごい！　ルベドが世界で一番すごいんだから！」

真の才能を持つ武人は、一度手合わせしただけで相手の動きと技を我が物にすると聞いたこ

とがある。

ルベドは魔術師のみならず、武人の才能にも恵まれたのだろう。思えば王宮の訓練場でも、兵士やダグラスの騎士たちの動きをすぐものにしていた。

「ありがとうございます、フレイ様。…ですが、少し落ち着いて下さい」

「あ……」

苦笑交じりに耳元で囁かれ、フレイはようやく本名を連呼してしまっていたことに気付いて青ざめた。だがフレイたち以外の全員がハリーに注目していたため、聞きとがめられずに済んだようだ。

「おいおいおい、錬金術師の先生！　すごいじゃねえか！」

ハリーの容態を確かめていたゴードンがルベドの肩をばんばんと叩いた。振動に眉を寄せながら、フレイはぴくりとも動かないハリーを指差す。

「ゴードンさん、ハリーは…」

「ああ、あいつならただ伸びてるだけだ。高い鼻っ柱へし折られて、これからは大人しくなるんじゃねえか」

ゴードンは今まで見たことが無いくらい嬉しそうだ。ハリーを懲《こ》らしめてくれた上、即戦力になりそうな冒険者が現れたのだから当然だろう。

「先生にはお礼をしなくちゃな。何か希望はあるか？　うちも厳しいんで高価なものは無理だが、銀級への昇格試験を早めるくらいなら出来るぜ」

「……、でしたら……」

ルベドは少し考え、フレイを下ろしてからゴードンに小さな声で何かを伝えた。ゴードンはつぶらな目を意外そうにぱちぱちさせる。

「もちろん可能だが、そんなんでいいのか？」

「はい。ぜひお願いします」

ゴードンは首をひねりつつも、ルベドの望んだものを揃《そろ》えてくれたようだ。帰り際、大きな袋を渡され、フレイとルベドは帰途につく。

「ルベド、何をもらったの？」

フレイは何度も尋ねたが、ルベドは『帰ってからのお楽しみです』と微笑むばかり。しかも無事離宮に帰り着くと、亡き母が使っていた小さな厨房《ちゅうぼう》に一人でこもってしまった。

……も、もしかして、これが反抗期ってやつなのか……？

母の数少ない友人が珍しく遊びに来た時、反抗期の息子に手がかかって大変だとぼやいていた。何でもかんでも親に逆らい、噛み付いてくるのだそうだ。

ルベドは生まれて三か月も経っていないが、優秀ゆえに反抗期の訪れも早いのかもしれない。親としてどう接すれば、とうろうろ歩き回りながら悩んでいると、厨房の扉が開いた。

「フレイ様、どうなさったのですか？」

「ルベド……」

見下ろす深紅の瞳には慈愛と心配の色しか無い。へなへなとしゃがみ込めば、ルベドは慌てて抱き上げてくれる。

「ご気分が優れないのですか？　もしや虫けらどもの毒にあてられたのでは…」

「違う、違うよ。これはその…反抗期じゃなくて安心したっていうか…」

「反抗期…？」

理解出来ずにいるルベドに、フレイは反抗期がどういうものかを説明した。申し訳無さそうな表情を浮かべ、ルベドがフレイの頬に口付ける。

「そのような忌《い》まわしいモノ、フレイ様の唯一のしもべたる私に存在するはずがございません。お心を痛めさせてしまい、申し訳ありませんでした」

「ううん、いいんだ。…じゃあ、何をしていたのか教えてくれる？」

「もちろんです。少々お待ち下さい」

ルベドはフレイをソファに運び、厨房へ戻っていった。待つことしばし、パンとスープの皿が載ったトレイを持って来る。

パンはいつもメイドが運んでくるものより柔らかそうで、木の実やドライフルーツが混ぜられ、焼き立ての香ばしい匂いを漂わせている。大ぶりの肉や野菜がたっぷり入れられたスープは、食べ応えがありそうだ。

「これ…、もしかして…」

「はい、私が作りました」

テーブルに皿を並べながら、ルベドは種明かしをしてくれる。

礼としてゴードンに望んだのは、料理の指南書と食材だったそうだ。ルベドは指南書を一読しただけで料理の基礎を覚え、もらった食材を使ってこのパンとスープを作ってくれたのである。

「どうしてそんなことを…」

「フレイ様に温かい食事を召し上がって頂きたかったのです。もっと早く料理を覚えたかったのですが、こちらには料理関連の書物が無かったもので」

そういえば、とフレイは思い出した。初めて書庫へ連れて行った時、ルベドがしきりに首をかしげていたことを。

きっとあの頃から、料理を覚えたいと思っていたのだろう。使用人にすらさげすまれ、唯一愛してくれる母を失ったフレイのために。

フレイは震える手で匙《さじ》を持ち、スープを掬《すく》った。

「……美味《おい》しい」

味付けは違うはずなのに、口に広がる味は母が作ってくれた料理にそっくりだ。もっと味わいたいけれど、嗚咽《おえつ》がこみ上げて匙を持っていることも出来なくなってしまう。

「フレイ様⁉」

血相を変えたルベドがフレイを抱き寄せる。温かい胸にもたれ、フレイはふるふると首を振った。

「大丈夫、ルベド。大丈夫だから」

「ですが、涙が…」

「人間はすごく嬉しい時にも涙が出ちゃうんだよ。…ありがとう、ルベド。俺のために…本当にありがとう…」

「フレイ様……」

泣き続けるフレイの頭や背中を、ルベドは優しく撫《な》でてくれる。親子が完全に逆転してしまっているが、気持ちいいのだから仕方が無い。

……メルクリウス様、ルベドを俺に下さってありがとうございます。

神の血を受け継ぐ王族でありながら、神の存在など信じたことが無かったフレイが、初めて神に本気の感謝を捧げた。

錬金術の守護神メルクリウスは全能神ソティラスを崇める王国では疎まれる神だが、ルベドをフレイのもとに送り出してくれたのだ。フレイにとってはソティラスなどよりよほどありがたい存在である。

——ふふ、たいしたことじゃないよ。君は面白いからね。

「え？」

楽しげな声が聞こえ、顔を上げると、心配そうな深紅の瞳と目が合った。

「ルベド、今何か言った？」

「いえ、何も」

殺風景な部屋には二人以外居ないし、呼ばれもしないのに使用人が来るはずもない。きっと泣きすぎて空耳が聞こえたのだろう。

ちょうどよく涙も止まったので、ルベドと二人でパンとスープを食べた。どちらもすっかり冷めてしまったけれど、頬が落ちそうなほど美味しかった。

「ごちそうさま。ねえルベド、また作ってくれる？」

「フレイ様のお望みなら喜んで。…ですが、その前に」

ルベドの慈愛に満ちたはずの微笑みに、嫌な予感を覚えた。思わず離れようとしたフレイの手を、ルベドががっちりと摑《つか》む。

「聞かせて頂きましょうか。あの虫けらに何をされたのか、詳細に」

「む、むむ虫けらって何のこと？」

わかんないなあ、と顔をそむけようとしたとたん、顎《あご》をくいっと引き寄せられ、無理やり視線を合わされた。人ならざる美貌《びぼう》は怒気を孕《はら》み、いっそう美しく輝いている。

「話して下さいますよね？」

「……、…………はい」

……やっぱり、反抗期かもしれない。

観念したフレイは語った。

錬金術アイテムをギルドに持ち込むようになったばかりの頃、ハリーたちに目を付けられ、ギルドの外で待ち伏せられては雀《すずめ》の涙ほどの金額でアイテムを無理やり買い取られていたこと。周囲にはハリーの暴挙に気付いている者も居たが、貴重な銀級冒険者ゆえ、誰も咎《とが》めようとしなかったこと。護身用の魔玉で身を守らざるを得なかったこと。見かねたゴードンが現行犯で注意してくれたおかげで、ハリーが引き下がったこと。

一つ話すたび急降下していくルベドの機嫌は、話し終えた頃にはどん底まで落ち込んでいた。漏れ出る魔力に混じる殺気。ハリーが居合わせたなら、泣き叫びながら逃げ出したに違いない。

「あの虫けら、潰しておくべきですね…」

殺意が凝《こご》ったような呟きに、フレイは震え上がった。ハリーの社会的身分と尊厳は今日しっかり潰されたはずなので、今度は身体を潰してやるつもりに違いない。

「い、いいよ、ルベド。そんなことしなくて」

「ですがあの虫けらは、己の犯した罪に相応《ふさわ》しい罰を受けておりません」

「じゅうぶん受けたって！」

ソティラスのギルドでは数少ない銀級冒険者というのが、ハリーの最大の誇りだったのだ。

それが登録したばかりの新人に叩きのめされた挙句漏らしてしまったのだから、今頃羞恥と絶望のどん底であがいているだろう。

「…お願い、ルベド。ハリーのことはもう忘れて」

フレイは何度説明してもなお納得してくれないルベドの手を取り、きゅっと握り締めた。

「俺の大切な可愛いルベドが、あんな奴のために手を汚すなんて嫌だよ」

「……」

「ルベド？」

二回り近く大きなルベドの手が、ぷるぷると小刻みに震えている。よけいに苛立《いらだ》たせてしまったのだろうか、と心配になった時、フレイの身体は軽々と抱き上げられた。

「……ルベド？」

そのままルベドの膝《ひざ》に後ろ向きで座らされ、きょとんとしていると、ルベドが頭に高い鼻を埋めてくる。

「…申し訳ありません。突然激しい動悸《どうき》とめまいに襲われました」

「えっ！　だ、大丈夫⁉」

「問題ありません。だんだん回復してまいりましたので」

確かに、くっついた背中から伝わる鼓動は少しずつ穏やかになっていく。フレイはほっと力を抜き、ルベドの胸にもたれた。

「良かった…。でも、いきなりどうしちゃったんだろう。ハリーがそんなに許せない？」

「いえ、虫けらは関係無いかと。動悸に襲われる前に、フレイ様に触れたくてたまらなくなりましたから」

「そっか…」

フレイは腹に回されたルベドの手をそっと撫でる。

「今日は初めて離宮の外に出たし、色々あったから不安になっちゃったのかもな」

「不安…、ですか」

「うん。俺も小さな頃、ダグラスやエドガーにいじめられた日はよく母様の膝に乗せてもらってたよ」

どんなに魔術や武術の才能に恵まれていようと、大人の姿をしていようと、フレイにとってルベドは生まれて間も無い赤子なのだ。本当は親のフレイがルベドを膝に乗せてあげるべきなのだろうが、逆転してしまうのは体格的に仕方が無い。

「いい子、いい子。ルベドはいい子」

遠い日の母との思い出をなぞりながら、フレイはルベドの手を撫で続ける。

「……フレイ様……」

「大好きだよ、ルベド。…ありがとう。俺のところに来てくれて…俺のために怒ってくれて」

母様もこんな気持ちだったのかなあ、と浸るフレイは、深紅の瞳が切なげに揺れていることにも気付かずルベドの手に頰を擦り寄せる。

「…ねえ、ルベド。いつか、二人でここを出ない？」

「王宮を…ですか？」

「そう。お前と二人で世界じゅうを旅したいなって…今日、お前を見てて思ったんだ」

誰も二人を知らない国へ出てしまえば、フレイはただの錬金術師、ルベドは冒険者だ。人目を恐れず、どこにでも自由に行ける。

「しかし、フレイ様は王子です。王位継承権をお持ちの方が王宮の外に出るなど、許されないのでは…」

「王位継承権なんて捨てちゃえばいい。今は無理だけど、十五歳で成人の儀を迎えたら、王位継承権の放棄も認められるから」

フレイが放棄を申し出ても、止める者は居ないだろう。役立たずの錬金術狂いが自分から消えてくれたと、誰もが喜ぶはずだ。

「…王位継承権を放棄されて、後悔は…」

「するわけないよ。欲しくもなかったし、ルベドと二人でいられることの方がずっとずーっと大事だもん。…ルベドは？」

「フレイ様と二人だけで生きること以外、私の望みはございません」

「じゃあ何の問題も無いな。…よし！　成人したらここを出て、二人きりで旅しまくるぞ！」

張り切るフレイを、ルベドはぎゅっと抱き締める。

「お供します。どこまでも——いつまでも」


ルベドと二人で世界じゅうを旅する。

目標を掲げて過ごす日々はまたたく間に過ぎてゆき、五年の月日が流れた。

フレイは十五歳、ルベドは五歳。ルベドの外見は創り出された時と変わらず若いままだが、成長期を迎えたフレイは逞《たくま》しく…とまではいかないものの、それなりに大きくなれたと思う。

ルベドの腰までしか無かった身長は胸くらいまで伸びたし、華奢《きゃしゃ》だった身体にもほどほど筋肉がつき、母親似の童顔でも女の子に間違えられることはなくなった。料理の腕をどんどん上げたルベドが毎日美味しい食事をたっぷり食べさせ、武術の指南もしてくれたおかげだ。

さなぎが蝶《ちょう》になったかのような成長を誰かが目にしたなら、第三王子に何が起きたのかと噂《うわさ》になっただろう。

だが幸いにも、フレイの存在は五年前と同じく、無いも同然のままだった。異母兄たち…第一王子ダグラスと第二王子エドガーの争いに未だ決着がつかずにいるせいで。

クリフォード王はこの期に及んでも王太子を定められず、我が子同士の争いをおろおろと見守るばかり。政《まつりごと》は失意の末引退した父の後を継いだ新宰相ジョセフが取り仕切り、どうにか回している始末だ。

そんな状況だから、誰も忘れ去られた第三王子になど構わない。

離宮の管理人はとうとう平民の使用人たちすら辞めさせ、表向きは雇ったままにしてその給金まで懐に入れ始めたが、むしろフレイには好都合だった。隠匿の術を使わなくても、ルベドを堂々と暮らさせてやれるのだから。

今や離宮に住まうのはフレイとルベド、そしてフレイが創り出した労働用ゴーレムたちくらいである。二足歩行の熊や巨大猫の姿をしたゴーレムたちは、フレイの薬草園の世話や重たい荷物の運搬などに役立ってくれている。おかげで錬金術アイテムの創造が格段にはかどるようになった。

「ああフレイ様、ご立派になられて…」

待ちに待った十五歳の誕生日の朝。

いつもの平民のような格好ではなく、絹地に華やかな金の刺繡《ししゅう》を施した礼服を纏ったフレイを見上げ、ルベドはひざまずいたまま涙を流した。

「ありがとう、ルベド。ルベドのおかげだよ」

かつて食べるにも苦労したのが信じられないほど、今の暮らしは豊かになっている。五年前のフレイでは、こんな豪華な衣装はとても誂《あつら》えられなかっただろう。

ハリーを叩きのめしたのを皮切りに、ルベドは様々な依頼をこなして順調にランクアップし、今やソティラスのギルドでは一人しか居ない金級《ゴールドランク》の冒険者だ。

錬金術師にして金級冒険者という異色の存在に多くの高ランク冒険者が引き寄せられ、ギルドは空前の活気に沸いている。ルベドは高ランク冒険者たちの武術を習得してさらに強くなり、より難易度が高く、報酬も高い依頼をこなせるという好循環だ。

フレイはルベドの猛反対に遭って冒険者登録こそしなかったが、ルベドを隠れ蓑《みの》に錬金術アイテムをたくさん売りさばけるようになった。

錬金術アイテムの需要は、年々増加している。東のカマル帝国から錬金術師が流れてくるのと、錬金術アイテムの便利さに冒険者以外の民も気付いたからだろう。回復《ヒーリング》ポーションや発火石などの生活に役立つ品々は、雑貨店でも扱われている。

全能神ソティラスを奉じる教会はこの傾向を快くは思わなかったが、錬金術を禁じることもしなかった。錬金術アイテムが売れれば売れるほど、教会に多額の税金が収められるからだ。

旧態依然とした王侯貴族は未だに錬金術を蔑視し、受け容れようとしないが、それもまたフレイには好都合だ。『錬金術狂い』である限り、離宮に放置しておいてもらえるのだから。

「ありがたきお言葉。今日もお傍を離れません」

「うん。ルベドが居てくれれば安心出来るよ」

フレイが礼服を着ているのは、王宮で催される成人の儀に参加するためだ。そこで父である王に謁見《えっけん》し、成人王族と認められる。異母兄たちはそれぞれ三年前と二年前に終えており、どちらも夜会や式典を伴う豪華絢爛《けんらん》なものだったらしい。

後ろ盾の居ないフレイの場合、父王と決まり切った文句を交わすだけで終わるだろう。その方がありがたい。フレイは今日こそ王位継承権の放棄を父に認めさせ、王宮を出るつもりなのだから。

ルベドと頷き合い、この五年間でずいぶんと家具の増えた私室を出た。成人の日にもかかわらず王宮から迎えの使者すら寄越《よこ》されないところが、フレイの地位の低さを物語っている。

「第三王子殿下、お待ちしておりました。陛下のもとへご案内いたします」

王宮の入り口でフレイを出迎えた侍従は、背後に控えるルベドに一瞥もくれなかった。ルベドは隠匿の術で姿を隠しているのだ。

ルベドを創り出した時、フレイはいずれルベドを…人間を凌駕《りょうが》するホムンクルスの存在を大々的に公開するつもりだった。それが母を殺した者たちを威嚇《いかく》し、己の身を守ることにもなると思っていたからだ。

でもそんな気持ちは、とっくに消え失《う》せてしまっている。

ルベドはただのホムンクルスではない。フレイの大切な子どもで、今となっては唯一の家族なのだ。見世物にしたくない。

それにダグラスやエドガーがルベドの存在を知れば、必ず欲しがるだろう。優秀な魔術師にして冒険者でもあるルベドは大きな戦力になる上、この美貌だ。フレイから力ずくでも取り上げ、侍《はべ》らせようとするに違いない。

「第三王子殿下がおいでになりました」

侍従が開けてくれた謁見の間の扉を、フレイはゆっくりとくぐる。供も連れず現れた王子に居合わせた貴族たちから失笑が漏れたが、気圧《けお》されはしない。ルベドが付いていてくれるのだから。

……えっ？

うつむいていた顔を上げ、フレイは目を丸くした。

まともに対面したのは数年ぶりにもかかわらず、つまらなそうな表情の玉座の父王——それはいい。別に今さら肉親の情なんて求めていない。その隣で尊大な表情を隠そうともしない教会の司祭も、まあいいだろう。王家の儀式には見届け役の聖職者が必須だ。

だが玉座の脇にダグラスとエドガー、それにジョセフまで並んでいるのはどういうことだ。

ダグラスとエドガーはジョセフを挟んで時折睨《にら》み合っては、ふんっと顔を逸《そ》らしている。

無表情のジョセフは内心、うんざりしているだろう。通路の両脇を埋め尽くすのは、おそらくそれぞれの派閥の貴族たちだ。

「…フレイ様」

ルベドが耳元で囁く。

フレイははっとして玉座の前まで進んだ。ぴったり追従するルベドの存在に誰も気付いた様子は無い。もしかしたら王やジョセフには勘付かれてしまうかもしれないと危惧《きぐ》していたので安堵《あんど》する。

……つまり、この中で一番魔力が高いのはルベドだってことだな。さすが俺のルベド。

ひそかに感動しつつ、フレイはひざまずき、頭《こうべ》を垂れた。

「陛下のご尊顔を拝し、恐悦至極に存じます。第三王子のフレイが成人のご挨拶に参りました」

「……大儀である。顔を上げよ」

フレイが従うと、クリフォード王はたるんで眠たげな目をわずかに瞠《みは》った。亡き母に似ているので驚いたのだろうか。だがすぐ元の顔に戻り、司祭に目配せをする。

心得た司祭が絹地のクッションに乗せた短剣を従者から受け取り、フレイのもとまで運んできた。

魔力銀《ミスリル》の鞘《さや》には雷のシンボルが刻まれている。全能神ソティラスを示すシンボルであり、王家の紋章でもある。王家の成人男子のみに与えられる短剣で、身分の証明にもなる。

「そなたにそれを授けよう。恥ずべきふるまいはやめ、王家の男子に相応しい行動を心がけるように」

恥ずべきふるまいとは錬金術のことだろう。貴族たちの間に嘲笑《ちょうしょう》がさざ波のように広がってゆき、ダグラスとエドガーもせせら笑うが、フレイは何も感じない。こんな茶番に付き合うのも、今日が最後だ。

「——恐れながら、陛下。私はこの短剣を受け取れません」

「…何だと？」

「私は今日この時をもって王位継承権を放棄し、王宮を出るつもりでおります」

宣言すると同時に、どよめきが走った。錬金術狂いとさげすまれる王子が自ら王位継承権を放棄するなど、誰も予想しなかったのだろう。ダグラスとエドガー、ジョセフや司祭までもが驚愕に目を見開いている。

「…な、何を考えているんだ貴様は！　卑しい血筋の錬金術狂いが、王宮を出てやっていけると思っているのか⁉」

真っ先に声を上げたのは第二王子、エドガーだった。神経質な狐《きつね》のような顔を吊り上げ、フレイを睨《にら》み付ける。

母を殺したかもしれない男と、顔を合わせたのは何年ぶりか。フレイだけなら我を忘れてしまっただろうが、ルベドが居てくれる。

「第二王子殿下のご心配はありがたいですが、私は王家に在っても何の役にも立てぬ身。無用の争いの種になる前に王宮を出るのが、唯一の貢献かと」

「…確かに…」

「錬金術アイテムで儲《もう》けているくせに、教会は錬金術師どもを忌み嫌っているからな…」

「今までは未成年ということで大目に見られていたが、錬金術狂いの王子を理由に政にまで口を出されることになったら…」

衝撃から立ち直った貴族たちが囁き合う。彼らにとっても、フレイは居ない方がいい存在なのだ。万が一ダグラスとエドガーが共倒れになった時、中立の貴族にフレイを担がれる怖れがなくなるのだから。

「…まあ、いいのではないか？」

ダグラスがにやりと笑った。

「己の分をわきまえた、殊勝なふるまいだ。…兄としては尊重してやりたいと思いますが、いかがでしょうか？　父上」

「む…、そうだな…」

息子の提案に、クリフォード王はまんざらでもなさそうだ。予想通り、とフレイは神妙な表情の下でほくそ笑む。

単純なダグラスは卑しい女の腹から生まれた異母弟が居なくなるのは嬉しいだろうし、クリフォード王とて頭痛の種が一つ消えるのだから止めはしないはずだ。事前にルベドと何度も話し合った通りの反応である。

「…良かろう。第三王子フレイを王族から外し…」

「――お待ち下さい、父上！」

クリフォード王がフレイの望んだ言葉を吐く寸前、エドガーが玉座の前に躍り出た。予想外の行動に面食らうフレイをよそに、必死の形相で訴える。

「卑しい妾腹《しょうふく》といえども、この者も神の血を引いております。外へ出すのはいかがなものかと…」

「しかし第三王子は錬金術にかまけ、魔術は下級貴族にも劣る有様というではないか」

「王家に留《とど》めたところで、こやつに妻を差し出す家はなかろうよ」

クリフォード王にいやらしい笑顔のダグラスが賛同する。フレイの魔術の腕前は中級くらいで、下級貴族よりは上なのだが、王妃の意向を受けた離宮の管理人がでたらめの報告をしていたのだろう。初めてあのろくでなし管理人に感謝したくなった。

「ぐ、…ぐぐ、ですが…」

「…どうした、エドガー。やけにこの者を庇うではないか。貴様らしくないぞ」

ダグラスが眉をひそめ、ダグラス派の貴族たちもざわめき始めた。フレイも同感だ。エドガーがフレイを嫌っているのは周知の事実である。一も二も無く賛成すると思っていたのに、何故こうも反対するのか。

「…フレイ様、気を付けて下さい」

ルベドがそっとフレイの耳に唇を寄せる。

「あの短剣から妙な魔力の波動を感じます。決して触れないで下さい」

「何だって…?」

じっと見詰めてみても、おろおろする司祭が持ったままの短剣からは何も感じ取れないが、ルベドが嘘を吐《つ》くわけがない。

短剣には魔力で何かが仕込まれているのだ。フレイ以上の魔力を持つ何者かによって。そこまでの魔力を有するのは上級貴族、あるいは王族しか存在しない。

「わ…、私とて人の情くらい持ち合わせております。卑しい妾腹でも、野垂れ死ぬのはあまりに哀れかと…」

「哀れ？　下級貴族にも劣る王子などさっさと処分してしまえばいいと日頃ほざいていた貴様が?」

エドガーが反論すればするほど、ダグラスの疑念は深まっていく。

フレイもひそかにルベドに身を寄せた。エドガーが見下していた異母弟の成人の儀に参加した理由が、あの短剣だったとしたら…。

「両殿下とも、お鎮まり下さい。ここはまず陛下のお言葉を…」

「貴様！　何かたくらんでいるのではあるまいな!?」

見かねたジョセフが割り込もうとするが、その前にダグラスが荒々しく詰め寄った。途中で『邪魔だ！』と突き飛ばされた司祭の持つクッションから、短剣が吹き飛んでいく。

「ぐわぁっ……!?」

短剣はエドガーの顔面に当たり、ごとんと床に落ちた。

つかの間、呆然《ぼうぜん》と立ち尽くしていたエドガーがおもむろに短剣を拾い上げる。誰もが息を呑《の》んだ。フレイと同じ王族特有の金色の瞳が、ぎらぎらと光っていたせいで。

「……殺してやる……」

「エ、エ、エドガー…」

「殺してやる！　殺す、殺す殺す殺すっ！」

エドガーは鞘から短剣を抜き放った。魔法銀の刀身に嵌《は》め込まれた青い宝石は、おそらく魔玉だ。そこに封じられた魔術を、ルベドが素早く分析する。

「あれは……『狂暴化』の術ですね」

「きょ…、『狂暴化』!?」

対象の理性を一時的に奪い、闘争心を異常に高める上級魔術だ。消費魔力が大きすぎるため遣い手は少ないが、かけられた者は効果の続く限り周囲へ見境無く攻撃し続けるという恐ろしい術である。

……どうしてそんな術を封じた魔玉が、成人の証《あかし》の短剣に!?

混乱するフレイの手を、ルベドが強く引いた。飛来した炎の弾が床を抉ったのは、その数秒後だ。

「我が魔力よ、熱く猛《たけ》き炎の雨となって降り注げ」

ゴオオオオオッ！

エドガーが短剣を天高く突き上げると、無数の炎のつぶてが謁見の間に降り注いだ。

「うわあああっ⁉」

「エ…、エドガー様、何を…っ…」

「助けて、…助けてくれえっ！」

貴族たちは泣き喚《わめ》き、我先にと謁見の間を逃げ出していく。彼らもまた魔術師なのに、エドガーを止めようとする者も、王を守ろうとする者もほとんど居ない。

期待されていない第三王子の成人の儀ということで、警備の近衛騎士がごく少数だったのも災いした。クリフォード王を守るのにせいいっぱいの彼らには、ダグラスを守る余裕が無い。

「やめよエドガー！　何を考えて…、うおぉっ⁉」

叫ぶクリフォード王に、巨大な炎の弾が襲いかかる。騎士たちの防御の術が間に合ったおかげで黒焦げ死体になるのは免れたが、弾かれた炎の弾は玉座を囲む帳《とばり》に命中し、燃え上がった。

「ふ……ふ、ふはは、ふははははっ！　炎よ狂え！　全てを焼き尽くせ！」

「エドガー殿下！」

哄笑《こうしょう》するエドガーの手足に、ジョセフが氷の矢を放つ。一度の詠唱で数本放たれる矢は才能の証だが、凍り付いた手足はすぐさま降り注ぐ炎によって溶かされた。

「ぐ……あっ……！」

　お返しとばかりに放たれた炎弾に吹き飛ばされ、ジョセフは背中から壁に激突した。防御の術を発動させたようだが、衝撃までは殺し切れなかったのか、うずくまったまま動かなくなる。

「炎よ、炎よ、炎よ……！」

　爛々《らんらん》と目を輝かせ、エドガーが炎の渦を巻き起こす。上級の攻撃魔術を連発し、王族でも魔力切れを起こす頃合いなのに、疲労の気配すら無い。

……『狂暴化』のせいだ。

　フレイの額を冷や汗が伝った。

『狂暴化』の術はかけられた者の限界を超えて力を発揮させる。今のエドガーの実力は、攻撃魔術だけならルベドに匹敵するかもしれない。

「焼き尽くせ、……炎よ！」

　太陽のようにまばゆい光を放ち、炎の渦が謁見の間全域へ広がっていく。王族が手加減無しに放った炎は、きっと生半可な防御魔術では防げない。

　助かりたければ離れるしかないが、出口は先に逃げ出した貴族たちが殺到し、人間の雪崩《なだれ》が起きそうな有様だ。さっさと儀式を終えて帰るつもりだったから、有効な錬金術アイテムも持ち合わせていない。

「フレイ様、お許しを」

「…ルベド?」

頬に口付けられた瞬間、フレイはとてつもなく嫌な予感に襲われた。とっさに伸ばした手は空を切り、ルベドは長い脚でフレイの前へ…炎の渦の中へ走り出ていく。

「駄目だ、……ルベドぉぉぉっ！」

「炎よ！」

短い詠唱から、ルベドはエドガーと同じ炎の渦を放つ。

だがその威力も大きさも、エドガーを凌駕していた。謁見の間を内側から破壊しそうなほど膨《ふく》れ上がった炎の渦がエドガーのそれに絡み付き、呑み込んでいく。獲物を丸呑みにする大蛇のように。

やがてルベドが拳を握る仕草をすると、炎の渦は一瞬で消え失せた。

「そ…、そん…な……」

目を回したエドガーがよろけ、どうっと倒れる。『狂暴化』の効果と魔力が切れたのだろう。

わななくクリフォード王の目は、ルベドをまっすぐ捉《とら》えていた。

「…誰だ…、貴様は…?」

いや、クリフォード王だけではない。ダグラスもジョセフも近衛騎士も司祭も、貴族たちも…誰もがルベドに視線を釘付《くぎづ》けにされている。

「ああ……」

噛み締めた唇から血が溢れた。

エドガーの炎を相殺するには、ルベドも最大の威力で炎を放たなければならなかったのだ。そのせいで隠匿の術が解け、ルベドの姿がさらされてしまった。

「……怪しい奴め、貴様もエドガーの仲間か？　捕らえろ！」

クリフォード王の命令に従い、近衛騎士たちがルベドを取り囲もうとする。フレイはルベドの前に走り出て、大きく手を広げた。

「待て！　この者は私の従者だ！」

「従者だと？　…愚かなことを申すな。貴様ごときがそれほどの魔術師を従えられるはずがない」

「父上のおっしゃる通りだ。邪魔をするなら貴様も牢屋《ろうや》行きだぞ」

切って捨てるクリフォード王に、ダグラスも追従する。

……何なんだよ、こいつらは！

怒りで目の前が真っ赤に染まった。ルベドがエドガーを止めるところは、居合わせた皆が見ていたはずなのに。

……いや、だからなのか？

狂暴化し、誰も手を付けられなかったエドガーをたやすく止めるほどの魔術師が突然現れたのだ。捕らえてしまいたいと思っても無理は無いかもしれない。

「…違います！　この者は、…ルベドは…」

「――フレイ様のおっしゃる通りです」

どうすれば言い逃れられるのか。必死に頭をめぐらせていると、ルベドがおもむろに進み出た。止める間も無く、腰から抜いた剣で手首を斬り付ける。

溢れ出た液体は透明感のある朱色で、人間の血ではないことは誰の目にも明らかだ。

「私は偉大なる錬金術師、フレイ様に創られしホムンクルス。フレイ様の唯一絶対のしもべでございます」

どよめきが響き渡る中、ルベドは誇らしげに宣言する。

「ホ、…ホムンクルスだと⁉　メルクリウスの力で創られた命とは何と汚らわしい…全能神ソティラスよ…」

青ざめた司祭がソティラスに祈りを捧《ささ》げ、宙に雷のシンボルを描いた。


謁見の間での騒動から四半日近く経っても、フレイとルベドは王宮を出られずにいた。

事態を究明するまで王宮に留まるように、と居合わせた全ての者に対しジョセフが要請したせいだ。それは王家に近い大貴族も、フレイたちも例外ではなかった。

「成人の証の短剣に『狂暴化』の魔玉など仕込むはずはありませんから、おそらくどこかですり替えられたと思われます。魔玉の出どころを探れば犯人はすぐに判明するはず。今は証言を取るため、第二王子の目覚めを待っているのでしょう」

「俺もそう思うけど…、ルベド…、本当に大丈夫？　痛くない？」

王宮の客室に押し込まれてからずっと、フレイは向かい合う格好でルベドの膝に乗り、切り裂かれた手首をさすっている。もう何度目かもわからなくなった問いに嫌な顔一つせず、ルベドはフレイの頬に口付けてくれる。

「少しも痛みませんよ。あの程度の傷ならすぐ自己治癒《ちゆ》すると、フレイ様もご存知でしょう？」

「知ってる。…知ってるけど…」

他のホムンクルスがどうかはわからないが、ルベドの体内を流れるのは万能の霊薬と謳《うた》われるエリクサーだ。

心臓代わりの賢者の石を破壊されない限り、その驚異的な回復力でいかなる傷もまたたく間に癒《い》やしてしまう。深く切り裂かれた手首も今はすっかり治っているけれど。

「でも俺は…、ルベドが痛い思いをするのは嫌なんだ」

「フレイ様…」

「それに俺のせいで、ルベドをさらし者にしてしまった…」

化け物を見るかのように引きつったクリフォード王たちの顔を思い出すと、胸がずきずきと痛む。

全能神ソティラスを崇める王国では、人間の魂はソティラスによって肉体に導かれ、この世に生まれ出でるものとされている。その理《ことわり》から外れたホムンクルスは、平民ならともかく、ソティラスの血を受け継ぐ王侯貴族には決して受け容れられない存在なのだ。

それが自分たちと同じ…いや、自分たちより優れた容姿と魔力まで持ち合わせているのだから、忌避感はよけいに強いだろう。ジョセフの制止を振り切って帰った司祭は、今頃ルベドについて聖法王に報告しているに違いない。王国の秩序を乱す悪《あ》しき存在として。

「貴方のせいではありません。悪いのは、あの短剣をすり替えた犯人です」

ルベドは何度もそう言って頭を撫でてくれるけれど、どう考えてもフレイのせいなのだ。

狂暴化したエドガーをフレイが止められれば、ルベドが姿をさらしてまで魔術を放つ必要は無かった。最後だからと油断せず、防御と逃走用のアイテムくらい持ち込んでおけば良かったのだ。

ルベド自ら素性を明かしたのだって、フレイのせいだ。

クリフォード王の勢いなら、ルベドがあのままエドガーの仲間だと決め付けられ、処罰される怖れがあった。だが係累を持たないホムンクルスとエドガーには、何の接点も無いのは明白だ。創造主であるフレイは長らく離宮で生活しており、短剣をすり替えることなど不可能なのだから。

「…やっと、ルベドと一緒に堂々と暮らせるようになると思ってたのに」

ルベドの胸に額をくっつけ、うつむくフレイのつむじにルベドは口付けを落とした。

「遠からず調査は終わるでしょうから、その後改めて王宮を出ればいいだけです。どれだけソティラス王国が大騒ぎになっても、南方大陸にまでは手出し出来ません」

王宮を出た後、フレイはルベドと共にカマル帝国へ渡るつもりでいた。カマルは錬金術の本場であり、ソティラスとは比べ物にならないほど錬金術師の地位も高い。優れた錬金術師には爵位が与えられ、皇帝の庇護《ひご》を受けるという。

元々実力主義の国だ。皇帝も世襲ではなく、皇族の血を引く全ての王侯貴族から最も優秀な者を選ぶという徹底ぶりである。

かの国でなら、フレイもルベドも自由に生きていける。フレイは錬金術師としてさらなる研《けん》鑽《さん》を積め、ルベドは白金級冒険者にまで上り詰められるだろう。

今頃は王都近くの港町へ移動中のはずだったのに、こんなことになるなんて。

唇を噛んだ時、外側から錠《じょう》がかけられていた扉が開いた。フレイは慌ててルベドの膝から降り、入ってくるジョセフを出迎える。

「第三王子殿下。長らくお留めしてしまい申し訳ございません」

一礼するジョセフからは、ルベドに対する嫌悪も恐怖も感じ取れない。事態の収拾に疲れ果て、それどころではないだけかもしれないが。

「いや。…それで、犯人はわかったのか？」

労《いた》わる気にもなれず尋ねれば、ジョセフは頷いた。

「はい。第三王子殿下に下賜《かし》されるはずの短剣をすり替えたのは、エドガー殿下でした」

「何……？」

驚愕するフレイとルベドに、ジョセフは色濃く疲労の滲《にじ》む顔で説明してくれた。エドガーはフレイの成人の儀を利用し、ダグラスを始末するつもりだったのだと。

そのために用意されたのが、あの『狂暴化』の魔玉が嵌め込まれた偽の短剣だった。

エドガーは母の実家の公爵家のつてで高位魔術師を雇い、偽の短剣を作らせると、宝物管理の役人を買収して本物の短剣とすり替えさせたのだ。さらに自分が参加すればダグラスも対抗して参加するはずだと踏み、その通りになった。

魔玉に仕込まれた『狂暴化』の術が発動するトリガーは、『王族が触れること』だったそうだ。儀式が何事も無く進めばフレイが受け取り、『狂暴化』によって暴れ狂い、玉座近辺の人間を皆殺しにするはずだった。…ダグラスやクリフォード王も含めて。

その後、エドガーはフレイを討ち、王に即位するつもりだったらしい。

しかしフレイが王位継承権の放棄を宣言したことで、事態はエドガーの予想外の方向へ進んだ。偽の短剣がこともあろうにエドガー自身の手に渡り、『狂暴化』が発動してしまった。フレイは濡れ衣《ぎぬ》を着せられ、殺されるところだったのだ。

「…そういうことか…」

怒りに身を震わせつつも、フレイは納得していた。偽の短剣をフレイに受け取らせなければ策が成り立たないから、エドガーはフレイの継承権放棄にあそこまで反対したのだ。回り回って自分自身が『狂暴化』にかかるはめになったのは、皮肉…いや、自業自得としか言いようが無い。

「——なるほど。策士が策に溺《おぼ》れましたか」

嘲《あざけ》る口調すら蠱惑《こわく》的なホムンクルスが、足音もたてずジョセフに歩み寄った。

「それで、あの愚かな蝿《はえ》の処分は？　我が創造主を殺《あや》めようとしたのです。相応の罰を受けるのでしょうね？」

「…、……エドガー殿下は王位継承権を剝奪《はくだつ》され、修道院へ送られることになりまし…」

ドンッ！

石造りの壁——ジョセフの頬すれすれに、ルベドの剣が突き刺さった。

「ルベドっ！」

「申し訳ありません。上手く聞こえませんでしたので、もう一度言って頂けますか？」

にこりと微笑むルベドは、フレイを振り返ってもくれない。深紅の瞳は抑えきれない殺気と怒りを孕み、ジョセフだけを映している。

「…エドガー殿下は王位継承権を剝奪され、修道院へ」

ザシュッ、とルベドの剣がジョセフの反対側の頰すれすれに突き刺さる。

フレイは生まれて初めてジョセフに敬意を抱いた。フレイなら恐ろしさのあまりとっくに失神しているだろうに、多少血の気が引く程度で済んでいるとは。

「聞こえませんでした。もう一度」

「エドガー殿下は」

剣先が素早くひらめき、今度はジョセフの喉《のど》をかすめながら突き刺さる。

「もう一度」

「エドガー殿…」

「もう一度」

ザッ、ザッ、ザッ。

何度もひらめくたび斬撃は鋭さを増し、ジョセフの頰や喉に浅い傷を刻んでいく。目にも留まらぬ速さでジョセフは逃げられず、フレイも止めに入れない。

「……やめろ、ルベド！」

とうとうフレイは叫んだ。

ホムンクルスは創造主の命令に逆らえない。ルベドは剣を壁から抜き、鞘に納める。だが殺気までは治まらない。

「あの蠅は偉大なるフレイ様を殺し、王になろうとした。修道院など生ぬるい。命であがなうのが当然ではありませんか？」

「…俺はともかく、あいつは第一王子と王まで殺すところだったんだ。王位継承権の剝奪と修道院行きだけで済むなんて、甘すぎないか？」

何となく理由を察しつつも尋ねれば、予想通りの答えが返ってきた。

「ご生母の側妃パトリシア様が、実家の公爵家と共に命だけは助けて欲しいと嘆願されたのです。ダグラス殿下も賛同されたため、陛下はお許しになりました」

クリフォード王にしてみれば公爵家に恩を売る好機だ。ダグラスとて、継承権を奪われた以上エドガーはもはや敵ではない。むしろ自滅してくれてありがとうとすら思っているかもしれない。

「王位だけを目指してこられたエドガー殿下にとって、継承権の剝奪は最大の罰です。修道院に入れられれば、妻帯も許されず…」

「だから何だというのです？」

くすぶり続けていた殺気がぶわりと広がった。

「蠅の分際でフレイ様の尊い命を奪おうとした罪の、万分の一も償えていないではありませんか」

「……クリフォード王陛下の決定です。誰が何と言おうとくつがえりません」

あちこちから血を流しながらも、ルベドから目を逸らさないジョセフにはいっそ感心してしまう。

フレイは息を吐き、ルベドの手を握った。

「もういいよ、ルベド」

「ですが、フレイ様」

「いいんだ。俺がどんな目に遭ったって、王宮の誰も気にかけないのは今に始まったことじゃないだろ。…あんな奴ら、俺の大切なルベドが怒ってやるだけの価値なんて無い」

フレイが刺々《とげとげ》しく睨むと、ジョセフの端整な顔が強張《こわば》った。お前も価値の無い一人だ、という意志は伝わったらしい。

「……『メルクリウスの寵児《ちょうじ》』」

ジョセフの呟きに、フレイは首を傾《かし》げる。

「何だよ、それは」

「貴方のことですよ。ずっとここに閉じ込められていたのでご存知無いでしょうが、今や王宮はエドガー殿下の処分よりも、第三王子殿下の話題でもちきりです」

錬金術狂いとこき下ろされていた王子が、精巧な人形と見まがうばかりの美しいホムンクルスを創り出した。しかもそのホムンクルスは知性と、暴走した王族を凌駕する魔力まで持ち合わせている。

第三王子の継承権放棄は撤回し、王国に留めるべきではないか。ルベドと同じ能力を持つホムンクルスを創らせ、働かせるために。そう主張する貴族も居るのだと聞かされ、フレイは青ざめる。

「そんなことになっていたなんて…」

「もちろん、一部の貴族のみです。ホムンクルスに対する忌避感は期待以上に高いですし、教会への兼ね合いもありますから」

「…だがいずれ他の貴族たちも、王も同調し始める。貴方はそう考えているのですね」

ルベドが指摘すると、ジョセフは神妙な顔で頷いた。

「教会は寄付さえ積めば黙ります。主人には絶対服従、しかも容姿端麗な奴隷なら、欲しがらない者は…」

「ルベドは奴隷じゃない！」

激情のまま叫び、フレイはジョセフの上着を摑んだ。…もどかしい。本当は胸倉を摑んでがくがく揺さぶってやりたいのに、身長差のせいで叶《かな》わないなんて。

「ルベドは俺の大切な子だ。…家族だ。二度と奴隷なんて言うな！」

「フレイ様…」

深紅の瞳を細め、ルベドが上着を摑むフレイの指をそっと外していく。そしてふうふうと荒い息を吐くフレイを、背後から長い腕で包み込んだ。

「いいのです、フレイ様。このような者に、私の大切なフレイ様がお怒りになるだけの価値などありません」

「ルベド、お前…」

さっきのフレイをなぞる発言に、毒気を抜かれたのはフレイだけではなかったらしい。

「…私が一人でこちらを訪れたのは、第三王子殿下に忠告するためです」

乱れた上着を直し、ジョセフはじっとフレイを見詰めた。

「忠告…だって？」

「はい。この調子では、陛下は明日にでも殿下の継承権放棄を撤回し、王宮に留まるよう命じられるでしょう。それを良しとしないのであれば、今夜にでも脱出することをお勧めします」

ジョセフは部屋の隅に置かれた大きな棚に近寄り、しまわれていた本を引き抜いた。奥に隠されていた小さなスイッチを押すと、棚が横にずれてゆき、人一人がどうにかくぐれる大きさの扉が現れる。

「こちらは有事の際、王族や賓客を逃がすために造られた隠し通路です。王宮の裏口につながっておりますので、誰にも見咎められず脱出が可能かと」

「…どうして、そこまでしてくれるんだ？」

全ての客室にこんな隠し通路が備わっているわけではあるまい。フレイたちにこの客室をあてがったのはジョセフだった。ジョセフは最初からフレイたちを脱出させるつもりだったのだ。

気遣いを受けた覚えの無い身としては、警戒してしまう。

「命の恩人に恩を返すのは、当然のことではありませんか？」

「命の……恩人？」

「私は二度殿下に命を救われました。謁見の間で一度、先ほどそのホムンクルスを止めて下さった時にもう一度。私とて受けた恩を返すくらいの常識は持ち合わせておりますよ」

「…その言葉が真実である証拠は？」

ルベドが深紅の瞳を剣呑《けんのん》に細めると、ジョセフは肩をすくめた。

「ございません。しかし私がこのような偽りを述べて、何の得があるというのですか？　ようやく王位継承争いが終わりに近付いたというのに」

そう、エドガーが自滅した今、クリフォード王の後継者としてダグラスが王太子になるのは間違い無い。『メルクリウスの寵児』として注目され始めた王子など、国の安定を願うジョセフにとっては居ない方がいい存在なのだ。

「…わかった。お前を信じる」

「フレイ様⁉」

「ジョセフはずっと、王族に相応しくない俺なんて居なくなればいいと思ってた。その気持ちだけは信じられる。…そうだろ？」

皮肉交じりの問いに、ジョセフがかすかに傷付いた表情を浮かべたように見えたのは錯覚だったのか。

「ご慧眼《けいがん》、恐れ入ります。もう二度とお会いすることは無いと思いますが、殿下のご多幸をお祈りしております」

確かめる前に若き宰相は深く腰を折り、きびすを返した。素早く歩み寄ったルベドが何やら囁くと、すっと伸びた背中が強張《こわば》る。

「…それは、本当に？」

「さて、信じるか否かは貴方次第です。ご自分で確かめればいいのでは？」

つかの間フレイを振り返り、ジョセフは早足で出て行った。いったいルベドは何を告げたのだろうか。

「ささやかな置き土産をくれてやっただけですよ」

美貌のホムンクルスは微笑むばかりで、教えてはくれなかった。


……本当に正しかったのだろうか？

フレイたちのもとを辞し、執務室に向かいながらジョセフは自問自答する。

……この決断は本当に、王国の安定につながるのだろうか？

明晰《めいせき》な頭脳によって即断即決を旨とするジョセフがこれほど悩むのは、別れ際ルベドに告げられた言葉のせいだ。

『離宮の管理人を調べてみなさい。面白いことがわかりますよ』

離宮の管理人は王妃の子飼いだ。離宮の管理も王妃の管轄なので、ジョセフのもとに管理状況などの情報は入って来ない。

警備兵からは使用人の態度が非常に不真面目であることや、管理人がろくに姿を見せないことなどは報告されていたが、王妃ならやりかねないと思っていた。それでも生きていくのに最低限必要なものは与えられているのだから、役立たずの第三王子にはじゅうぶんだろうとも。

だが第三王子は、役立たずなどではなかった。

錬金術は偉大なる全能神の理に背く術として忌み嫌われているが、それはソティラスに限った話だ。南方大陸、ことにカマル帝国では錬金術を用いた兵器も盛んに開発されており、その威力は攻撃魔術に勝るとも劣らないという。魔力の無い平民でも扱えるのだから、戦力としては魔術師より優れているだろう。

ソティラス内でさえ、生活に有用な錬金術アイテムは活用され始めている。

人は一度知ってしまった便利な生活を手放せない。錬金術は庶民を中心に、これからますます浸透していく。ソティラスに——いや、大陸全土に。

そうなった時、錬金術後進国のソティラスで必要とされるのは血筋だけが取り柄の王子ではなく、『メルクリウスの寵児』なのではないか？

……駄目だ。それだけはありえない。

脳裏によぎった考えを、ジョセフは即座に否定する。

王族の王妃から生まれたダグラスを差し置き、男爵令嬢の側妃から生まれたフレイを玉座につけるなど誰も納得するわけがない。適当な爵位を与えて臣籍降下させても、新たな継承争いの種になるだけだろう。

そう…だからジョセフの判断は間違っていないはずなのだ。

己に言い聞かせながら執務室に戻ってほど無く、部下が客人を案内してくる。

「聖法王猊下《げいか》。よくおいで下さいました」

教会の頂点に立つ老人…クリフォード王すら頭が上がらない存在に、ジョセフは恭しく一礼した。

ルベドが確認したところ、ジョセフが教えてくれた隠し通路は本当に裏口へ通じていた。フレイは考えた末、夜を待って王宮から脱出すると決意する。

念のため労働用ホムンクルスたちには死《メス》を与え、土に還しておいたが、大きな装置や器材などはそのままだ。フレイたちが居なくなった後、悪用されるのを防ぐためにも破壊しておきたかった。

けれど離宮に戻っている余裕は無い。ジョセフが去ってから、近衛騎士がひんぱんに様子を窺《うかが》いに来るようになったのだ。警備のためだというが、実際はクリフォード王かダグラスの命令で、フレイが逃げ出さないかどうか監視しているに違いない。

ジョセフの忠告は正しかったのだ。ならば身柄を拘束される前に脱出しなければならない。飼い殺しにされ、王国を富ませるためホムンクルスを創らされ続けるなどまっぴらだ。

「ルベドのおかげで助かったな」

ランプを持ったルベドに続き、狭い隠し通路を進むフレイは動きやすい普段着である。

一年ほど前、ルベドは術式も継承者も絶えた、失伝《しつでん》魔術と呼ばれる時空魔術を習得した。その名の通り時間と空間を操る便利な術なのだが、元々継承者が少なく非常に難解な上、簡単な術でも上級魔術の数倍の魔力を消費する燃費の悪さゆえ、数百年前には廃れてしまったらしい。現代の遣い手はルベドだけだろう。

時空魔術には異空間の収納庫に物品を収め、自由に取り出せる収納の術が存在する。成人の儀に参加する前、ルベドが錬金術に必要な素材や日常の生活用品などを収納しておいてくれたおかげで、こうして身一つで脱出出来るのだ。この服も収納から出してもらった。

「ありがたいお言葉。転移の術を習得出来ていれば、一瞬で城下町へ向かえたのですが…」

転移の術は術者が好きな場所に一瞬で移動出来る、時空魔術でも最上級の術だ。難易度も最上で、さすがのルベドも手こずっている。

「今だってじゅうぶん助かってるよ。…ああ、少し明るくなってきたな」

「この角を曲がれば出口です。フレイ様は手前でお待ち下さい」

言われた通り待っていると、先に外へ出たルベドがすぐに戻ってきた。一緒に出口をくぐれば、小さな門の前で門番らしき兵士が数人伸びている。ルベドに気絶させられたのだろう。

裏口と言っても食料を運び込んだり、使用人が外出したりするのに使う通用口のようなものらしい。守るのは気絶させられた門番くらいで、他に人影は無かった。

「…こいつら、何やってるんだ」

満月の光が、門番たちが握り締めた小さな酒瓶を照らし出している。呆《あき》れるフレイに、ルベドは苦笑した。

「誰にも飲酒を咎められずに済むほど、夜間は人通りが絶えるということでしょう。私たちにとっては好都合です」

「まあ、そうかもしれないけど…」

釈然としないものを感じつつも、フレイはルベドに抱き上げてもらい、倒れた門番たちをまたいだ。いよいよ王宮の外だ。城下町には数え切れないほど下りたが、二度と戻ることは無いと思うとどきどきする。

「……」

ふとルベドが足を止め、深紅の瞳をあたりにめぐらせる。胸がざわめいた。ルベドに限って、感傷に浸ったりするわけがない。

「…そこに居るのはわかっています。焼き殺されたくなければ出て来なさい」

フレイを地面に下ろし、ルベドは低く警告する。

フレイはとっさに服に仕込んでおいた魔玉を探った。空気が毛羽立っていくこの感覚は、ルベドの魔獣討伐の依頼に同行させてもらった時、感じたのと同じものだったから。

果たして、闇の中から溶け出すように現れたのは、全身を黒い装束に包んだ男たちだった。数はざっと十人ほどか。

……こいつら、刺客だ。

フレイの肌が粟立《あわだ》った。

五年前の刺客とは格が違う。あの刺客は母に邪魔され、使命を果たせなかったが、黒装束の男たちはそんなへまなどしないだろう。覆面に覆われた顔の中、唯一さらされた双眸《そうぼう》はどうやってフレイたちを仕留めるか、冷静に算段している。何より、この気配は…。

「…貴様ら、魔力持ちか」

ルベドも気付いたようで、用心深く身構える。

魔力を持つのは基本的に王侯貴族だが、彼らの落とし子や没落した下級貴族などが平民に堕《お》

ち、闇社会に居場所を求めることは珍しくない。魔力は力がものを言う世界で珍重されるのだ。

そしてそういった者たちを雇うのは、たいていが裕福な高位貴族か聖職者である。

「誰の命令で私たちを襲う?」

「……お前らは知らなくていいことだ。ここで死ぬのだからな」

最も長身の刺客が呟くと同時に、殺気が四方八方に分散した。風刃が、炎弾が、土礫《つちつぶて》が、氷の矢がフレイたちに降り注ぐ。

「く、……!」

フレイは握り締めていた魔玉を発動させた。こめられた防御の術が薄い光の膜となってフレイたちを覆い、攻撃魔術を跳ね返す。

「…あっ!?」

安堵しかけたところへ、長身の刺客が爆風を煙幕代わりに肉薄してきた。フレイはまっすぐ喉を狙《ねら》う曲刀を回避しようとするが、足がもつれて動いてくれない。

脳裏に五年前の記憶がよみがえる。…振り上げられた刃。何度も刺されながら、決してフレイを離さなかった母。冷たくなっていく身体…。

「フレイ様!」

素早く剣を抜いたルベドが背後から斬り付ける。長身の刺客は身体をぐるんと回転させ、曲刀で斬撃を弾《はじ》いた。

そこへ再び攻撃魔術の嵐が吹き荒れ、フレイは防御の術で跳ね返す。長身の刺客がフレイを仕留めようとするのをルベドが食い止める間に、詠唱を終えた刺客たちが再び攻撃魔術を放つ。さすがにフレイも気付いた。刺客たちはルベドかフレイ、どちらかが力尽きるのを待っているのだと。

わずか五年で金級《ゴールドランク》冒険者まで成長し、多彩な攻撃魔術まで操るルベドだ。一対一なら刺客たち相手でも負けないだろう。範囲の広い攻撃魔術で殲滅《せんめつ》することも出来る。

だから刺客たちはフレイを集中的に叩き、ルベドの意識を釘付けにしているのだ。かなりの遣い手である長身の刺客とやり合いながらでは、ルベドもなかなか攻撃魔術を放てない。

ぶるり、とフレイは震えた。

この刺客たちはルベドの実力を把握した上で、最大の武器である攻撃魔術を封じる対策を練ってきたのだ。そんなことが出来るのは、ルベドの戦いを目の当たりにした者――成人の儀に参加していた者しか居ない。

……こいつらを放ったのは、あそこに居た誰かだ。

クリフォード王、ダグラス、ジョセフ、司祭、各王子陣営の貴族…フレイを殺して最も得をするのは誰だ？　…いや、そもそも刺客たちは何故、脱出するフレイたちを待ち構えていられたのか？

「…ジョセフ…？」

ありえないと思いたかった。けれど隠し通路を教えてくれたジョセフ以外、ここに刺客をひそませておける者は居ない。

——もう二度とお会いすることは無いと思いますが、殿下のご多幸をお祈りしております。

あの言葉はそういう意味だったのか？　だがジョセフがフレイを始末しても、何の意味も無いはずなのに。

次々と押し寄せてくる疑問の波を、フレイは無理やり断ち切った。誰が犯人かなんてどうでもいい。今は助かることだけを考えなければ。

「く…、うっ……」

だが刺客たちは周到にも数人ずつ詠唱し、攻撃魔術の切れ目を作らない。フレイは防御の術を発動させながら、ポケットに隠しておいたもう一つの魔玉を前方に投げ付ける。込められた術は『麻痺《まひ》』。

「ぐ…っ、うう⁉」

「身体が…っ…」

命中した刺客たちが数人、手足をけいれんさせながら倒れた。攻撃魔術がやんだ隙《すき》を、ルベドは見逃さない。

「フレイ様、こちらへ！」

「ルベド！」

長身の刺客を斬り捨てたルベドのもとへ駆け寄る寸前、ひゅんっと空を切り、何本もの矢が闇空から飛来した。ルベドは神がかった剣さばきでほとんどを叩き落とし、フレイを腕の中に抱え込む。

「…っ…、ルベド、それっ…！」

落としきれなかった矢がルベドの二の腕に突き刺さっているのに気付き、フレイは喉を震わせる。

「大丈夫です。この程度、何ともありません」

「でも…、でも、ルベドっ…」

フレイがうろたえる間にも、矢は雨のように降り注ぐ。灯《あか》りは月光だけなのに、狙いは嫌になるほど正確だ。そこへ、再び攻撃魔術が放たれ始める。

「…炎よ、踊れ」

ルベドの深紅の瞳が光った。濃密な魔力を帯びた紅蓮《ぐれん》の炎が、ルベドを中心にぶわりと広がる。

「ぎゃあああっ！」

「くそ、魔術を使わせるな！」

つかの間、闇が炎に拭《ぬぐ》われ、全身を炎上させのたうつ刺客たちが照らし出される。だが逃れて散開した刺客たちの方が多い。

……駄目だ！

ルベドに抱かれているのに、寒気を覚えたのは初めてだった。

刺客たちは対人戦に熟達している。ルベドとてこの五年の間に経験を積んだが、殺人の専門家には及ばない。…今は、まだ。

……このままこいつらと戦い続ければ、体力と魔力を削られていくだけだ。

きっと最初に現れた者以外にも、あちこちに伏兵がひそんでいるのだろう。倒しても倒してもきりが無い。フレイたちを殺すまで、新たな刺客が補充され続ける。隠匿の術を使っても、これだけ激しく応戦していては逃げられない。殺されてしまう――フレイもルベドも。

いや、ルベドのことだ。我が身を犠牲にしてでもフレイだけは助けようとするに違いない。

「…駄目だ、そんなのは」

「フレイ様…？」

「助けなきゃ……今度こそ、俺が……」

大切な人の命と引き換えに助けられ、のうのうと生き延びる。そんなのは一度でたくさんだ。

フレイはルベドの親なのだから、守らなければならない。

かつて母がしてくれたように、この命を差し出してでも。…遺されるくらいなら、遺して逝く方がましだから。

「…錬金術の神、メルクリウスよ！　刹那《せつな》と永遠を司りし者よ！」

フレイは天に向かい呼びかけた。

きっとこの声は届くはずだ。魔力を込めた錬金術アイテムがより強力になるのは、魔力が術を通してメルクリウスに奉納されているからだとフレイは分析している。寵児と呼ばれる自分の魔力を、メルクリウスはきっと気に入っているだろう。

ならば、それ以上の対価を支払えば。

「刺客どもを原子に還してくれ。代償は、…」

「フレイ様…、いけません、やめて下さい！」

血相を変えたルベドがばっとフレイの口をふさぐ。その指に噛み付き、フレイは叫ぶ。

「……俺の命だ！」

「フレイ様ああああああっ！」

初めて聞くルベドの悲痛な悲鳴に、胸を痛める暇など無かった。次の瞬間、高らかな哄笑《こうしょう》が天から降り注いだから。

――あっはははははは！　…いいよ、叶えてあげる！

魅惑的な声の主こそ錬金術の守護神メルクリウスだと、フレイはすぐにわかった。

刺客たちも否応無しに理解しただろう。指先から分解され、消えていく我が身をもって。

「…な…んだ…、これは…」

「からだが…消えて…」

「あ…あ…、嫌だ、こんな…」

刺客たちは必死に手足を動かしたり、回復魔術を発動させたり、その場で転がったりとあがいたが、誰も神の裁きを逃れられなかった。

残されたのは黒い装束と武器だけ。そこかしこにひそむ伏兵たちも、同じ運命をたどっただろう。

——さあ、約束は果たした。今度は君の番だよ。

いたずらっ子のような囁きは遠い日、幼いフレイに『おいで。ここにおいで』と呼びかけ、ルベドを創り出した時にも聞いたそれとそっくりだ。

……そうか。俺は本当に……。

苦笑したとたん、身体から急速に大切なものが抜けていく感覚に襲われ、フレイはくずおれた。

「フレイ様！　…何故こんなことを…、フレイ様っ！」

抱きとめてくれたルベドの悲痛な叫びがどんどん遠くなっていく。ああ、泣かせてしまったのか。この子は自分が絶対幸せにすると誓ったのに。

「ルベド…、ごめ…、んね……でも……」

「フレイ様…、駄目です。いかないで…」

「……お前だけは、生きて……」

ああ俺、母様と同じことを言ってるなと薄れゆく意識の中でフレイは微笑む。

あの時の母もきっとフレイと同じ気持ちだったのだろう。我が子を置いて逝く不安と悲しみ、そして我が子だけは守り切れた誇らしさが胸を満たす。

ホムンクルスとはいえ、ルベドは超がつくほど優秀な男だ。創造主のフレイが死んだ後は誰にも拘束されない。ソティラス王国にさえ関わらなければ、平和に余生を送れるだろう。

完璧《かんぺき》なルベドなら何をやっても成功する。最高ランクの冒険者になって災厄級モンスターを華麗に討伐するルベド、騎士になって囚《とら》われのお姫様を助け出すルベド、法廷弁護士になって舌鋒《ぜっぽう》鋭く罪を追及するルベド…。

様々なルベドを思い浮かべるうちにフレイの魂は肉体を離れ、ずぶずぶと沈んでゆき…やがて優しいたなごころに受け止められる。

――おやすみ。永遠に。

優しく頭を撫でられた感触を最後に、フレイの意識は途絶えた。


「認めるものか……」

異様なまでの静けさの中、魂の抜けた愛しい身体を抱き上げた男が深紅の瞳を不気味に輝かせる。…許せない。認められるわけがない。ルベドを大切にすると、ずっと傍に居て欲しいと誓ったくせに、手の届かないところに逝ってしまうなんて。

「……呼び戻す。何があろうと絶対に、諦《あきら》めるものか……」

腕の中の身体ごと、濃密な魔力が長身を包み込む。次の瞬間、男の姿はその場から消え失せていた。

錬金術師の最愛の心臓

『フレイ様』

『私のフレイ様』

その声は、メルクリウスのたなごころでまどろむフレイの耳に絶え間無く降り注いだ。

『世界とは広いのですね。果ての無い大海原を、水平線の彼方に沈む夕日を、貴方に見せて差し上げたい』

時には大地を潤す慈雨のように。

『……どこを訪れても、何を見ても虚《むな》しい。フレイ様……貴方の居ない世界に何の意味があるのですか？　何故私を、こんな世界に置き去りになさったのですか？』

そして時には、分厚く垂れこめた雲から打ち付ける黒雨のように。

『私はもう、貴方が慈しんで下さった無垢《むく》なホムンクルスではない』

無いはずの胸をかきむしりたくなる悲痛な嘆きに、何度ぎゅっと抱き締めてやりたくなったことだろう。

ごめんね。ごめんね、ルベド。

『それでも私は――』

それでも俺は――お前に生きていて欲しいんだ。

『私は諦《あきら》めない。どれほど細く険しい道でも、貴方に続いているのなら駆け抜けてみせる。……たとえ、貴方から頂いたこの身が血と穢《けが》れにまみれようと』

俺の一番大切な、ルベド――。

偉大なる全能神ソティラスを奉じるソティラス教会の総本山、ソティラス大聖堂。

王宮と隣接し、祝祭の日ともなれば数多《あまた》の信徒が礼拝に訪れる大陸一神聖な空間は、惜しげも無く焚《た》かれた没薬《もつやく》や乳香の濃厚な香りに満たされていた。

「……全能神ソティラスよ。どうか血の縁をたどり、我らの願いを聞き届けたまえ」

その中心にしつらえられた大理石の祭壇に向かい、一心不乱に祈りを捧げるのは七人の聖職者たちだ。

銀糸を織り込んだ白絹のローブは高位聖職者にのみ許されるもの。ひときわ豪奢《ごうしゃ》なサファイアとエメラルドをちりばめた帽子をかぶっているのは、聖職者の頂点に立つ聖法王――国王さえむげには扱えない権力者である。

ふだんは高慢と虚飾に彩られた聖法王たちの顔には、脂汗と焦燥がくっきりと滲《にじ》んでいた。

逃げ出したい。

七人全員が心からそう願っているだろう。聖職者の資格を失ってもいい。ここから…悪魔のあぎとから逃げ去りたいと。

かつん。

怯《おび》え乱れる心を見透かしたように、背後で尊大に腕組みをする男がブーツのかかとを打ち付けた。ヒィッと悲鳴を上げそうになるのを堪《こら》え、七人は必死に祈りを紡ぐ。少しでも早く死の恐怖から解放されるために。

「我らが声を聞きたまえ！　御身のもとにて眠りし高貴なる魂を、今一度現《うつ》し世《よ》へ還らせたまえ！」

――さもなくば、あの深紅の瞳の悪魔に喰い殺されてしまう！

彼らの悲痛な祈りが届いたのか、聖堂の天井に嵌《は》め込まれた彩色硝子《ガラス》窓から金色の光が降り注いだ。

神々しいその光に取り巻かれ、握りこぶしほどの大きさの白い光の玉が降りてくる。

「……ああ……」

ずっと沈黙を保っていた背後の男が、恍惚《こうこつ》の声を漏《も》らした。きっと紅い瞳は潤み、尋常ならざる美貌《びぼう》は歓喜に輝いているだろう。

白い光の玉が引き寄せられていく祭壇には、小柄な金髪の少年が横たえられていた。かたくまぶたを閉ざした顔はどこかあどけなく、眠っているようでもあるが、薄い胸はぴくりとも動かず、ふっくらした唇も息を吐かない。

骸《むくろ》なのだ。

「こちらです、フレイ様。早く早く、私のもとへ……」

魂が召されれば肉体も滅ぶ。当然の理《ことわり》をくつがえした紅い瞳の悪魔が祭壇に歩み寄る。

「愛らしいお声を、澄んだ眼差《まなざ》しを、小さくやわらかな御手を、かぐわしき肌を……この私だけにお与え下さいませ……」

神に仕える身さえ堕落させられてしまいそうな、甘く蠱惑《こわく》的な囁《ささや》きが聞こえたのだろうか。

白い光の玉は少年の肉体にすうっと吸い込まれていった。

あどけなさを留《とど》めた丸い頬に赤みがさす。

閉ざされていたまぶたが震え、ゆっくりと押し上げられた。現れたのは黄金を蜜《みつ》に溶かしたような金色の瞳。ソティラスの血を受け継ぐ王族だけが持つ色彩だ。

「……ル、ベド？」

「あ……、ああ、ああっ……、フレイ様、フレイ様……！」

かすれた声が空気を揺らした瞬間、悪魔は金髪の少年をかき抱き、七人の聖職者たちはへなへなとくずおれた。

『いやー、ごめんごめん。ずっと僕んとこに居てもらうつもりだったんだけど、ソティラスのクソジジイがうるさくってさあ。ちょっと現し世に戻ってくれる？　お詫《わ》びにおまけしておくからさ』

申し訳無さゼロのお詫びと共に、フレイは長きにわたりまどろんでいた心地よい薄闇からぽいっと放り出された。

『おいこら、メルクリウス⁉』

何で今さら、と文句をつける間にも不可視の手に引き寄せられ、懐かしい感覚に包まれる。久しく味わうことの無かった、肉体の重みだ。

……どうして？　俺は死んだはずなのに。

どろどろに溶けていた記憶が、頭の中で一気に形成されていく。

…そうだ。フレイは死んだ。いや、自ら魂をメルクリウスに捧げた。自分たちに差し向けられた刺客を倒すために──大切なルベドだけは生き延びさせるために。

「愛らしいお声を、澄んだ眼差しを、小さくやわらかな御手を、かぐわしき肌を……この私だけにお与え下さいませ……」

次から次へと湧いて出る疑問に呑《の》み込まれそうになっていると、懐かしい声が耳に染み込んできた。記憶に刻まれているよりも甘さを増し、焦がれたようにかすれているが、聞き間違えようがない。

重たいまぶたを恐る恐る開けてみれば、巧緻《こうち》な造り物と見まがうばかりの美しい男がフレイを見下ろしていた。長く伸ばされた朱金の髪は天井から降り注ぐ光を浴び、きらきらとまばゆく輝いて、紅蓮《ぐれん》の炎を纏《まと》う不死鳥の尾羽のようだ。

「……ル、ベド？」

渇ききった喉《のど》から無理やり声を絞り出すと、完璧な美貌がくしゃりとゆがんだ。何があった、と問いかける間も無く、逞《たくま》しい腕に抱きすくめられる。

「あ……、ああ、ああっ……、フレイ様、フレイ様……！」

「ル…、ルベド、苦しい…」

力の入らない手で背中を叩《たた》いても、ルベドは放してくれない。いっそう強く抱き締め、唇が触れ合いそうなほど顔を近付けてくる。

「私がおわかりになりますか？　お身体にどこか障りは？」

「ルベドがわからないわけないだろ。身体は…たぶん、どこも悪くないと思う…、けど…刺客は？　…俺は…、どうして生きている…？」

吸い込んだ空気はどろりとよどんでおり、濃厚な香料の匂《にお》いに噎《む》せそうになる。…頭が重たい。何日も徹夜で実験に熱中し、ルベドに叱《しか》られた時よりもずっと。うなじのあたりが火傷《やけど》でいもしたみたいにちりちりと痛む…。

「落ち着いて、フレイ様。今は何も考えず、私の声だけを聞いて下さい」

「ルベド……」

「私はフレイ様のみに従う忠実な下僕。フレイ様のためだけに生まれたモノ。海が割れ、天地がくつがえろうとも、それだけは変わらないのですから」

甘い声に耳を澄ませていると、頭の中の霧は少しずつ晴れていった。おかげで自分の置かれた状況を把握する余裕も生まれる。

身体の下の冷たい感触。

フレイは大理石の祭壇に横たえられていた。上半身はルベドが抱いてくれるおかげで温かいが、下半身は大理石と変わらぬほど冷たい。

手足を動かそうと思ってから実際に動くまで、少し時間がかかる。喉もやけにからからだ。どれだけ長い間寝かされていたのだろう。

高い円天井に嵌め込まれた彩色硝子窓。立ち込める没薬と乳香の匂い。ここは聖堂なのか。教会がフレイたちを助けるなんて、ありえないのに。

「あ、あの…」

ルベドの向こうから話しかけてきた老人は、どう見ても高位の聖職者——いや、サファイアとエメラルドの聖職者帽からして、おそらく聖法王その人だ。サファイアを身に着けられる聖職者は聖法王だけのはずである。

だらしなく床にへたり込んだ老人を何人もの高位聖職者が囲み、疲れ果てた顔をさらしていた。

「第三王子は…、無事、よみがえられたということで…、よろしいのでしょうか…」

おもねるような口調に、フレイは目を丸くする。聖職者、それも聖法王が下手に出るところなんて、初めて見た。

だがルベドはフレイを抱いたまま、振り返ろうともしない。

「ねえ、ルベド」

涙目の老人がさすがに哀れになってきて、フレイはルベドのシャツを引いた。

「どうされましたか、フレイ様」

「さっきから話しかけられてるよ。返事くらいしてあげたら」

誰よりも美しい顔が嫌悪にひそめられ、フレイはかすかな違和感を覚える。

ルベドはこんな表情をする男だっただろうか。フレイの前ではいつでも穏やかな笑みを絶やさなかったのに…まるで、人生に倦《う》んだ老人のような…。

「虫の鳴き声にいちいち応《いら》えを返す必要など無いと思いますが…仕方がありません。貴方をいつまでもこのような陋屋《ろうおく》で過ごさせるわけには参りませんし」

ルベドはフレイを恭しく横抱きにし、振り返った。深紅の瞳に睥睨《へいげい》され、聖法王たちがびくっと身を震わせる。

「ご苦労。宰相には私から伝えておいてやる」

「は…、ははぁ…っ…！」

不遜《ふそん》な態度に聖法王たちは気色ばんだが、すぐさま深々と頭を垂れた。

ルベドはもはや彼らに一瞥《いちべつ》すらくれず、長身に魔力を纏わせる。

一瞬の浮遊感の後、切り替わった景色には見覚えがあった。忘れもしない、フレイとルベドが刺客の襲撃を受けた王宮の裏口だ。ただし不真面目な門番たちの姿は無く、あたりはしんと静まり返っている。

「えっ…、今の、転移の術？　どうして…」

ルベドの才能をもってしても、時空魔術でも最上級の難易度を誇る転移の術はまだ習得出来ていなかったはずだ。困惑するフレイに、ルベドは深紅の瞳を細める。

「あの後、一番に習得しました。私が転移の術を使えたら、貴方にあのような真似《まね》をさせずに済んだのですから」

「あの…、後……？」

どういうことだと金色の瞳をしばたたき、フレイは気付く。開け放たれていたはずの門の扉が閉ざされ、何枚もの分厚い板が打ち付けられていることに。板はぼろぼろに朽ち果て、その上からぐるぐると巻かれた太い鎖も錆《さ》びてしまっている。

……何だ、これは？

フレイとルベドが脱出しようとした時、こんなものは無かったはずだ。しかもこの有様は、まるで長い長い時の流れにさらされたかのような…。

「…ルベド、…」

背筋に寒気が走り、フレイはルベドを見上げる。

甘く微笑《ほほえ》んだルベドが答える前に、さびれた門の陰から身なりの良い老人が現れた。威厳のある物腰からしてかなり高位の貴族だろう。

「ルベドどの。首尾はいかがでしたか」

「……？」

フレイは再び金色の瞳をしばたたいた。若い頃はさぞ女心を騒がせただろうと思わせる老人の整った顔立ちに、見覚えがあったのだ。

つやつやと黒かった髪はすっかり白くなり、深いしわがいくつも刻まれ、色濃い疲労と焦燥がこびりついているが、この顔は…いや、だが、そんな…。

「見ての通りだ。フレイ様は無事、我が手にお戻り下さった」

「それは重畳《ちようじよう》。聖法王を絞った甲斐《かい》があったというものです」

フレイの混乱をよそに、ルベドと老人は言葉を交わしている。フレイと目が合った老人は感慨深そうに息を吐き、深々と腰を折った。

「お久しゅうございます、第三王子殿下。コンシリア侯爵家のジョセフにございます」

「…っ…、やはりジョセフなのか⁉　でも、その姿は…」

「混乱されるのも無理はありません。殿下がご存知の私と今の私は、まるで別人でしょうからな」

ジョセフが自嘲《じちょう》する。フレイの知るジョセフは常に自信に満ち溢《あふ》れ、貴婦人の熱い視線を釘《くぎ》付《づ》けにしていたのに、倒れる寸前の枯れ木のようなありさまはどういうことだろう。

違和感が降り積もり、フレイの心を侵していく。

ぶるぶると勝手に震え出した身体を、ルベドが優しく抱き締めてくれた。

「フレイ様。落ち着いてお聞き下さい」

フレイはごくりと息を呑む。ルベドの言葉に嫌な予感を抱いたのは初めてだ。

「貴方が命を落とされてから五十年が経っています。貴方はついさっき、蘇生《そせい》の秘術によりよみがえったのです」

そしてその予感が、的中してしまったのも。


ふわりと漂ってきたかぐわしい匂いに、フレイはひくひくと鼻をうごめかせる。

……スープの匂い。ルベドが作ってくれたスープの匂いだ。

まだ生まれて間も無い頃、フレイのために料理の指南書を入手し作ってくれた思い出の味がよみがえる。

「……ご飯……」

「フレイ様、お目覚めになりましたか」

太陽の匂いがするベッドからもそもそと起き上がれば、隣の部屋からスープ皿を持ったルベドが姿を現した。

……俺のルベドは何て綺麗《きれい》なんだろう。

男性美を具現化したような堂々たる長身とおよそ欠点など見当たらない美貌に、フレイはうっとりと見惚《みと》れてしまう。

白いシャツと黒のズボンという飾り気の無い服装にもかかわらず優美で、覇気に溢れている。断言出来る。絶対に親のひいき目なんかじゃない。大陸じゅう探したって、こんな美男子は絶対に見付からないと。

「お腹、空《す》いた…」

呟《つぶや》くと同時に、ぐうう、と腹が鳴った。ルベドが嬉《うれ》しそうに深紅の瞳を細める。

「そうおっしゃるだろうと思い、フレイ様のお好きなスープを作っておきました。召し上がりますか？」

「もちろん！」

　フレイはすかさず頷《うなず》き、ベッドから抜け出そうとする。だがルベドはそっとフレイを押しとどめ、脇に置かれた椅子に腰かけると、皿のスープを銀の匙《さじ》で掬《すく》った。

「どうぞ」

　ふうふうと息を吹きかけて冷まし、口元まで運んでくれる。優しい微笑みに促されるがまま、フレイは口を開けた。

「美味《おい》しい……！」

　口いっぱいに広がる豊かな味わいに、顔が勝手に笑み崩れてしまう。かつてないほどの空腹感も手伝い、餌《えさ》をねだるひな鳥のようにせっせと食べさせてもらううちに、皿は空になってしまった。

　すぐさま用意されたお代わりもまたたく間になくなり、三杯目をたいらげてようやく空腹感は薄らぐ。さすがにフレイもおかしいと思い始めた。朝食はいつも軽く済ませているのに、こんなに食べてもまだ食欲を感じるなんて異常だ。

「うう……」

　空になった皿を見詰めていたルベドが、ふいに深紅の瞳を潤ませた。大粒の涙がしみ一つ無いなめらかな頬を伝い落ちていく。

「ル、ルベド？」

「…申し訳ございません。この五十年の間、己の無力を嚙《か》み締めながら、動かない貴方をこご見詰めていることしか出来ませんでした。私の料理を召し上がり、喜んで下さるお姿を再び拝めようとは…」

「ルベド、…ルベド…」

頭の奥底に沈んでいた記憶がゆっくりと浮かんでくる。最後に刻まれたルベドの姿と、今のルベドは変わらない。外見は二十代半ばほどの若々しさを保ったままだ。左胸に埋め込まれた賢者の石は、この男に老いを寄せ付けなかったのか。

「…夢じゃ、なかったんだな。俺が死んで五十年経ったのも、爺《じい》さんになったジョセフに会ったのも」

「はい。……残念ながら現実です」

「じゃあ、ここは？」

「王宮の客室です。あの男が手配しました」

だんだん思い出してきた。

王宮の裏口で五十年ぶりの対面を果たし、しばらくジョセフと話すうちに強烈な眠気が押し寄せてきたのだ。そのままフレイは眠ってしまい、ルベドが運んでくれたのだろう。

「あの男との話の内容は、覚えていらっしゃいますか？」

真剣な表情で問われ、フレイは浮かんだばかりの記憶をたどる。

『五十年前、殿下を襲撃したのは教会子飼いの暗殺者どもでした。たとえ殿下が継承権を放棄されようとも、教会はメルクリウスの寵児《ちょうじ》を野に放ちたくなかったのです。…そして私は彼らに加担しました』

覚えている。ジョセフがひどく疲れたような顔でそう言ったことも、ルベドが殺気混じりの魔力をまき散らしたことも——五十年前の記憶が完全によみがえったことも。

正体不明の刺客に襲撃されたあの時、刺客を放ったのはジョセフ以外考えられないとフレイは推察した。実際は教会とジョセフの共謀だったのだ。

ジョセフがあの隠し通路から脱出するようフレイたちを誘導し、ルベドの能力も含め教会に伝えた。おかげで教会は選《え》りすぐりの刺客を待ち伏せさせ、タイミング良く襲えたのだ。

メルクリウスの力によって分子に分解されてしまった刺客たちは戻らなかった。だがフレイとルベドの消息も同時に絶えたため、教会は『第三王子フレイは錬金術に手を染め、ソティラスの怒りに触れた罰を与えられた』として、フレイの死を公表したそうである。

全能神ソティラス以外の神を毛嫌いする教会が、人より優れたホムンクルスを創り出してしまったフレイを始末したがるのも、まあ理解は出来る。…納得はとうてい出来ないが。

わからないのはジョセフだ。

ジョセフにとってフレイは、始末する価値も無い役立たずの第三王子だったはず。それをどうして教会と手を組んでまで消そうとしたのか。何度フレイが尋ねても、ジョセフは答えてくれなかった。

『どのような理由があったとしても、第三王子殿下は納得されますまい』

その通りだ。誰にも邪魔されず、ルベドと共に世界じゅうを旅して回るという唯一の願いを打ち砕かれた怒りは、どんな言い訳をされたところで消えない。実際に手を下したのは教会だが、ジョセフが加担しなければフレイたちは刺客を退け、国外に逃亡出来ていた可能性が高いのだから。

けれど、フレイは命を奪われたのだ。納得出来なくても、その理由を知りたいのは当然ではないか。それによくも、自分が殺したも同然のフレイの前にぬけぬけと姿を現わせたものだ。

『フレイ様。怒りをお鎮め下さい』

じわじわとこみ上げる怒りをなだめたのは、ルベドだった。

『この大害虫にはすでに相応の報いを受けさせております。…もちろん、教会にも』

『報い……？』

そしてフレイは聞かされたのだ。自分がメルクリウスのたなごころでまどろんでいた五十年の間、ルベドがどう暗躍し、ジョセフと教会を…ソティラス王国を追い詰めていったのかを。ジョセフへの怒りなど吹き飛んでしまうほどの衝撃だった。フレイが今こうしてここに居られるのは、全《すべ》てルベドのおかげで——。

「フレイ様…、お加減が悪いのでは？　無理はなさらず、もう少し休みましょう」

金色の髪に覆われたうなじがかすかに疼《うず》く。じっと己のてのひらを見詰めていると、皿を片付けたルベドが毛布をかけ直そうとしてくれた。

「あ…、ううん、大丈夫。ただ、本当にあの時の俺のままだなと思って…」

「当然です。この私が、貴方のお身体を損なうはずがありません」

胸を張る姿は自信に満ちて凛々《りり》しく、つい見惚れてしまいそうになるが、そんな場合ではないとフレイは己を叱咤《しった》する。ジョセフの話が真実なら、フレイをこの世に呼び戻した…いや、呼び戻させたのはこの男なのだ。

「…どうして、そんなことをしたんだ」

ジョセフは語った。フレイすら気の毒になってしまうほど、色濃く疲労を滲ませて。

フレイの死後間も無く魔法錬金釜《マジックアタノール》とホムンクルスの錬成レシピがどこからともなく流れ、下級貴族や貴族の血を引く庶民が喰い付き、にわか錬金術師が急増したのだと。

フレイが考案した魔法錬金釜を使えば、魔力を持つ者なら誰でも人間と同じ姿のホムンクルスを創れる。むろんホムンクルスの能力は核にした宝石と注ぐ血のレベルに比例するので、ルベド級のホムンクルスは望むべくもない。

しかし食事も睡眠も必要とせず頑健な上、容姿の整ったホムンクルスたちは、労働者としても兵士としてもうってつけだった。教会が厳しく糾弾《きゅうだん》したにもかかわらず、五十年の間にホムンクルスは当然の存在になっていったのだ。彼ら無しでは社会がまともにたちゆかないほどに。

誰も気付かなかった。そう、フレイが秘匿していた魔法錬金釜とホムンクルスのレシピを流したのはルベドだという罠《わな》に。

ルベドが流したレシピには、どの錬金術師に創られようとも、ホムンクルスはフレイに絶対服従する術式が書き加えられていた。巧妙に隠されたその術式を読み解けるのは、ルベドをしのぐ大魔術師くらいだろう。つまりほぼ不可能と言っていい。

ルベドが仕込んだ罠が発動したのは、今から十日ほど前。

従順だったホムンクルスたちが、いっせいに反乱を起こしたのだ。ルベドが己の体内に流れるフレイの血を通し、命令したせいで。

社会は今やホムンクルスに依存しきっており、ありとあらゆる産業の現場に彼らは食い込んでいる。地方の街で、農村で、鉱山で、王都で…そしてこの王宮や大聖堂でも、ホムンクルスたちは暴れ回った。ホムンクルスの存在を糾弾しておきながら、教会は裏で彼らを使役していたのだ。

内部からの反乱は王宮騎士団でも鎮圧しきれず、宰相補佐から宰相に昇進していたジョセフは必死に対応したものの、全てが後手後手に回ってしまったという。

もはや収拾不可能になったのを見計らい、現れたのがルベドだった。ルベドはジョセフに要求する。ホムンクルスたちの反乱を鎮めるのと引き換えに、蘇生の秘術を使い、フレイをよみがえらせろと。

蘇生の秘術は魔力に恵まれた高位の聖職者が複数集まって、ようやく発動させられる奇跡の術だ。全能神ソティラスに呼びかけ、御許に召された魂を現世に還してくれるよう懇願するのである。

死者を復活させる。まさに奇跡を体現したような蘇生の秘術だが、成功するのは魂の入れ物たる肉体が無傷で残っている場合のみだ。重篤な病を患ったり、大怪我《おおけが》を負った末の死だった場合、損傷した肉体では魂を留めきれず、蘇生の直後に死んでしまう。使いどころが限定される術なのだ。

フレイは五十年前に死んだのだから、肉体はとうに朽ち果てているはずなのだが、ルベドはフレイの肉体に時間停止の魔術をかけ、死んだ時のまま大切に保管していた。メルクリウスに魂を召された結果生命活動を止めただけの肉体は無傷だ。

ジョセフは苦慮の末ルベドの要求を呑み、教会と交渉して蘇生の秘術を使わせた。ホムンクルスたちは大聖堂にも迫っていたというから、傲慢《ごうまん》な聖職者たちも今回ばかりは従うしかなかっただろう。

そうしてフレイはメルクリウスのたなごころから現し世に戻された。ジョセフから聞かされたのはそこまでだ。

真っ先に王宮へ転移したのは、五十年前にも面識のあるジョセフと対面させ、今が五十年後の世界だとフレイに信じさせるためだったに違いない。

「どうしてそんな…、危険なことをしたんだ」

無言のままじっと見詰めてくるルベドに、フレイは再び問いかける。

「反乱が失敗したら、お前が首謀者として捕らわれていたかもしれないんだぞ。いや、教会のことだから、蘇生の秘術を発動させると見せかけてお前を殺そうとしたかも…」

「お怒りですか?」

深紅の瞳がつっと眇《すが》められる。得体の知れない威圧感にびくつきつつも、フレイは頷いた。

「当たり前だろう! 俺はお前に、幸せに生きて欲しかったんだ。なのにこんな…」

「………幸せ?」

ルベドはフレイの顔の両脇に手をつき、覆いかぶさってくる。

形のよい唇が皮肉にゆがむのを、フレイはわななきながら見上げた。素直で可愛《かわい》かったルベドが、まるで別人のようだ。

「貴方のいらっしゃらない世界で、幸せになれると思われたのですか? 貴方のために生まれてきたこの私が」

いや、本当に別人なのかもしれない。二人の間に横たわる五十年という長い月日が、ルベドをフレイの知らない男に変化させてしまった。

今、フレイの首筋に熱い息を吹きかけてくるのは幼く無垢なホムンクルスではない。纏う陰すら蠱惑的な大人の男だ。

「…ル、ルベド…」

「お怒りだとおっしゃいましたね。……私も怒っております。貴方が私を置いて逝《い》ってから五十年の間、一秒たりともやむこと無く」

深紅の瞳の奥にどろどろとした何かがうごめいている。五十年前には無かったそれは、ルベドが溜《た》め込んできた憤懣《ふんまん》なのか。

「幾度も貴方の後を追おうと思いました。…ですが、出来なかった。貴方に創られた私が貴方と同じところへ逝ける保証など、無いのだから」

「…お前、そんなことを…」

まどろみの中、絶え間無く降り注いでいた声。あれは希望と絶望の狭間《はざま》であがくルベドの悲鳴だったのか。

「唯一の支えが蘇生の秘術でした。いつか必ず貴方を我がもとへ呼び戻す。それだけを願い、この五十年を生き延びてきたのです」

「……、ルベド、……ルベド……っ」

胸の奥から熱いものがせり上がってきて、フレイはルベドの首筋に縋《すが》り付いた。かぐわしいのに不思議と心を落ち着かせてくれる匂いは、五十年前と少しも変わらない。

生まれて五年しか経たないホムンクルスを…寂しがりやの我が子を、フレイは危険だらけの世界に置き去りにしてしまった。

たった一人で。

「ごめん。……ごめんね」

「フレイ様…」

「俺…、お前の気持ちを全然考えてなかった。独りぼっちがどんなにつらいか、俺が一番よく知っているはずなのに…」

五十年前の決断を、フレイは後悔していない。たとえあの時に還れるとしても、同じ道を選ぶだろう。フレイにとってルベドの命よりも大切なものなど無いのだから。

けれど、そのせいでルベドは五十年もの間、苦しみ続けなければならなかったのだ。

ぐすぐすと嗚咽《おえつ》していると、大きな手が背中を優しく叩いてくれた。

「…詫びなければならないのは私の方です」

ルベドは深紅の瞳を和らげ、フレイをそっと抱き締めた。

「五十年前、刺客を圧倒出来るだけの力と経験が私にあれば、貴方にあんな決断をさせずに済んだ。私が貴方を死なせたようなものです」

「そんな…！　そんなの、絶対に違う。お前は何も悪くない。今だって覚えてる。お前は必死に俺を守ろうとしてくれた…！」

「結果の伴わない努力に意味などありません。…五十年かけ、私はいかなる危機からも貴方をお守り出来るだけの力を身につけました。もう二度と、どこへも逝かせない。たとえメルクリウスの御許であっても」

抱き締める腕にぎゅうっと力がこもる。身体が軋《きし》む感覚と息苦しさは、フレイが確かに生きている…この世に還ってきた証《あかし》だ。

……また、ルベドに逢えるなんて。

生きているのだ。魂だけのあやふやな存在ではなく、肉体を持つ人間として、ルベドに抱かれている。

「ありがとう、ルベド……俺をこの世に呼び戻してくれて……」

止まったはずの涙がまたこみ上げてくる。頬が濡《ぬ》れる感覚さえも懐かしく愛《いと》おしい。

可愛いルベド。フレイのために生まれてきてくれた、大切なルベド。ルベドさえ生きていてくれるのなら、他には何も望まない。

「おかげでまたお前に逢えた。最高に強くて綺麗で格好いい、俺のお前に…」

「…っ…、もったいないお言葉。フレイ様こそ、この世で最も尊く愛らしく才能溢れる最高の創造主であられますのに…」

五十年前と変わらない抱擁と温《ぬく》もりに、フレイはうっとりと酔いしれた。…ああ、同じだ。フレイの知らない表情をするようになっても、ルベドは変わらない。可愛い可愛いルベドのままなのだ。

胸に広がりかけていた不安が少しずつ溶け去ってゆく。

「俺のルベド…」

　朱金の髪を梳《す》き、もっとよく顔を見せてくれと頼もうとした時だった。部屋の扉が遠慮がちに叩かれたのは。

「おくつろぎのところ申し訳ありません。お伝えしたいことがあるのですが」

　聞こえてきた声は王宮の侍女のものだろう。微動だにしないルベドの髪を、フレイはくいくいと引っ張る。

「呼んでるよ、ルベド」

「……」

「返事が出来ないのは悪い子だよ」

　頬をやんわりとつねってやれば、ルベドは不承不承フレイから離れた。人間嫌いは相変わらずのようだ。

「……何か？」

　ルベドが扉を開けてやると、若い侍女は厚化粧の上からでもわかるほど頬を赤らめた。たっぷり十秒以上は見惚れ、ようやく口を開く。

「さ…、宰相閣下が、お二人に、お目にかかりたいと仰《おお》せなのですが…」

「必要無い」

「ちょ、ちょっと待て、ルベド！」

にべも無く扉を閉めようとしたルベドを見かね、フレイはベッドから飛び出した。

「フレイ様！」

くずおれそうになったフレイをルベドがすかさず支えてくれる。

ありがたくその腕に縋り、フレイは息を吐いた。五十年も動かしていなかったせいか、まだ身体が言うことを聞いてくれない。

「宰相ってジョセフのことだろ？　俺は会ってみたい」

「…あの男は貴方の暗殺に加担したのですよ。拝謁の栄誉をくれてやる必要などありません。貴方も昨日はお怒りだったではありませんか」

長身から滲み出る濃厚な殺気に、侍女が『ひっ』と悲鳴を漏らす。

フレイはぽんぽんとルベドの腕を叩いた。

「それはそうだけど…でも、ジョセフにはお前が罰を受けさせたじゃないか」

七十歳を過ぎた老体に鞭打《むちう》ち、ホムンクルスたちの反乱を収めるため駆けずり回ったのだ。聖法王との交渉にも神経をすり減らしただろう。あの無惨な衰えようは、加齢だけが原因とは思えない。

もちろん未来を奪われた怒りが消えるわけではないが、それ以上に気にかかることがある。

「ホムンクルスたちの反乱や、五十年の間に何があったのかについても聞きたいんだ。……駄目……？」

ルベドの手を握り、じっと見上げる。

フレイが頼めば、ルベドはいくらでも五十年間の出来事について語って聞かせてくれるだろう。だがホムンクルスたちの反乱については、ジョセフの話も聞いておきたい。

うっ…と小さく呻《うめ》いた後、ルベドは首を振った。

「…フレイ様がそこまでお望みなら、仕方がありませんね」

「ルベド…！　ありがとう、大好き！」

「私もお慕いしております。我が唯一にして最高の創造主」

ルベドは優しく微笑み、フレイを横向きに抱き上げてくれた。懐かしい感覚に思わず顔が緩んでしまう。

扉の前では、真っ赤になった侍女が生まれたての小鹿のように震えながらこちらを見詰めている。

……ふふ、そうだろう、そうだろう。俺のルベドは格好いいだろう。

王宮の侍女は貴族の令嬢である。目の肥えた彼女たちすら、ルベドは魅了してしまうのだ。創造主として、親として誇らしくてたまらない。

「あ、あの…、それでは、そちらのお方に新しいお召し物を…」

侍女がおずおずと申し出る。

フレイは足首まで隠れるたっぷりした寝間着を着ていた。上質な絹製だが、さすがにこの格好のまま宰相と対面するわけにはいくまい。

「必要無い」

再び冷たく言い放ち、ルベドは短く呪文《じゅもん》を詠唱した。するとフレイの衣服は寝間着から、紅《あか》いベルベットの上着とズボン、絹のシャツに変化する。

ルベドが開発した着替えの術だ。時間と空間を同時操作する高度な術なのだが、開発した動機がいったん研究に熱中すると風呂も食事も忘れるフレイを着替えさせるためだと聞いた時は呆《あき》れてしまった。何という才能の無駄遣いなのか。

「この服、俺にはちょっと派手じゃないか？」

生地は極上の絹だし、シャツのボタンはよく見ればルビーを削ったものだ。袖口《そでぐち》や身頃には一流の職人が丹精込めて編み上げただろう、薔薇《ばら》の花模様のレースがたっぷりとあしらわれている。五十年前、成人の儀のために誂《あつら》えた衣装も高価だったけれど、こちらはその数倍は値が張ると思われる。とうてい普段着には見えない。

「フレイ様にお召し頂くのなら、最低でもこの程度でなくてはいけません。とてもよくお似合いですよ」

「う、……うん、そうだな。ありがとう」

熱っぽい賛美には奇妙な圧力があり、あらがえない。

こくりと頷くフレイの頬に、ルベドは可愛くてたまらないとばかりに口付けてくれた。

侍女に先導され、ジョセフが待つ部屋に案内してもらう。

五十年ぶりに眺めた王宮は、以前より内装は華やかなのにどこかさびれて見えた。行き交う使用人や貴族が少ないせいだろうか。きちんと換気されているはずの空気はよどみ、退廃の気配を漂わせている。

フレイたちを振り返っていく者たちに見知った顔は居ない。

五十年も経ったのだ。フレイが離宮に住んでいた頃働いていた者たちはほとんどが亡くなるか、引退してしまっただろう。父のクリフォード王や王妃、側妃パトリシアは確実に亡くなったはずだし、異母兄のダグラスとエドガーもこの世に居ない可能性が高い。

一目会っておきたかったと悲しむほどの思い入れなど無いけれど、彼らはもう記憶の中にしか存在しないのだと思うと心に冷たい風が吹く。

五十年前と変わらずフレイの傍《そば》に居るのは、ルベドだけなのだ。冒険者ギルドで良くしてくれたゴードンも、すっかりおとなしくなってしまったハリーやその取り巻きたちも、きっと墓の中だろう。

「心配は無用です、フレイ様。私がお傍に居ります」

心細さにルベドのシャツの胸元を握れば、優しい口付けが頬に落とされた。何も言わなくても、ルベドは見知らぬ世界にたった一人取り残されてしまったかのようなフレイの不安をわかってくれる。

「うん。…ありがとう、ルベド」

フレイもルベドの頬に口付けを返し、微笑み合う。…大丈夫だ。ルベドが居てくれる限り、怖いものなんて無い。

「これは……よくおいで下さいました」

出迎えてくれたジョセフはルベドに抱かれたフレイにほんの少し目を瞠《みは》っただけで、来客用のソファを勧めてくれた。袖口から覗《のぞ》く細い腕には、ヤドリギを透かし彫りにした金の腕輪が嵌められている。装飾品など身に着ける男だっただろうか。

フレイがルベドと並んで座ると、ジョセフもテーブルを挟んだ向かい側に腰を下ろした。緩慢な仕草は老いを感じさせる。しかし色濃いくまに縁取られた黒い瞳だけは、往年の鋭さを失っていない。

「殿下、厚かましいお願いを聞き届けて頂きありがとうございます」

慇懃《いんぎん》に頭を下げる姿が五十年前と重なる。

思い返せばあの頃、王宮側の人間で、フレイを王族としてまともに扱ってくれていたのはジョセフだけだった。だがこの男がフレイの暗殺に手を貸したのだ。そのせいでルベドは孤独に苦しむことになった。

……何で、俺は殺されなきゃならなかったんだ。

フレイは問いただしたい衝動を呑み込んだ。何度尋ねたところで無駄なことは、昨日すでに実証済みだ。

「…お礼は要らない。聞きたいことがあっただけだから」

「とんでもない。殿下がそうおっしゃらなければ、ルベドどのは決して殿下と会わせて下さらなかったでしょうから」

かすかな非難を含んだ眼差しを向けられても、ルベドは怯《ひる》まない。

「当然だ。フレイ様はよみがえられ、私も為《な》すべきことを為した。互いの条件が果たされた以上、貴様と対面しなければならぬ理由は無い」

「それは本当？」

フレイの問いに、ジョセフは頷いた。

「ホムンクルスたちの暴動はやみ、再び我らの命令に従うようになりました。王都以外の各地からも同様の報告が届いております」

「ホムンクルスたちはどう扱われるの？」

それを聞きたかったからこそ、フレイはジョセフの申し出に応じた。

彼らを扇動したのはルベドで、ルベドの目的はジョセフへの報復とフレイの蘇生だったのだ。もしも彼らが罰せられるのならば、フレイにも責任はある。ホムンクルスは術式に刻まれた命令には逆らえないのだから。

「気にかけておられるのですか？　殿下がお創りになったホムンクルスではないのに」

「当たり前だよ。実際に創ったのが俺じゃないってだけで、俺のレシピから創り出されたんだから、俺の子みたいなものだもの」

「……殿下の子、ですか」

ジョセフが…いや、何故かルベドまでもが複雑そうに眉をひそめる。

何故と問う前に、ジョセフは本題に戻った。

「反乱を起こしたホムンクルスたちが処罰されることはありません。彼らに自由意志は無かったのですから。責められるとすれば殿下に服従する術式に気付かなかった錬金術師たちと、扇動した者でしょうが…」

ちら、とルベドを窺《うかが》うジョセフの灰色の瞳には諦念《ていねん》が滲んでいる。

ルベドは金《ゴールドランク》級まで上り詰めた冒険者であり、失伝魔術さえ使いこなす大魔術師でもある。五十年経った今はさらなる実力を身につけただろう。人間の騎士団がいっせいに襲いかかったところで、捕縛はきっと不可能である。

「そうか。……良かった」

フレイはほっとした。錬金術師たちは自業自得だが、利用されただけのホムンクルスが処罰されたら寝覚めが悪すぎる。

「正確には、処罰『出来なかった』のでしょうがね」

五十年前はやらなかった皮肉っぽい笑みが、ルベドの美貌を艶《つや》めかせた。

「ホムンクルスたちを処罰すればそこかしこで働き手が不足し、平民からも貴族からも不満が噴出する。再び命令に服従するようになったとはいえ、あまりに酷使すればホムンクルスたちにも牙《きば》を剝《む》かれるかもしれない。だから錬金術師どもに全ての責任を押し付けたのでしょう？」

「…ルベド、どういうこと？」

酷使、の一言に不穏なものを感じる。成人の儀で強大な魔力を振るい、エドガーの狂乱を鎮圧してみせたルベド――人間よりも優秀なホムンクルスに、居合わせた人々は恐れおののいたはずだ。

「ホムンクルスが当然の存在になったというのは、家畜としてという意味ですよ」

「ルベドどの、それは…」

渋面のジョセフが割って入ろうとするが、ルベドは鼻先で嗤《わら》った。

「街や農村では最下層の貧民さえ嫌がる汚れ仕事を押し付けられ、特に見目の良い者は娼窟《しょうくつ》に売られ、軍隊では最も死亡率の高い前線に追いやられる。これが家畜でないのなら、何と呼べばいい？」

「……、彼らを創り出し、社会に組み込んだのは貴殿だろう」

「私はレシピを流しただけです。どう扱うかは人間どもに委ねていました。…その結果が現状です。私はフレイ様の血を分けて頂いただけで、フレイ様自身ではない。彼らの主人が彼らをまともに扱っていれば、いくら私が命令したところで反乱までは起こさなかったはずでしょう」

ジョセフが反論しないということは、ルベドの話は真実なのだろう。フレイは膝《ひざ》の上でぎゅっと拳《こぶし》を握り締める。

……ホムンクルスが…、家畜……。

頭を思い切り殴られたような衝撃だった。フレイにとってホムンクルスは…ルベドは家族だ。何があっても最後までそばに居てくれる、かけがえのない存在なのに。

「フレイ様…」

ルベドがフレイの拳をそっと解き、手を重ねてくれる。伝わる温もりも肌の感触も、人間と同じなのに。…生きているのに。

「…すぐにここを離れましょう。こんなところに居ては、よみがえられたばかりのお身体とお心に負担がかかるばかりです」

「ルベド、でも…」

ホムンクルスたちの現状を知ってしまった以上、知らなかったことには出来ない。王宮を離れても、心に残り続けるだろう。

「――殿下。お願いがございます」

　じっとフレイを見詰めていたジョセフがおもむろに切り出した。

「お願い？　お前が、俺に？」

「はい。お命を奪っておきながら厚かましいのは承知の上、叶《かな》えて下さったあかつきにはいかなるお礼でもさせて頂くつもりです。むろんこの皺《しわ》首は謹んで献上いたしましょう」

　紛れも無い本気を感じ取り、背中に悪寒が走った。優秀な宰相が命と引き換えにしてでも叶えて欲しい願いだなんて、無理難題に決まっている。

「断る。貴様の首など必要無い」

「私がお願いしているのは貴殿ではなく殿下だ」

　言下に拒もうとしたルベドを、ぴしゃりとはねのける胆力はさすがだ。怖い顔をしたルベドにいい加減にしなさいと叱られたら、創造主のフレイでも実験を諦めベッドに入らざるを得なかったのに。

「…それで、お願いって？」

「フレイ様！」

「いいよ、ルベド。聞くだけは聞いてあげても」

　叶えるかどうかは別の話だと匂わせれば、ルベドも表情を和らげた。話の流れからして、たぶんジョセフの『お願い』はホムンクルスたちと関係がある。

ジョセフは居住まいを正し、絞り出すように告げた。

「…ソティラスを、救って頂きたいのです」

ホムンクルスたちの反乱は収まったのに、救って欲しいとはどういうことなのか。

ジョセフは苦渋の表情で説明してくれる。

——そもそもの発端は、フレイが死んだ数年後、父クリフォード王が病死し、第一王子のダグラスが即位したことだという。第二王子エドガーが修道院送りになり、第三王子フレイも教会によって命を奪われていたため、ダグラス以外王位を受け継げる者が居なかったのだ。

短慮かつ粗暴で人望も無かったダグラスだが、宰相ジョセフら臣下の献身により可も不可も無い安定した政治を行った。隣国アステリアから王女をダグラスの妃にもらい受け、国境の安定をはかった。今まではそれで何の問題も無いはずだった。

しかしソティラス王国は、いや、世界は激動の次代へ突き進み始めていた。ソティラスを信奉しない東の帝国、カマルによって。

征服した国の民でも忠誠を誓いさえすれば重用するという革新的な政治体制を敷き、ここ百年ほどで急成長を遂げてきたカマル。フレイは死ぬ前からこの帝国に注目していた。

何故なら錬金術は南大陸からまずカマルに伝わり、洗練されて西大陸に伝播《でんぱ》した。つまり錬金術の本場なのだ。錬金術師のレベルも高く、優秀な錬金術師は尊敬される。

ダグラスの即位から数年後、西へ西へと版図を広げていたカマルが進軍したのはダグラスの妃の母国アステリアだった。妃に泣きつかれたダグラスはジョセフたちが止めるのも聞かず、アステリアへ援軍を派遣してしまう。

ソティラスの王侯貴族は魔術を使えるが、軍の兵士の大半は魔力も持たない平民だ。それはカマル兵も同じなのだが、彼らは錬金術によって創られた銃や大砲などの火薬兵器を装備していた。

火薬兵器は槍《やり》や弓しか持たないアステリア軍を壊滅させ、援軍のソティラス軍にも甚大なダメージを与えた。アステリアは降伏し、祖国に逃げ帰ってこれたソティラス兵は一割にも満たなかったという。歴史に刻まれるほどの大敗だ。

しかも落胆したダグラスは失態を挽回《ばんかい》しようともせず、後宮に引《ひ》き籠《こ》もってしまった。子作り以外何もしないダグラスに代わって国政を回していたのはジョセフだ。ダグラスは不摂生を重ねつつも五十代まで生き、病を得て死んだ後は第一王子であるアルバートが王位を継いだそうである。

フレイの甥《おい》に当たるこのアルバートが傑物ならジョセフの苦労も報われたのだが、悲しいことに両親の悪いところだけを受け継いだ愚か者だった。ホムンクルスを国軍に組み入れながら魔術こそ至高という教会の教えに傾倒し、今やどの国でも装備されつつある火器のたぐいの一切を禁止しているというのだから。

ホムンクルスが反乱を起こす少し前、アルバートは仕出かした。今はカマルの直轄州となったアステリア州、旧アステリア王国に派兵したのだ。

名目は『父祖の土地を取り返すため』。

アルバートの母親はダグラスに援軍をねだった妃、すなわち元アステリア王女だった。アステリア王の孫に当たるアルバートには確かにアステリアの王位を継承する権利がある。しかし、今やカマル帝国の領土となったアステリアへの進軍が許されるわけがない。カマルにとっては領土侵犯である。

帝都から派遣された州督ラティゴは有能な政治家であり、軍人でもあった。元は帝国に征服された小国の出身だそうだが、その才覚でもって州督まで成り上がったのだから、血筋と魔力しか誇れないアルバートよりはるかに優秀と言える。

実際ラティゴは帝国の代名詞でもある銃と大砲でソティラス軍を迎え撃ち、あっけなく敗走させ、アルバートとの器の違いを見せ付けた。

その後カマルは代償として、ソティラスに対し降伏と王族全員の身柄を要求したのだという。おそらくカマルの皇族と娶《めあわ》せ、魔力に満ちたソティラスの血をカマルに取り込もうという魂胆だろう。

どちらも受け容れられるわけはなく、ソティラス王国は要求を拒否した。

当然の帰結としてカマルはソティラスに宣戦布告し、いつラティゴ率いるアステリア州軍に攻め込まれてもおかしくない…というのがソティラスの現状なのだ。

「いや、馬鹿なの？」

「馬鹿なのですよ」

堪えきれずうっかり口に出してしまったフレイに、ルベドは砂糖とミルクがたっぷり入った紅茶を出してくれながら頷いた。

ルベドが習得した空間魔術では、魔術で構築した空間に大量の物資を収納しておける。しかも時の流れから切り離されるため、熱々の料理を収納しておけば熱々のまま保管されるのだ。

「アルバート王がアステリア州に攻め込んだのは、何かと自分を抑え込もうとする臣下を見返してやりたかったからでしょう。華々しい武勲を立てれば皆が王を尊崇するようになると、教会にも焚き付けられたのでしょうね」

「教会か…。あいつら、五十年経ってもろくなことをしないな」

魔術に対抗する錬金術を西方大陸にまで広めさせたくない。そんな理由で仮にも王子のフレイを殺したのだ。王を洗脳するくらい、簡単にやってのけるだろう。

「……で、ジョセフ。ソティラスを救って欲しいって…カマルを撃退しろとかいうんじゃないよな？」

「まさか。そのような厚かましいことは申しません」

　ほっとしたのもつかの間、ジョセフは淡々と言い放つ。

「撃退して頂きたいのはアステリア州軍です。殿下とルベドどの、そしてホムンクルスたちの力で奴らを叩きのめして頂きたい。飢えや疲労と無縁の彼らなら、殿下に命じられれば人間の兵の何倍もの働きをするでしょう」

「……は？　何で？」

「州軍が敗北すれば皇帝は援軍を派遣するでしょうが、広大なカマルの本国から飛び地のアステリア州まで援軍を送るには月単位の時間がかかります。その間に貴族たちから軍を出させ、国境に…」

「そういう意味じゃない！　何で俺たちがアステリア州軍と戦わなくちゃならないんだよ。それはお前たちの仕事だろ？」

　王侯貴族が日頃高い税を徴収し、贅沢《ぜいたく》な暮らしを許されているのは、いざという時最前線で戦う義務が課せられているからだ。

　ましてやこの危機を招いたのは王自身。アルバート王が自ら貴族たちから兵を募り、軍を再編成してカマルと対峙《たいじ》すべきなのである。ジョセフならそれくらい、言われるまでもなくわかっているだろうに。

「…陛下は貴族たちに軍を出すよう命じられましたが、従う貴族家はほとんど居りませんでした。王都に在住していた貴族たちは領地に帰り、招集にも応じません。現在、王に従う軍は近《この》衛騎士団と王領軍のみです」

「え……」

「ソティラスが負けると確信し、アステリア州との国境を守る軍が敗北するのを待って降伏するつもりなのでしょうね。帝国は自ら服従してきた者をむげには扱いませんから」

ルベドが分析し、冷ややかに笑う。フレイはようやく納得した。不意討ちだったとはいえ、ホムンクルスたちの反乱が何故こうも簡単に成功したのか。

…この国は今、空っぽなのだ。王も貴族も教会も自分を守るのに必死で、他に目を向けていない。ただ一人ジョセフだけがどうにか踏みとどまろうとしている。

「ルベドどののおっしゃる通りでしょうな。この国は内側から壊れかけているのです」

ジョセフは諦念と疲労が混じった表情を浮かべ、しかし、と首を振る。

「ソティラスの血を継ぐ王族を帝国に引き渡すことも、この地を帝国に踏みにじらせることも、臣下として許すわけには参りません。アステリア州軍を打ち負かせば貴族も出兵に応じるでしょう。…どうかメルクリウスの寵児のお力をお貸し下さい。この通りです」

今やすっかり白髪に変わった頭がテーブルにつくほど深く下げられる。

……何を言ってるんだ、こいつは？

頭の芯《しん》が凍り付くような、煮え立つような未知の感覚がじわじわと広がっていく。

「…ふざけるな。自分で自分を守れない国を、どうして俺が助けてやらなきゃならないんだ？」

抑え付けていた鬱憤《うっぷん》に火をつけられ、憤怒の炎が燃え上がったのだと気付いたのは、自分でも驚くほど低い声が出た後だった。

ダグラスやアルバートが国のために尽くすのは当然だ。彼らは民が納めた税によって何不自由無い暮らしと身分を保証されてきたのだから。

だがフレイは王子として生まれながら、大切にされた覚えは無い。与えられるべきものは全て王妃の手先によってかすめ取られ、亡き母が自分の宝石やドレスを売ってどうにか食いつないでいた。最後には命まで奪われた。

そんな自分が、今さら何故国を救ってやらなければならない？

「フレイ様」

長い腕がフレイを引き寄せ、見た目よりもずっと逞しい胸に閉じ込める。馴染《なじ》んだ匂いと決して乱れることの無い鼓動が、ささくれだった心を鎮めていく。

「どうかお心を安らかに。貴方は神のもとからよみがえって間も無いのですから」

「ルベド…、俺のルベド……」

「ええ、貴方を苦しめるモノは貴方の私が全て排除いたします。安心してお休み下さい」

背中を撫《な》でられ、うとうとと眠くなってくる。ルベドにかかれば、フレイなどベッドに入ってものの三秒で寝かしつけられてしまう。

「ぐ…、う、うぅっ…」

くぐもった呻きが聞こえてこなかったら、そのまま眠りに落ちてしまっただろう。

ぱっと目を開ければ、ソファに座っていたはずのジョセフが魔力の腕に首を絞められ、宙に吊《つ》り上げられていた。

「…や、やめて、ルベド！」

フレイが叫んだ瞬間魔力の腕は消え、ジョセフはソファに落下した。創造主の命令にホムンクルスは逆らえない。だがルベド自身が納得したかどうかは別だ。

「何故ですか、フレイ様。その人間は貴方を苦しめました。今だけではなく、五十年以上前からずっと。万死に値する所業です」

「俺だってこいつは気に入らないけど、死んで欲しいとまでは思っていない。…こいつのためにお前の手を汚して欲しくないんだ」

心を燃やし尽くしそうだった憤怒《ふんぬ》の炎は、かなり小さくなっていた。フレイ以上に怒ってくれたルベドのおかげだ。

「…フレイ様がそうおっしゃるなら、仕方がありませんね」

嬉しそうに唇をほころばせたルベドが短く詠唱すると、ジョセフを淡い緑色の光が包んだ。回復魔術だ。フレイは治癒《ちゆ》系の魔術が苦手だし、今は回復系ポーションも持っていないので助かった。

「ねえ、ジョセフ」

よろよろと起き上がったジョセフに、フレイは問いかける。胸にあるのはさっきまでの怒りではなく、純粋な疑問だ。

「カマルの要求が正当なものであることくらい、わかってるよね。引き渡された王族は子を作らされ続けるだろうけど、殺されはしない」

「……」

「それにカマルは征服した国の民を大切に扱っていると聞いた。民にとっては馬鹿な王に振り回されるより、カマルに統治された方が幸せなんじゃないか？」

「…民の幸せを、真っ先に考えられますか」

呻くように言われ、フレイは首を傾《かし》げる。

「当たり前だろう？　王や貴族は民のために存在するんだから」

王侯貴族も教会も自分たちが居なければ民はたちゆかないと考えているようだが、実際は逆だ。冒険者ギルドの依頼をこなし、民と関わってきたフレイにはわかる。

君主がアルバート王からカマルの皇帝に変わろうと、彼らはしたたかに生き延びるだろう。むしろ教会の締め付けから解放される分、いっそう繁栄しそうな気がする。

ルベドも頷いた。

「民はカマルの支配を喜んで受け容れるでしょうね。…受け容れられないのは、既得権益を失う者たちだけです」

「っ……」

鼻白むジョセフは、自分もその一人であることはわかっているらしい。

……何か、可哀想になってきたな。

ジョセフだって好きでフレイにこんなむちゃくちゃな願いをしているわけではない。

それ以外の手段が無いから頭を下げているのだ。本来それをすべきは、仕出かした張本人…アルバート王のはずである。

だがアルバート王は姿を見せようとすらしない。おそらくジョセフは独断でフレイに交渉を持ちかけたのだ。アルバート王に相談したら絶対に反対されると思ったから。

でも、命がけでソティラスを守りたいとは、フレイにはどうしても思えなかった。アステリア州軍を撃退したところで、王や教会を喜ばせるだけだ。

「残念だけど……」

断る、と告げようとした瞬間、ふと疑問が芽生える。

……ソティラスが降伏したら、ホムンクルスたちはどうなるんだ？

カマルは被征服国の民を大切に扱うが、ホムンクルスたちは民として…人間として扱ってもらえるのだろうか。

ソティラスでの待遇を聞く限り、彼らが民と同様に尊重されるとはとても思えない。敵国の錬金術師が創ったホムンクルスだからと、今よりも酷《ひど》い扱いを受ける可能性もある。

「…フレイ様？」

心配そうにフレイを見下ろす紅い瞳には、いたわりと慈愛だけが満ちている。

何があってもそばに居る。孤独を分かち合う家族として、フレイはルベドを創り出した。ならば、フレイのレシピによって生まれてきた他のホムンクルスたちだって、そうであるべきだった。ただ人間が嫌がるきつい労働を強いられ、命をすり潰《つぶ》されるだけだなんて許せるわけがない。ルベドが同じ目に遭わされたら、フレイはあらゆる手段を用いて報復するだろう。

フレイはルベドの腕を解き、ソファに座り直した。

「俺がいいと言うまでしばらく黙ってじっとしていて。魔術の行使も許さないから」

「フレ、…っ…」

創造主の命令は即座にルベドを拘束した。

フレイが問答無用で命令を下すことはめったに無い。傷付いた表情のまま微動だに出来ないルベドに心の中で謝り、フレイはジョセフに向き直った。腰に手を当て、尊大に胸を反らす。

「お前の願いを叶えてやる。その代わり、お前も俺の要求には全て従え」

「……要求とは？」

ジョセフが身構える。暗殺された復讐《ふくしゅう》に、痛い目に遭わされるとでも思っているのだろうか。やりこめられるばかりだった男を警戒させるのは、少し気分がいい。

「アステリア州軍を撃退するまで、俺の補佐役になること。それと、俺の命令には絶対に逆らわないこと」

「――――！」

「…っ…、本気で仰せなのですか？」

ルベドが目を剝き、ジョセフは眉間《みけん》のしわを深くする。自分の暗殺に手を貸した相手をそばに置くなんて、信じられないのだろう。

「もちろん嘘《うそ》じゃない。本気で言ってる」

フレイはルベド以外の誰とも関わらず、離宮で生きてきたのだ。政《まつりごと》の仕組みなどわからない。

しかもメルクリウスに召されてから五十年も経っている。ジョセフの願いを叶えるには、政や現在の王宮の情勢に詳しい協力者が必要不可欠だ。三代の王に仕え、現役の宰相でもあるジョセフよりもその協力者に相応《ふさわ》しい者は居ない。

フレイの主張に、ジョセフは白くなった眉を寄せた。

「それは……仰《おつしや》る通りではありますが……」

「やっぱり怖い？　俺の…自分が殺した相手の傍に居るのは」

挑発するように問えば、隣で殺気が膨《ふく》れ上がった。動かないよう命じておかなかったら、ジョセフは今頃八つ裂きにされていたかもしれない。

「…そのようなことは。ただ、私はご覧の通り老いさらばえた身にございます。お若い殿下の役には立てますまい。我が願いをお引き受け下さったなら、我が配下たちから優秀な者を補佐役に付ける予定でした」

「ふうん。ちゃんと考えてるんだ」

「無茶なお願いをするのですから、当然でございます」

感情と仕事の区別をくっきりつけるところは相変わらずのようだ。補佐役として傍に置くのなら、そういう男がいい。内心はどうあれ、ホムンクルスであるルベドを家畜扱いなど絶対にしないだろうから。

それに……。

「ジョセフ。俺はお前がいいんだ。お前じゃなきゃ駄目なんだよ」

「な、……何故、そこまでこの老骨を?」

ずい、と身を乗り出すと、ジョセフは皺だらけの顔に焦燥を滲ませた。隣の殺気は一段と増したが、何だか少し楽しくなってくる。もっと慌てさせたいような、いじってみたいような、不思議な感覚だ。

「——復讐だよ」

「復讐……?」

「殺したはずの俺の下僕になって、さんざんこき使われるんだ。矜持《きょうじ》の強いお前には、命を奪われるよりも屈辱的だろ？」

フレイはテーブルに手をつき、にやりと唇をゆがめる。悪辣《あくらつ》に嘲笑《ちょうしょう》してやったつもりなのに、ジョセフは何故か呆気《あっけ》に取られているようだった。

「……それが、復讐になるのですか？」

「さっきからそう言ってるだろ。信じられない？」

「そういうわけではありませんが…しかし、この老骨では…」

ジョセフは腕輪を嵌めた腕と動けないルベドを何度も見比べ、迷っている。フレイに仕えたらルベドにいびられまくると恐れているのだろうか。だとすれば、ますます仕えさせたくなるというものだ。

「ルベド、発言を許す。…俺の創った霊薬は保管してある？」

「…は…、もちろん、フレイ様がお創りになったものは全て魔術の空間に保管してあります」

「良かった。じゃあエリクサーを出して、ジョセフに飲ませてくれる？」

「フレイ様⁉」

「殿下⁉」

ルベドとジョセフが同時に悲鳴を上げる。それぞれ深紅と黒の瞳を見開く二人に、フレイは首を傾げた。

「お爺さんになったから俺の補佐役になれないっていうのなら、お爺さんじゃなくなればいいんだろ?」

ルベドの体内にも流れるエリクサーは、全ての魔法薬の頂点に君臨する霊薬だ。万病を治癒し、いかなる傷も癒《い》やす万能の薬なら、フレイの願いを叶えてくれるはずである。

「飲ませて、ルベド」

「……っ…」

ルベドは一瞬不本意そうな表情を浮かべたが、創造主の命令には逆らえず、魔術の空間から小さな瓶を取り出した。中を満たす紅い液体は五十年前、道中何かあった時のためにと、フレイが丹精込めて創ったエリクサーだ。ルベドの魔術空間に保管されていたのなら、劣化とも無縁のはず。

「ぐ、……う、……うぅっ!」

逃げようとしたジョセフをルベドが素早く回り込んで捕らえ、無理やり開けさせた口にビンの飲み口を突っ込む。老いた身体では抵抗も出来ず、ジョセフは流し込まれるエリクサーを飲み干した。

「あ、……あ、あ?」

わななくジョセフからルベドはさっと離れた。へなへなとソファに沈み込んだ老軀《ろうく》を、紅い光が包み込む。

変化は劇的だった。

万能の霊薬は、ジョセフをむしばむあらゆる病苦を癒やしていく。臓腑の病も、もろくなった骨も筋肉も、潤いを失いかさついた肌も、色素の抜けた髪も……老いさえも。

「……わ、……私、は……っ？」

震える口を開き、ジョセフは硬直した。若々しく張りのある己の声に驚いたのだろう。ばっと立ち上がり、老人ではありえないなめらかな肉体の動きに再び固まる。

「ルベド」

フレイが促すと、心得たルベドが魔術の空間から姿見を取り出し、ジョセフの前に置いた。映し出された己の姿にジョセフはよろめき、後ずさる。この冷静沈着な男をここまで驚かせたのは、きっとフレイが初めてだろう。

磨かれた鏡面に映し出されているのは、艶《つや》やかな黒髪の理知的な青年——フレイの知る若き俊英、ジョセフ・コンシリアだ。曲がった腰がしゃんと伸び、萎《な》えた筋肉と肌が張りを取り戻したせいで寸足らずになった衣を纏ってさえ、侮《あなど》れない威厳を放っている。

「これで問題はなくなったな」

フレイは呆然《ぼうぜん》とするジョセフの前に立った。五十年経っても見上げなければならないのはちょっと悔しいが、フレイの身長はこれからも伸びるだろうから良しとする。

「選んで、ジョセフ。俺に復讐されるか——アステリア州軍に攻め込まれるか」

ジョセフがどちらを選ぶのか承知の上で、フレイは高慢に告げる。

黒い瞳が複雑な感情に揺れたのはつかの間。ジョセフは高位貴族らしい優雅な仕草で床にひざまずき、絨毯《じゅうたん》に額を擦《こす》り付けんばかりに頭《こうべ》を垂れる。

「殿下に我が忠誠を捧げます。我が命は、常に貴方のたなごころの上に」

床についた腕にぴったり嵌まったヤドリギの腕輪が、きらりときらめいた。


「……なんということをなさったのですか！」

下僕となったジョセフにひとまずの別れを告げたとたん、ルベドは転移の術を発動させ、客室に移動した。フレイをあお向けで寝台に押さえ付け、のしかかってくるルベドの瞳は怒りに吊り上がっている。

パキ、パキィッと高い音をたて、棚に飾られた磁器の皿や小物が砕け散る。

ルベドの発散する魔力に耐え切れなかったのだ。魔力の低い人間も、この部屋に入れば卒倒してしまうだろう。

フレイも気をしっかり保たなければ魔力酔いしそうだが、仕方無い。大切なルベドを命令で押さえ付け、無断でジョセフの途方もない願いを聞き入れてしまったのだ。身勝手な真似をするなと、怒られるのは当たり前で――。

「私というものがありながら、よりにもよってあの大害虫をお傍に置かれるとは……！」

「え……？」

「あんなものをお傍に置かれたら、この世に戻られたばかりのか弱いお身体が穢されてしまうではありませんか……！」

唇が触れるすれすれまで美貌を近付けられ、フレイは金色の目をぱちぱちとしばたたいた。

「ルベド……もしかして、ジョセフの願いを聞き入れたことよりも、ジョセフを補佐役にしたことの方を怒ってる？」

「当然です」

ルベドは断言し、フレイの髪を長い指で愛おしそうに梳いた。さらさらと流れる髪は記憶にあるよりも艶と輝きを増している。五十年の間、ルベドが手入れを欠かさなかった証だ。

「アレは汚穢《おわい》に湧く蛆虫《うじむし》よりも汚らわしく罪深い男です。あんなモノが私を差し置き、フレイ様のお傍に侍《はべ》るなど言語道断。許せるわけがありません。ようやく取り戻せた貴方が、私以外の男を視界に入れるなんて…それくらいなら、いっそ…」

「ルベド、……ルベド……」

深紅の瞳の奥で、五十年前には無かった黒い何かがうごめいている。背筋が震えるような寒さを感じ、フレイはルベドの首筋に腕を回した。

「落ち着いて、ルベド。俺の大切な子はお前だけなんだから」

「ですが貴方は、ジョセフを…」

「あれはお前の……ううん、ホムンクルスたちのためだよ」

ジョセフの話を聞き、フレイが真っ先に危惧《きぐ》したのは王侯貴族や教会の反応だった。

フレイはソティラスの怒りに触れ、罰として命を奪われたことになっている。そのフレイがホムンクルスたちを率い、アステリア州軍撃退に乗り出しても、彼らは感謝などしない。むしろ反発し、邪魔をする者の方が多いだろう。

中にはホムンクルスたちに危害を加えようともくろむ者も居るかもしれない。そんな時ジョセフがフレイの下僕になっていれば、上司を巻き添えにさせないため、ジョセフの優秀な配下たちは奔走してくれるはずだ。

フレイの説明を聞いたルベドの表情が少しだけやわらぐ。

「……なるほど。あの男は生きた護符《タリスマン》というわけですか」

「まあ、半分くらいは本当に復讐も兼ねてるけど」

「命を奪われた復讐にしては、ささやかすぎると思いますが。…フレイ様はお優しすぎる」

ぞっとするほど冷たい口調が、昨日の記憶を浮かび上がらせる。

ルベドは言っていた。今と同じ嘲笑を滲ませて。

『この大害虫にはすでに相応の報いを受けさせております。…もちろん、教会にも』

報いとは、ホムンクルスたちに反乱を起こさせたことだと思っていた。

アステリア州軍という特大の火種に頭を悩ませていたところへ、あの老体で反乱鎮圧のため駆けずり回らされたのだ。教会とて、ソティラスの怒りに触れ死を与えられたはずのフレイを自ら秘術でよみがえらせたのだから、その権威には大きな傷が刻まれただろう。

…だが、ルベドがその程度で満足するだろうか？

ふとジョセフの腕輪が頭をよぎる。五十年前は嵌めていなかったはずの腕輪。意匠のヤドリギはその名の通り、他の草木に寄生して成長する木だ。魔術や錬金術においては盗人のシンボルでもある。宰相であり高位貴族でもあるジョセフに相応しい意匠とは思えない。

誰かに贈られたのだろうか。趣味に合わない贈り物でも、身に着けざるを得ない誰か…ホムンクルスたちを率い、ソティラスを混乱の渦に叩き落としたルベド…。

「…あの男を下僕になさった理由は理解しました。あくまで生きた護符、復讐の一環であり、情けをかけられたわけではないのですね」

やわらかく微笑みかけられ、フレイは我に返る。

何を考えていたのだろう。この純粋で可愛いルベドが、恐ろしい悪行に手を染めるわけがない。ホムンクルスたちに反乱を起こさせたのだって、フレイをよみがえらせるため、やむを得なかったのだ。

「当たり前だろ。どうして俺がジョセフに情けなんてかけると思うの？」

「あの男に、興味を引かれておいでのご様子でしたので」

指摘され、ぎくりと頬が引きつりそうになる。気付かれていたのか。さすがルベド、フレイに関する観察眼の鋭さには五十年で磨きがかかったらしい。

「それは……その、すっかりお爺ちゃんになってたから驚いただけ。まあ、俺だって、何事も無かったらお爺ちゃんになってるんだけど…」

刺客に襲われずソティラスを脱出していたら、十五歳だったフレイは今六十五歳だ。立派なお爺ちゃんである。ルベドと並んだら祖父と孫に見られただろう。

「害虫は何があろうと害虫ですが、フレイ様はどれだけお歳を召されようとお可愛らしいままですよ」

「そうかな…？」

「もちろんです。我が最愛の創造主」

微笑むルベドは五十年前と少しも変わらない。おそらく、左胸の賢者の石が破壊されない限りは今の…気力と体力が最も充実した若い姿のまま生き続けるのだろう。

……俺は、最後までは一緒に居られない。

魂が戻ってきたことにより、フレイの肉体は再び時を刻み始めた。永遠に等しい時間を生き続けるルベドと共に居られるのは、せいぜいあと数十年。エリクサーによる若返りにも限度がある。

フレイが死んだ後、ルベドはまた一人で生きていくことになる。それはフレイが人間である限り避けられない定めだ。

ならば…。

「俺も、ルベドならどんな姿でも可愛いよ。俺の一番大切なルベドだもの」

「フレイ様……」

深紅の瞳を細め、ルベドはフレイの隣に横臥《おうが》する。フレイが寝返りを打ち、その胸に収まると、優しく抱き締めてくれた。

「……こうして再び貴方と過ごせる日を、どれほど待ち焦がれたことか」

「俺も…俺もだよ、ルベド。メルクリウスのもとでまどろんでいる間も、ずっとお前のことだけを思っていた」

「ああ、…フレイ様、……フレイ様……」

低く甘い囁きが耳元で蕩《とろ》け、熱を孕《はら》む。五十年前には感じたことの無いそれは、フレイの腰の付け根あたりをじんと疼かせた。

「私だけを思っていて下さったのなら…何故？　何故、あの卑劣な男の願いを叶えようとなさるのですか？」

「…俺は、お前以外のホムンクルスたちにも幸せに暮らして欲しいんだ。俺のレシピから生まれたのなら、あの子たちも俺の子のようなもので…俺のために危険に晒《さら》されたんだから。俺にもお前にも、彼らの未来について責任があるだろう？」

教会が幅を利かせるこのソティラスでホムンクルスが普及したのは、フレイが遺《のこ》したレシピをルベドが流したからだ。彼らが反乱を起こしたおかげでフレイはよみがえったのだから、奴隷のように扱われるとわかっていて放置など出来ない。

「王も貴族も教会も、どうでもいい。アステリア州軍を撃退したら、俺は見返りとして、国内で使役されている全てのホムンクルスたちを解放するようアルバート王に要求するつもりだ」

フレイはまっすぐにルベドを見上げた。

「だから頼む、ルベド。俺に力を貸してくれ。お前が居なきゃ、作戦は成功しないんだ」

「……協力せよと、命令なさればよろしいのではありませんか？」

さっき命令で拘束されたのを、ルベドはまだ根に持っているようだ。フレイは絹よりもなめらかな頬を撫でる。

「こんなこと、命令なんて出来ないよ。俺の大好きな、可愛いルベド」

「っ……、くそ、さっきから可愛すぎるだろ。人の心をもてあそびやがって」

「え？」

何だか可愛いルベドには相応しくない言葉がほとばしった気がしたが、早口すぎてよく聞こえなかった。首を傾げるフレイを、ルベドはぎゅうぎゅうと抱きすくめる。

「何でもありません。それよりさっきのお言葉、もう一度聞かせて頂けませんか」

「さっきの？　…ええと、『こんなこと、命令なんて出来ないよ』…」

「違います。その次です」

「その次…『俺の大好きな、可愛いルベド』?」

ルベドは美貌を甘く蕩かせた。

「もう一度お願いします」

「……えっと、俺の大好きな、可愛いルベド?」

「もう一度」

「俺の大好きな、可愛いルベド」

もう一度、もう一度とせがまれるがままフレイはくり返す。何度目かわからなくなってきた頃、ルベドはフレイの額に口付けを落とした。

「……いいでしょう。アステリア州軍を撃退し、ホムンクルスたちを解放させるため、このルベドは力添えを惜しみません」

「本当か…!?」

ありがとう、とルベドを抱き締めようとして、フレイは硬直した。剣呑《けんのん》に細められた深紅の瞳の奥に、あの黒い陰を見付けてしまったせいで。

「ただし、条件があります」

「じょ…、条件?」

「簡単ですよ。アステリア州軍を撃退するまでの間、私を片時も傍から離さない。もし離したら、私の願いを何でも必ず叶える。…そう誓って頂きたいだけですから」

確かに簡単だ。五十年前だってルベドは片時も傍を離れなかったから、いつも通りに過ごしていればいいだけである。

「わかった。誓うよ」

「…私の願いが何なのか、確かめなくてもよろしいのですか？」

「ん？　だってルベドが俺を困らせるようなお願いなんてするわけないだろ」

ルベドは何故か目をつむり、小刻みにもだえていたが、やがてフレイの手を引き寄せた。

「契約成立です、我が創造主。私はいついかなる時もお傍を離れず、貴方のために力を尽くすと誓います」

「う、……うん。お願い」

てのひらに押し当てられた唇がひどく熱く感じてしまい、フレイは頬を赤らめた。ルベドはくすりと笑い、今度はてのひらに舌を這《は》わせる。

「っ……!?　な、何を…」

「診察ですよ。何せ貴方のお身体は五十年もの間時間を停止されていたのですから、異常が無いかどうか確かめなければならないでしょう?」

ルベドが短く呪文を唱えたとたん、フレイの上半身を包む衣装が消え失せた。

熱い舌はさらけ出された手首から腕、そしてわきの下をたどっていく。こんな真似、五十年前は一度もされたことが無い。

「な、な、何で、こんなっ」

「私は貴方の血と魔力から創り出された存在ですから、こうすればわかるのですよ。お身体に病巣が巣食っているかも、魔力の流れが滞っていないかも」

「そ…、そうなのか……！」

人間と同じ姿のホムンクルスはルベドが世界初の上、五十年もの時が経っている。創造主といえどもその能力にはまだまだ不明な点が多い。

けれどルベドがフレイに嘘を吐《つ》くはずがないのだから、ルベドの言う通り、舐《な》めればフレイの何もかもがわかってしまうのだろう。

「……くそ、ちょろ可愛い」

「えっ？」

「何でもありません。…さあフレイ様、力を抜いて下さい。このルベドが全てを暴いて差し上げますから」

素直に従えば、舌は再び診察を始めた。敏感なわきの下の薄い皮膚を丹念に舐められ、フレイはくすぐったさと股間《こかん》がぞわぞわするような未知の感覚に首をすくめる。

「ル…っ、ルベド、そこ、くすぐったい…」

「動かないで下さい。血の流れが集中する部分には魔力も集中しますので、じっくり検査しなければなりません」

「あ、……あっ……」

熱くやわらかな舌が執拗《しつよう》に往復するたび鼓動は乱れ、血と魔力がぐるぐると全身をめぐっていった。激しく脈打つ心臓が喉奥から飛び出してしまいそうだ。

「ル…、ベドぉ……」

「可愛いフレイ様……何も心配なさらないで。私が付いておりますから」

泣きそうになりながら眼差しで縋れば、ルベドは甘く微笑んだ。

五十年前と同じなのに何かが違う気がして、背筋がぞくぞくする。極上の蜂蜜にニガヨモギの汁を混ぜてしまったような、手を伸ばさずにはいられないほど美しいのに棘《とげ》だらけの薔薇のような。

フレイが違和感の正体に気付く前に、ルベドの舌はうなじに狙《ねら》いを定めた。金色の髪をかき分け、ちり、と疼くそこがさらけ出された瞬間、あやすように背中を撫でていたルベドの手が止まる。

「……、いつの間に…」

「…ん…う、…ルベド?」

どこか悪いところでもあったのだろうか。

不安になって頭を揺らすと、ルベドは再び背中を撫でてくれる。

「フレイ様の肌があまりになめらかで甘いので、感動しておりました。貴方はどこもかしこも愛らしい…」

「…あ、……あぁっ⁉」

強く吸い上げられ、うなじに軽い痛みが走る。びくっと跳ねる背中を優しい手であやし、ルベドは熱い舌を這わせた。

痛みがやわらいだのもつかの間、今度はやんわりと歯を立てられる。

「な…んで、ルベド…っ…」

ルベドに痛みを与えられたのなんて初めてだ。フレイは喉をひくつかせながら抗議するが、ルベドは離れるどころか、もっと深く歯を食い込ませる。

「愛しい、私の創造主……」

「や、ああ、あっ…」

「どうかお許しを。…私は…どうしようもなく飢えているのです。貴方に…」

かすれた声で乞われ、フレイの身体から強張《こわば》りが抜けていった。混乱の代わりに胸を占めるのは罪悪感と愛おしさだ。五十年もの間孤独を強いてしまったのに、ルベドはなおもフレイを求めてくれる。

「……いい、よ」

それで少しでもルベドの傷を癒やせるのなら、何をされても構わない。

「フレイ様、…ああ、私のフレイ様…」

ルベドは歓喜に打ち震え、うなじを執拗に噛んでは舐めるのをくり返す。痛みは舌の熱さとやわらかさに拭《ぬぐ》い取られ、すぐにルベドの匂いと温もりしか感じられなくなってゆく。

やがてあお向けにされ、そちらの腕やわきの下、横腹までじっくり舐め回された頃には、フレイはもはや抵抗する気力すら失っていた。

「……安堵《あんど》いたしました」

ぐったりするフレイとは対照的に、ルベドの美貌は活き活きと輝いていた。まるでたっぷり水をもらったばかりの紅薔薇のように。

「どこにも異常はありませんでした。フレイ様は健康体であられます」

「そうか…。…じゃあ、さっそく錬金術が使えるな」

短く答え、フレイはのろのろと横向きになる。一度も触れられなかったはずの股間がほんの少し熱を孕み、勃《た》ち上がっているような気がして。

そこが時折熱くなるのは男の生理だと、さすがのフレイも知っていた。

五十年前はルベドの目を盗み、こっそり処理していたのだ。ルベドはもう生まれたての赤子ではないが、フレイにとってはいくつになっても可愛い子ども。こんなところを見られたくはない。

「…先ほど、作戦とおっしゃいましたね。アステリア州軍を撃退する作戦を、すでに考えておいでですか？」

「ああ。細かいところはこれから詰めていかなきゃならないけど…」

どうか気付かれませんようにと祈りながら、フレイは思い付いたばかりの作戦について説明する。

どうやら祈りは聞き届けられたようだ。話し終わると、ルベドの愉快そうな笑い声が響いた。

「フレイ様らしい…。あの男や愚王には絶対に不可能な作戦ですね」

「ふふっ、俺にはルベドが居るんだもん。ルベドと錬金術があれば、たいていのことはどうにかなるんだ」

「…そのご期待に応えるため、全力を注ぎましょう。フレイ様もどうか、誓いをお忘れにならないで下さいね」

「もちろん」

話しているうちにだんだん眠たくなってきて、まぶたが落ちてくる。背中をとんとんと叩かれてしまったらもう駄目だ。ルベドの巧みな寝かしつけには逆らえない。

「…絶対に、忘れないで下さいね」

――安らかな寝息をたてる主人に、ホムンクルスは囁く。

「二度目は耐えられない。もしもまた貴方が私を置いていくというのなら、私は神でさえ……」

紅い噛み痕《あと》だらけにされたうなじを、長い舌がねっとりと這っていった。

「本日よりお傍《そば》に仕えます。殿下のお気に召すまま、いかようにもお使い下さい」

翌朝、朝食を済ませると、小さな荷物を手にしたジョセフが現れた。アルバート王は傍を離れる許可を出したらしい。

きちんと寸法の合った衣装は動きやすそうだが、高位貴族の宰相には似つかわしくない質素なものだ。身を飾るのは右腕のヤドリギの腕輪くらい。それでもみすぼらしいどころか、凛《りん》とした魅力を引き立てているのが気に入らない。

渋面のルベドの横で、フレイはきらんと目を輝かせた。

「いかようにも？」

「…むろん、私で可能なことに限りますが」

「ジョセフなら大丈夫だと思うけど。…あのね、アステリア州軍を撃退するまでの間、俺が住んでた離宮を借りたいんだ」

フレイが切り出すと、ジョセフは拍子抜けしたような顔になった。

「活動用の拠点として、ということでしょうか」

「それ以外に何かあるの？」

「いえ……すぐに手配しましょう。いったん御前を失礼します」

ジョセフは一礼し、きびきびと歩いていった。昔は常に配下を同行させていたはずだが、自分の身一つでフレイに仕えるつもりらしい。ぞろぞろ従者を連れ歩かれないのは、フレイとしても助かるけれど。

「…ずいぶんと用心深い」

「ルベド？」

低い呟《つぶや》きに振り向けば、ふわりと身体が浮かんだ。フレイを横向きに抱き上げ、ルベドが微《ほほ》笑《え》む。

「フレイ様はよみがえられたばかりなのですから、当分の間は私がこうしてお運びします」

「え、でも…一晩寝て起きたらだいぶ動けるようになったし…」

「片時も傍から離さないと、誓って下さいましたよね。…お忘れになりましたか？」

抱き締める腕に力がこもる。深紅の瞳の奥にまた黒い何かがちらつき、フレイは反射的に顔を逸《そ》らした。

「わ、忘れてないよ」

「でしたらこのままで。…貴方は目を離すとすぐ、どこかへ行ってしまわれるから…」

耳朶《じだ》をかすめる唇の熱さにどぎまぎしていると、ジョセフが戻ってきた。紅《あか》く染まったフレイの頬に怪訝《けげん》そうに眉を寄せたものの、何も聞かないでくれるのはありがたい。

「手配が済みました。すぐお移り頂けます」

「ありがとう。じゃあさっそ、く…」

行こうと促すより早く、強い魔力に包まれる。

一瞬の浮遊感の後、フレイの目に映るのはジョセフではなく古びた宮殿だった。フレイが十五歳までを過ごした、懐かしい離宮に転移したのだ。ルベドの魔術によって。

フレイはじっとルベドを見上げた。

「…転移するなら、ジョセフも一緒にしてあげれば良かったのに」

「虫は虫らしく、地べたを這《は》って移動すればいいでしょう」

ルベドは悪びれもせず玄関をくぐる。当然のように抱っこされたまま運ばれそうになり、フレイはぺちぺちとルベドを叩《たた》いた。

「降ろして、ルベド。どこにも行かないから」

「ですが…」

「自分の足で歩きたいんだ。心配ならずっと手をつないでいてあげるから……お願い」

両手を組んでお願いすると、ルベドはぐっと喉《のど》を鳴らし、何やら口走った。『クソあざとい』だの『なのにクソ可愛《かわい》い』だのと聞こえたが、何のことかわからない。

「……仕方ありませんね」

ルベドは咳《せき》払いをし、フレイをそっと降ろしてくれた。フレイは差し出された手を取り、久しぶりの我が家に足を踏み入れる。

離宮の中はしんと静まり、人の気配も無かったが、荒れ果てていないのが意外だった。廊下や窓枠には埃《ほこり》が積もっておらず、傷んだ箇所は修理され、空気もよどんでいない。定期的に修繕と清掃をしていた証《あかし》だ。

——誰が？

ソティラスの罰で死んだことになっている大罪人の住まいだ。わざわざ取り壊さなくとも、荒廃するに任せ放置されているとばかり思っていた。

父や異母兄ダグラス、エドガーはありえない。彼らはフレイの死を知っても涙すらこぼさなかったはずだし、エドガーにいたっては遠い修道院に幽閉されている。亡き母とルベド以外、フレイを気にかけてくれる人なんて王宮には居ないはずなのに。

……そう言えば、結局エドガーはどうなったんだろう？

ふいに思い出す。父クリフォードと長兄ダグラスがこの世に居ないことは聞いたが、修道院送りになったエドガーの消息は教えられなかったことを。

エドガーはジョセフよりも年下だから、生きている可能性はじゅうぶんにある。王位を得るために反逆までくわだてた野望の主が、世俗から切り離された修道院で長生きするのは地獄の苦しみかもしれないが…。

「ふわあ……！」

つらつら考えながらひとまず向かった研究室で、フレイは思わず歓声を上げる。

持ち運び可能な道具類は王宮を出る前にルベドの魔術で収納しておいたのだが、風炉や蒸留炉、反射炉、砂炉などの部屋に据《す》え付けられた大型装置は置いていくしかなかった。壊されているのを覚悟していたそれらが、傷一つ無いまま残されていたのだ。

「ねえルベド、預けておいた器具は出せる？」

「お任せ下さい」

ルベドが指先で虚空を一閃《いっせん》すると、魔術の収納に収納されていた硝子《ガラス》器具や道具類が飛び出し、造り付けの棚に収まった。見慣れた光景とルベドの温《ぬく》もりは、五十年前に還ったかのような錯覚を起こさせる。

「……、これは……」

驚嘆の声に振り返れば、研究室の入り口でジョセフが息を切らしていた。王宮内からここまで走ってきたらしい。離宮は部屋数だけは多いのに、よくフレイたちの居場所がわかったものだ。ちょっとだけ見直した。

「ルベドが俺の道具類を保管しておいてくれたんだ。あとは素材さえ揃《そろ》えば、すぐにでも調合が出来る」

「調合……アステリア州軍に、錬金術で戦いを挑むおつもりですか」

「当たり前だろ。俺は錬金術師なんだから」

フレイは断言するが、ジョセフは疑り深そうな表情を崩さない。ソティラスでは忌《い》み嫌われている錬金術を使うことに抵抗があるのかと思ったら、違ったようだ。

「カマル帝国は錬金術発祥の地です。錬金術に対する備えは存分にされているでしょう。それでも勝てるとお思いですか？」

「勝つよ」

力強く言い切れば、ジョセフは鋭い眼差《まなざ》しを揺らした。

「……何故、そう断言出来るのです」

「負ける気がしないから」

錬金術とルベドさえ揃っていれば、どんな窮地だって切り抜けられるのだ。今までもそうだった。たくさんのホムンクルスたちの命がかかっているのなら、なおさらだ。

「フレイ様、何と凛々《りり》しい…」

自信満々で胸を張るフレイに、ルベドがうっとりと微笑む。

答えになっていないと文句をつけられるかと思ったが、ジョセフはまぶたを伏せ、腕輪の嵌《は》まった手首にそっと触れただけだった。五十年前ならもっと理路整然と責め立ててきただろうに、殊勝にされると調子が狂ってしまう。歳を取って丸くなったのだろうか。

「そう言えば、この離宮って誰が綺麗《きれい》にしてくれてたの？」

「…側妃パトリシア様が、離宮を使用可能にしておくよう遺言されました。そのご遺言に従い、現在でも定期的な修繕と清掃が行われております」

居心地の悪い空気を消したくて話題を変えると、意外な答えが返ってきて驚いた。

側妃パトリシアと言えば異母兄エドガーの生母だ。可愛い息子が修道院送りにされた元凶だとフレイを逆恨みしていてもおかしくないのに、何故そんな遺言を遺《のこ》したのだろうか。

「パトリシア様はダグラス様が即位される際、エドガー様に恩赦が下されることを期待なさったのです」

フレイの疑問を察し、ジョセフが教えてくれた。

パトリシアはフレイの死から数年後、重い病にかかり、遺書をしたためたのだそうだ。恩赦が下されればエドガーは還俗《げんぞく》が許され、王族にも復帰出来る。その時の住まいとして、離宮を考えたのだ。パトリシアの実家である公爵家はすでに彼女の兄から甥《おい》へ代替わりしており、元罪人の王子の引き取りを拒否するかもしれなかったから。

「当時はダグラス様が御子をもうけておられませんでしたから、その可能性はじゅうぶんにありました。しかしエドガー様も母君の後を追うように病死され…今では撤回されなかったご遺言だけが生き残っている状態です」

「…エドガー、死んでたのか…」

フレイはうすら寒さを感じてしまう。五十年前のエドガーは十七歳だったから、数年後に亡くなったということは、二十歳そこそこで命を落としたということだ。

……しかも、また『病死』……。

父クリフォード王、異母兄ダグラスとエドガー、側妃パトリシア。フレイと関わりのあった王家の人間はことごとく病死している。

王族なら高額の報酬を支払い、高位の聖職者の治療も受けられたはずだ。回復魔術でも治せないほどの重病に王族四人が揃って罹患するなんて、いくら何でも不自然に思える。

「あの…王妃は？　父上の妃と、ダグラスの妃は生きてるの？」

恐る恐る尋ねると、ジョセフの頬がかすかに強張《こわば》った。

「お二人とも亡くなっておいでです。先々代の王妃様は夫君のクリフォード陛下がみまかられてすぐ病で…先代の王妃様はアルバート様の次の御子を出産される際、血を流し過ぎたせいで御子もろとも…」

「……っ…」

あの王妃までもが病死だなんてますますもって不自然だが、フレイは引っかかりを覚えた。先代の王妃…ダグラスの妻だけは、王族でありながら病死していない。出産で命を落とすのは不幸ではあるが、貴賤《きせん》を問わずよくあることだ。失った血は、魔法では戻せないのだから。

――ダグラスの妻と、それ以外の病死した王族の違いは何だ？

ダグラスの妻はアステリア州軍と戦うはめになった元凶…アステリアの王女、つまり他国の人間だ。フレイが思い付く違いはそれくらいだが、念のためアルバートの妃について確かめると、国内の高位貴族の娘で、王子と王女を産んだ今もぴんぴんしているというではないか。

「フレイ様、何をお悩みですか？」

混乱するフレイの前にルベドがひざまずき、頬を寄せてくる。

反射的に頬を触れさせ、フレイは頭を占める疑問について話してみた。ルベドなら良いヒントをくれるかもしれない。

「…私はこの五十年の間、大陸各地をめぐりながら医師の真似事《まねごと》もしておりましたが、特定の血筋にのみ発症する病に何度か遭遇したことがございます。ひょっとしたら、そのたぐいかもしれませんね」

「特定の血筋にだけ、発症する病…？」

「ええ。その血筋を通じ病の元凶となる因子が受け継がれ、発症するのです。この場合はソティラス王家の血筋ですね」

クリフォード王とダグラス、エドガーは言うまでもなく王家の血を継いでいる。クリフォード王の王妃も、王族出身だからかなり血は濃い。

側妃パトリシアの実家の公爵家は、数代前に臣籍に降った王子が興した家だ。つまりパトリシアにも王家の血は流れていた。対してアステリアから輿入《こしい》れしてきたダグラスの妻は、もちろんソティラス王家の血を持っていない。ルベドの説は、筋が通ってはいるのだが…。

……でも、ソティラスの王侯貴族は全員その病の因子を持ってるんだよな。

貴族とは魔力を持つ者であり、魔力の根源となるのはソティラス王家に受け継がれてきた全能神ソティラスの血だ。濃度の差はあれど、貴族には皆王家の血が流れている。クリフォード王たちは特別血が濃いから発症したのだろうか？

「…っ…」

フレイは寒気に襲われた。直系王族である自分も、その病を発症する可能性は高い。

「大丈夫です、フレイ様。私が付いております。病魔になど、貴方を連れて行かせはしません」

五十年前と変わらぬ優しい囁《ささや》きに胸が温かくなる。ルベドはいつだってフレイの不安に真っ先に気付き、いたわってくれるのだ。

「ルベド……ありがとう。でも大丈夫。俺には錬金術があるから」

そう、錬金術でしか創り出せないエリクサーなら、回復魔術で治せない病だろうと癒《い》やせるはずだ。その実例たる男はじっとこちらを見詰めていたが、フレイと目が合うと引き結んでいた唇を開いた。

「亡くなられた方々のご病状については典医に一任しておりましたので、私は詳細を存じ上げません。詳しい情報をお望みなら典医を呼びますが」

「…ううん、いいよ」

面識のあった王族がことごとく死んでいたのは衝撃だったが、詳しい死因を知りたいと思うほど彼らに愛着は無い。そんなことよりも、アステリア州軍の撃退を優先しなければ。

「……そんなこと、ですか」

ジョセフは腕輪の嵌まった手首を押さえ、唇をゆがめる。王族の死を愚弄《ぐろう》されたと腹を立てたのかもしれないが、それ以上何も言うことは無かった。

「よし、やるか」

ルベドの腕から下ろしてもらい、フレイは袖《そで》をまくり上げた。今日もルベドが用意してくれた豪奢《ごうしゃ》な衣装を着せられたが、防御魔術がかかっているので汚れや破損の恐れは無い。

「何をお創りになりますか？」

「まずはゴーレムだな。菜園を復活させたい」

頷《うなず》いたルベドが魔術の収納から大量の土を出してくれる。ゴーレムとは錬金術によって創り出される人形だ。単純な構造ゆえ、複雑な命令を苦手とする。

五十年前の離宮でもフレイの手足となって働いてくれていたが、王宮脱出に際し死《メス》を与えざるを得なかった。労働用のホムンクルスが居てくれれば、調合はぐんと楽になる。

フレイはついでに出してもらった水晶を土にまき、手をかざした。

「土塊《つちくれ》よ、我が脳裏に描く形を取り、我が前に現れよ」

ズズ、ズズズズッ…。

硝子片を中心に土が盛り上がってゆき、巨大な熊の形を取る。一頭、二頭、三頭。色を塗《ぬ》れば本物と見まがうばかりの三頭は巨体をかがめ、フレイに額を差し出した。

「…っ…」

「偉大なるメルクリウスの御名のもと、汝《なんじ》らに真理《エメス》を刻む」

ジョセフが息を呑《の》む音が聞こえた気がしたが、フレイは構わず指先に魔力をしたたらせ、真理を表すシンボルを熊ゴーレムたちの額に刻んでいく。シンボルはカッと光って定着し、彼らにかりそめの命を与えた。

「ゴ主人、サマ」

「命令、命令」

「何デモ、従ウ」

熊ゴーレムたちがつぶらな目をきらきらさせながらしゃべる姿は愛らしい。フレイはふふっと笑い、命令した。

「菜園の土を耕して、薬草を植えられるようにしておいて」

「了解」

三頭の熊ゴーレムは敬礼し、のっしのっしと二足歩行で菜園へ歩いていく。そこでようやく振り返れば、ジョセフは呆然《ぼうぜん》と立ち尽くしていた。

「異常だ…ゴーレムが言葉を操るなんて…」

「異常？　しゃべれないと不便だろ？」

「ただの労働用ゴーレムがあれだけ精緻《せいち》な形を取り、人型でもないのに正確に言葉を操ることはじゅうぶん異常ですよ」

ルベドが珍しくジョセフに同意した。五十年の間、ルベドは各地を流浪しながらフレイ以外の錬金術師を何人も見てきたそうだが、ゴーレムといえばもっと単純な形で、言葉での意思疎通は不可能だったという。

「それは魔力の無い錬金術師だったからじゃないか？」

「下級貴族で金欲しさに錬金術師の真似事をする者も居ましたが、魔力の無い平民錬金術師と大差ありませんでしたね。フレイ様の数倍の時間と魔力をかけ、グールのようなゴーレムを創るのがせいいっぱいでした」

グールとは恨みを抱いて死んだり、供養をされずに死んだ者が墓場から這い上がったアンデッドモンスターだ。肉体は腐乱し、知性は失われている。彼らを使役する屍霊術《ネクロマンシー》も存在するが、単純な労働をさせるのが関の山で、意志の疎通は出来ない。

ジョセフが補足する。

「…この五十年で、ソティラスにも各地からかなりの数の錬金術師が流れ込んできました。カマル帝国出身の錬金術師も相当数居りましたが、彼らでもこれほどのゴーレムを創るのは不可能だと思います」

「え……そうなの？」

ルベドを見上げると、真顔で頷かれてしまった。ずっと離宮に引きこもっていたから錬金術師なら皆これくらいやれると思っていたが、自分は錬金術師としても異端だったのだろうか。

──そんなことないよ。君は僕の、一番のお気に入りだもの。

「う、うわあっ！　何だこれは!?」

耳元で誰かがくすくすと笑った気がした時、入り口から男の悲鳴が聞こえてきた。忠実なホムンクルスは願うまでもなくフレイを抱きかかえ、転移してくれる。ジョセフは当然のごとく置き去りだ。

切り替わった景色にフレイは目を見張った。尻餅《しりもち》をついた、きらびやかな衣装を纏《まと》った中年の男──悲鳴の主はこの男だろう。数人の騎士が男を庇《かば》い、熊ゴーレムたちに剣先を向けている。彼らの纏う銀鎧《ぎんよろい》は近衛《このえ》騎士の証だ。

「退イテ、下サイ」

熊ゴーレムたちが警告を発する。フレイの命令を遂行しようとしただけだとわからない中年の男は、尻餅をついたまま叫んだ。

「そいつらを倒せ！」

「は…、ははっ！」

恐怖に顔をひきつらせた騎士たちがいっせいに襲いかかるが、彼らの剣が熊ゴーレムに届くことは無かった。

「汚物が」

忌々《いまいま》しそうに吐き捨て、ルベドが羽虫でも追い払うように手を振る。とたんに起きた突風が騎士たちを勢いよく吹き飛ばした。

「うわあああああっ……」

騎士たちは奥の壁に激突してようやく止まり、ずるずると床にくずおれたが、起き上がる気配は無い。

「お、おい、お前たち⁉　何をやっているんだ。早く起きて俺を守れ！」

呆然としていた中年の男が泡を喰って喚《わめ》き散らす。

初めて会う男だ。だが傲慢《ごうまん》さの滲《にじ》み出るその顔によく似た人物をフレイは知っていた。おそらく、この男は…。

「――陛下！　これはいったい何の騒ぎなのですか⁉」

血相を変えて駆け付けたジョセフが叫び、フレイは思わず顔を覆ってしまう。嫌な予感は的中した。やはりこの男は異母兄ダグラスの息子…フレイの甥にしてソティラス王、アルバートだったのだ。

「何の騒ぎ、ではない！　王たる俺が自ら足を運んでやったというのに、化け物に襲われたのだぞ⁉」

「化け物じゃない。この子たちは俺が創ったゴーレムで、お前たちが邪魔をするから退かそうとしていただけだ」

ぴくりと震えたルベドの腕を叩き、フレイは告げる。美しいホムンクルスに抱かれたフレイの存在にようやく気付いたのか、まじまじとこちらを凝視するアルバートの顔が嫌悪に染まっていった。

「ゴーレム…？　ということは貴様が王族でありながら邪法を操る呪《のろ》われた王子…」

「お言葉が過ぎます、陛下。殿下はアステリア州軍撃退の要《かなめ》となられるお方。最高の敬意を払って頂かなければならないと昨夜あれほどご説明したではありませぬか」

「っ…、ジョセフか」

アルバートはジョセフの警告に鼻白んだが、若返った姿に驚いてはいなかった。昨日、ジョセフがいったんフレイたちと別れたのは、政務の引き継ぎや支度のためだ。その際アルバート王にも一通りの事情を説明しておいたのだろう。

「その姿、酩酊《めいてい》の末に見た幻ではなかったのだな。おいジョセフ、俺にもエリクサーとやらを献上させろ」

「……は？」

低く唸《うな》ったのはジョセフではなくルベドだった。

フレイも眉をひそめる。ホムンクルスの反乱のさなかにのうのうと酔っ払い、あまつさえ最高級の霊薬たるエリクサーを献上しろとは、全ての元凶だという自覚が無いとしか思えない。

「我が至高の創造主が、何故貴様ごときにエリクサーを献上せねばならぬのだ」

「…ぐ…、……偉大なるソティラス神に罰せられた汚らわしい身を王家に受け容れてやったのだ。感涙にむせび、そちらから献上するのが当たり前であろう」

ルベドの殺気に怯《ひる》みながらも、堂々と言い切る厚かましさは確実に父親譲りだ。老人のジョセフが自分よりも若い青年に変化したのを見て、アルバートも若返りの夢を抱いたのか。

ジョセフにエリクサーを飲ませたのは人質兼下僕としてこき使うためだ。見た目も気性もダグラスにそっくりな上、すっかり教会に感化されているらしい無能に貴重なエリクサーをくれてやる意味は無い。

「――いい加減にされよ。貴方は殿下に何かを要求出来るような立場ではない。辞を低くして慈悲を乞わねばならぬのですぞ」

ジョセフが厳しく咎《とが》めなかったら、アルバートは怒れるルベドによって離宮の外まで吹き飛ばされていただろう。

しかしジョセフの思《おも》い遣《や》りは、恩知らずな王には伝わらない。

「何故この俺が呪われた王子などにへりくだらなければならぬ。聖法王猊下《げいか》のお許しを得、王統譜に復活させてやっただけでもぬかずいて感謝されるべきであろうに」

「……？　何のことだ？」

いぶかしむフレイに、ジョセフは深く頭を下げた。

「お伝えするのが遅くなってしまい申し訳ありません。殿下は五十年前に亡くなられたことになっておりましたので、それでは王宮で活動されるにあたり不自由も多いと思い、ご身分を復活させて頂きました」

「俺から聖法王猊下に口添えをしてやったのだ。復活の秘術でよみがえった貴様にはソティラスの加護が与えられたも同然ゆえ、王族として迎えても良いだろうとな」

アルバートが尊大に言い放つが、もちろん感謝の気持ちなど湧いてこない。

「なるほど。…でも、どうして王がわざわざここに来たの？」

面倒な奴をどうして近付けたのだと暗にジョセフを責める。無視されたアルバートが目を剝《む》くが、機嫌を取り結ぼうとする者は居ない。

「申し訳ありません。殿下の邪魔はしないようきつく言い聞かせておいたのですが…」

「邪魔だから、お供と一緒にさっさと追い出して」

フレイが気絶したまま動かない近衛騎士たちを指差すと、アルバートがたまりかねたように喚いた。

「ジョセフ、何故こやつを捕らえぬ⁉　先ほどから王に対し不敬極まりないぞ！」

「…再三申し上げた通り、我らは殿下に伏してお願いをする立場なのです。許しも得ず無理やり押し入ったのは陛下なのに、咎めることなど出来るわけがありません」

「離宮も王宮だ。王宮の主たる俺が何故許しなど請わねばならぬ⁉」

きんきん響く声を聞いていると、頭が痛くなってくる。

ジョセフはよくもこんな男を支えてきたものだ。見る影も無く老いさらばえた元凶は間違い無くアルバートだろう。

いや、アルバートだけではない。クリフォード王は後継者を定められず王位継承争いを招き、ダグラスは大義無き戦争のため数多《あまた》の兵を失い、アルバートはアステリア州軍という最悪の敵を引き込んだ。

ジョセフの仕えた三人の主君は揃いも揃って愚王だ。報われることの無い忠義を五十年も尽くし続け、虚《むな》しくはならなかったのだろうか。

ジョセフは腕輪の嵌まった手をぐっと握り締め、アルバートの叱責《しっせき》に耐えている。

……仕方無いな。

フレイは溜息《ためいき》交じりに命じた。

「お前たち、菜園を耕す前にそいつらを離宮の外へ捨ててこい」

「了解」

熊ゴーレムたちは敬礼し、一頭がアルバートを、残り二頭が気絶している騎士たちを担ぎ上げる。フレイの身長より高い熊ゴーレムの肩の上で、アルバートがじたばたともがいた。

「まっ、待て！　まだ話は終わっていない！」

「話？」

「そうだ。……貴様、よもや俺から王位を簒奪《さんだつ》するつもりでジョセフの依頼を引き受けたのではあるまいな？」

ルベドの殺気が膨《ふく》れ上がる。身体を張った冗談かと思ったが、焦燥の滲んだ表情はどう見ても本気だ。フレイが自分から王位を奪うのではないかと、本気で警戒している。

「…何で俺が王位なんて奪わなくちゃならないんだ」

「聖法王猊下は仰《おお》せだった。卑しい女の腹から生まれた貴様は、正統なる血筋に生まれた我が父を恨んでいたのだと。ならばその嫡子たる俺も恨んでいるに違いない」

自信たっぷりに断言され、ますます頭が痛くなってきた。

この男は自分がどれだけ危うい真似をしているか、まるで理解していない。さんざん侮辱《ぶじょく》されたフレイが機嫌を損ね、ソティラスを去ってしまったら、誰がアステリア州軍と戦ってくれるというのか。

「…陛下！　口を慎まれよ！」

アルバートよりもよほど理解しているジョセフが大喝する。

すさまじい迫力にびくっと竦《すく》んだアルバートの身体が、熊ゴーレムの肩からこつ然と消え失せた。

「うわあああぁぁぁ……っ……」

直後、彼方から聞こえてくる悲鳴。

「……ルベド?」

美しい顔を見上げれば、優しく微笑まれた。

「ご安心を。王宮まで転移させて差し上げただけですから」

「…すごい悲鳴が聞こえたけど?」

「うまく加減出来なかったので、着地の座標軸が少々ずれてしまったかもしれませんね。調理場の煮立った鍋の上とか、噴水の真上とかに」

あーあ、とフレイは額を押さえた。空間魔術はルベドしか使えない最高難度の魔法なのに、何という無駄遣いだろう。

「殿下、迷惑をおかけしてしまい申し訳ありませんでした」

ためらわず腰を折るジョセフに心がちくんと痛んだ。五十年の間、この男は愚かな王たちのために幾度こうして尻拭《しりぬぐ》いをしてきたのだろう。

フレイはふいっと顔をそむけた。

「……別にいいよ。それより、頼んでおいたことはどうなった?」

「段取りはすでについております。あとはこちらに連れて来るだけなのですが、少々問題がございまして…」

「問題?」

渋面のジョセフに『問題』を説明され、フレイはげんなりしてしまった。

……王国の危機って自覚は無いのか？　元凶どもがどうして揃いも揃って……。

「ルベド、ルベド」

「はい、私のフレイ様」

フレイが首筋に縋《すが》ると、ルベドは頰やうなじに口付けを落としてくれる。その温もりと馴染《なじ》んだ匂《にお》いを堪能するうちに、苛立《いらだ》ちはすうっと溶けていった。

世界で一番可愛くて大切なのはルベドだが、フレイのレシピから創り出されたホムンクルスたちもまたフレイにとっては我が子なのだ。

……俺が諦めたら、彼らはどうなる？

相手が誰であろうと戦わなければならない。彼らを守れるのは、フレイだけなのだから。


一時間ほど後、離宮の庭園には屈強な体軀《たいく》の若い男たちがずらりと整列していた。

ルベドには及ばないものの美形揃いの彼らは、王都で兵士として働かされていたホムンクルスたちだ。人数は百名ほど。

ジョセフに頼み、離宮へ移動させてもらったのだ。軍以外に所属するホムンクルスや地方のホムンクルスたちも集めたかったのだが、それでは農村も村も成り立たないと言われ仕方無く諦めた。アステリア州軍とは、彼らと共に戦うことになるのだが……。

「……何これ」

ルベドとジョセフを背後に従えたフレイが低く唸ると、ホムンクルスたちはびくっと肩を震わせた。

「遠くから見ただけでもわかる。これは酷《ひど》い。酷すぎる…」

フレイが金色の双眸《そうぼう》をすがめるたび、ホムンクルスたちは青ざめていく。気付かず考え込んでいるフレイに、ルベドがそっと耳打ちをした。

「フレイ様。誤解されておりますよ」

「誤解？　…って、ああ、違う！」

顔面蒼白《そうはく》なホムンクルスたちに向かい、フレイは慌てて両手を振った。

「酷いっていうのは、お前たちの装備と…その下にあるそれのことだよ」

「……おわかりになるのですか？」

フレイに指をさされたホムンクルスが驚きに目を瞠《みは》る。銀の髪に、澄んだ水色の瞳。核にしたのは銀鉱石にアクアマリンだろう。どちらも魔力を通しやすく、比較的入手しやすいため核に選ばれたのだと思われる。

「錬金術師なら当然わかる。…ちょっと見せてもらっていい？」

「は、……はい」

銀髪のホムンクルスはアクアマリンの瞳をぱちぱちとさせ、フレイに歩み寄ってきた。横目で居心地悪そうにルベドをちらちらと窺《うかが》っている。

ルベドが格上の存在だと…その左胸に収まるのがあらゆる物質の頂点、賢者の石だとわかるのだろうか。フレイが創造主であることは、特別なつながりから伝わっているだろうが。

「革はろくに強化もされていない粗悪品。防護の効果もとっくに消失してる。こんな鎧を扱う武器商人なんて、錬金釜《アタノール》の焚《た》き付けにでもなればいいのに…」

鍛えられた肉体を覆う、あまりにお粗末な出来の革鎧に、フレイは額にしわを寄せる。錬金術師は様々な効果を付与した装備品を創ることもあるため、武器や防具に関する知識も豊富でなければやっていけない。

「剣は…数打ち物なのは仕方ないけど、もっとマシなのはいくらでもあるだろうに…」

腰の剣も酷いものだ。安く上げるため粗悪な金属を混ぜ合わせて鋳造したせいで、肝心の強度が犠牲にされてしまった。これでは激しく打ち合えばへし折られてしまうだろう。

「……我らは、代わりのある身ですから」

銀髪のホムンクルスがぽつりとこぼす。背後のホムンクルスたちの顔にも、同じ諦念《ていねん》が滲んでいた。

「核を砕かれない限り壊れず、素材と魔法錬金釜《マジックアタノール》さえあれば、数日で補充出来るのです。高価な武器や防具を装備させたくないのは当然でしょう」

「そんなわけあるか…っ！」

腹の底に渦巻いていた怒りが、叫びとなってほとばしった。

彼らを創り出したのはフレイではないが、フレイのレシピが無ければ彼らが創られることは無かった。彼らのむごい境遇はフレイのせいでもある。

憤る資格など無い。感情を表に出さないだけで、全ての元凶だと恨まれている可能性だってある。

わかっていても、止められなかった。

「俺はルベドが欲しくて欲しくてたまらなかったから…ずっと傍に居て欲しかったから創ったんだ。ルベドが死んだら、正気ではいられない…っ…」

「……」

「だからお前も、…お前たちだって…」

代わりなんて居ない。壊れるなんて言わないで欲しい。

溢《あふ》れる思いは胸を乱すばかりで、うまく言葉にならない。食い入るようにフレイを見詰めるホムンクルスたちは、きっと呆《あき》れているだろう。背後で黙ったままのジョセフも、きっと。

「わかったか、お前たち」

焦るフレイの手を、ルベドが恭しく取った。人間を超越した美貌《びぼう》を誇らしげに輝かせ、手の甲に口付ける。ことさらにゆっくりと、恭しく——まるで見せびらかすように。

「…っ…、ルベド…」

とっさに手を引いてしまったのは、深紅の双眸の奥にうごめく黒い陰を見付けたせいだ。だがルベドの長い指はフレイの手に食い込んで放さない。

「このお方こそ我が創造主。そしてお前たちが忠誠を捧げるべき真の主人だ」

「おお……っ」

歓声が上がり、陰鬱《いんうつ》だったホムンクルスたちの顔にかすかな希望の光がともる。

「今までお前たちを酷使してきた人間どものことは忘れろ。髪の一筋、血潮の一滴までフレイ様のために燃やし尽くすのだ」

再び上がった歓声はさっきよりもいっそう大きく、庭園に響き渡った。すみの菜園でせっせと作業していた熊ゴーレムたちが跳び上がったほどだ。

……どうして？

フレイは呆然と立ち尽くした。恨まれても当然だと思ったのに、全身をあぶるようなこの熱狂はいったい――。

助けを求めてさまよった目がジョセフを捉《とら》える。まぶたを伏せ、腕輪の嵌まった腕を震わせる姿はまるで何かを堪《こら》えているかのようだ。

ホムンクルスたちが反乱を起こした時の苦い記憶がよみがえったのだろうか。

いや…フレイの視線を感じ、開かれた黒い瞳によぎるのは苛立ちでも後悔でもなく――罪悪感？　あのジョセフが、どうして？

「…しかし、俺たちには聖印がある」

銀髪のホムンクルスがくやしそうに言うと、背後のホムンクルスたちも頷いた。

「そうだ。いくら忠誠を捧げたくても、こんなものがあっては…」

「いつ、無理な命令を押し付けられるか…」

歓喜から一転、ホムンクルスたちは不安そうに顔を見合わせる。話が自分の専門分野になり、フレイは我に返った。

「…その聖印、見せてもらえるか？」

おずおずと申し出れば、銀髪のホムンクルスが革鎧を外し、下の粗末な麻のシャツをめくってくれる。

……酷い……。

ホムンクルスには自己治癒《ちゆ》能力が備わっているのに、肌に無数の傷跡が残っている。回復が追い付かない頻度で不利な戦闘を強いられた証拠だ。このありさまでは核となった銀鉱石とアクアマリンも損傷を受けているかもしれない。

しかし最も酷いのは、左胸に刻まれた雷のシンボルだ。

雷はソティラスの象徴であり、魔力を用いて記された雷のシンボルは聖印と呼ばれる。ソティラスの神威をもって行動を縛る、ようは主人に絶対服従させるための奴隷印だ。基本的には重罪人にしか使われないはずなのに。

「教会は創造主以外には従わないホムンクルスを使役するため、聖印を用いたのです。魔力を有する者……聖職者や王侯貴族には絶対服従しなければならない術式を組み込んで」

見せてもらった聖印には、ジョセフが言いづらそうに告げた通りの胸くそ悪い術式が組み込まれている。たぶん他のホムンクルスたちにも同じ聖印が刻まれているだろう。

この聖印こそがジョセフの言う『問題』だった。フレイはホムンクルスたちの聖印を消すよう、ジョセフを通じて教会に要請したのだが、教会は拒んだというのだ。

ルベドが仕込んだ術式により、ホムンクルスたちはフレイに服従する。だが聖印によりフレイ以外の魔力を持つ者にも逆らえないのでは、どんな作戦を立てても横から邪魔されかねない。上位者たるフレイが居ない場では、フレイ以外の者でも命令を下せてしまうのだ。

要注意なのはアルバートだ。アルバートは教会の教えに傾倒しているようだった。教会と結託し、横槍《よこやり》を入れてくる危険性は高い。

「ルベド、どう思う？」

魔術に関してはルベドの方が上だ。ルベドは深紅の瞳で聖印を観察し、唇をゆがめた。

「合理性に欠ける、悪趣味極まりない構造の術式ですね。解除する時のことなど考慮していないのでしょう。それだけに密接に絡み合い、強力な効果を発揮していますが」

「ルベドでも解除は無理そう？」

「やめておいた方が無難でしょう。解除の工程を一つでも間違えば反抗とみなされ、聖印が核を粉砕してしまいます」

人間以上の身体能力を誇るホムンクルスも、核を砕かれれば死んでしまう。ルベドほどの大魔術師に不可能なら、他の誰にも聖印の解除は出来ないだろう。

……魔術なら、だけど。

「いかがなさいますか？　私がより強力な印を穿《うが》ち、聖印を抑え込むことなら可能だと思いますが」

「それは駄目」

ルベドの提案を、フレイは即座に却下した。

「これ以上彼らに負担をかけたくない。俺がどうにかする」

「…いかがなさるおつもりですか？」

疑念たっぷりに問いかけたのはジョセフだが、銀髪のホムンクルスもこくこくと頷いていた。聖印の効力は身をもって知っている。解除されるなど信じられないのだろう。

「解除出来ないのなら、消せばいいだけだよ。ちょっと手間はかかるけど」

「え？　……消す……？」

ジョセフはきょとんと目を丸くし、ホムンクルスたちがあちこちで顔を見合わせる。平然としているのはルベドだけだ。

ざわめきが広がる中、四肢を土だらけにした熊ホムンクルスたちが二足歩行でのっしのっしと歩いてきた。

「任務完了、シタ」

太い前脚が指し示す菜園は、固まっていた土がふかふかに掘り起こされ、綺麗な畝《うね》まで作られている。これならすぐにでも栽培を開始出来るだろう。

「早かったな、ありがとう。しばらくの間は菜園の監視をしておいて」

フレイは熊ゴーレムたちの肩を次々に叩き、ご褒美《ほうび》代わりに少し魔力を注いでやった。錬金術は魔力を必要としないが、魔力を注げばそれはメルクリウスへの供物となり、神の恩恵でより強化される。

「了解！　全力デ監視スル！」

しゅぴしゅぴしゅぴしゅぴっ、と切れのある動きで敬礼する熊ゴーレムたちの毛艶《けづや》、もとい土艶はぴかぴかだ。いつも通り…いや、いつにも増して強化されているような気がする。

怒り狂ったアルバートたちが戻って来ても、一体でのしてしまえるかもしれない。注いだ魔力はさほど多くないはずなのだが。

菜園に戻っていく巨体を、ジョセフとホムンクルスたちがあぜんと見送る。

「……あの、何故あのゴーレムたちに魔力を与えられたのですか？」

何か言いたげな朋輩《ほうばい》たちを代表して、銀髪のホムンクルスが問う。

「何故って…、予想よりずっと早く菜園を復活させてくれたから、ご褒美にと思って」

「ご褒美……」

端整な顔はますます不可解そうにゆがめられた。不可解なのはフレイの方だ。ご褒美をもらえば嬉《うれ》しいのは、人間もゴーレムもホムンクルスも同じだろうに。

ルベドが誇らしげに胸を張った。

「フレイ様は他の人間どもとは違う。メルクリウスの寵児《ちょうじ》とも謳《うた》われた、この世で最も尊く慈愛に満ちたお方なのだ」

「メルクリウスの……」

錬金術によって創られた生命にとって、錬金術の守護神メルクリウスは唯一絶対の神である。五十年の間そのたなごころで過ごしたフレイとしては、尊敬の眼差しを捧げられると複雑な気持ちになってしまうのだが。

メルクリウスは色々な意味でいい加減な神だったから。たびたびいたずらを仕掛けられた全能神ソティラスが怒り狂うのも、納得出来てしまうくらいに。

そういえばフレイがよみがえる前も、メルクリウスは『お詫《わ》びにおまけしておく』とへらへら笑いながら言っていた覚えがある。今のところ五十年前とどこか変わった気はしないが、おまけとはいったい何なのだろう。本人にもわからないあたりに、メルクリウスらしさを感じてしまう。

「フレイ様のようなお方は全世界を探してもいらっしゃらない。フレイ様の下僕となれた僥《ぎょう》倖《こう》を噛《か》み締め――」

「ルベド…、もうやめて。お願いだから」

熱を増すばかりの眼差しと賛美に耐え切れなくなり、フレイはルベドの腕に額をこつんとくっつけた。大きな手がフレイの頭を優しく撫《な》でると、今までで一番大きなざわめきが起きる。

「…どうしたの？」

フレイは驚いて顔を上げるが、皆真っ赤になってうろたえるばかりだ。

ルベドがふっと笑う。

「突然連れて来られて、まだ混乱しているのでしょう。これまでの疲労も蓄積しているでしょうし」

「疲労…、…そうだ。早く聖印を消してあげないと」

創造主に服従するよう創られていても、意に染まぬ命令を強いられ続ければ心身に強い負担がかかるのだ。元凶である聖印を消してしまえば、少しは疲労も解消されるだろう。

「ルベド、収納の内容を見せてくれる？」

「はい、フレイ様」

ルベドがフレイを抱き上げ、互いの額を重ね合わせる。またざわめきが起きたが構わず、フレイは目を閉じた。

頭に流れ込んでくるのは、五十年前、王宮を離れるに際しルベドに収納しておいてもらった素材や薬品のリストだ。

……蒸留水、中和剤、ディパラの実、聖蜂の蜜《みつ》……、よし！

必要なものは全て揃っている。フレイは指定した素材を収納から出してもらい、庭園に備えられていたテーブルに並べた。どれも五十年以上前に調合したものだが、時間停止のおかげで品質は損なわれていない。

「殿下……今のは……」

うろたえるジョセフを、フレイはちらりと見やる。

「大丈夫だよ。五十年前に収納しておいたやつだけど、品質は劣化してないから」

「いえ、そうではなく…ルベドどのの考えていることが、触れただけでおわかりになるのですか？」

「ん？　当たり前だろ。ルベドは俺の子なんだから」

創造主とホムンクルスの間には特別なつながりがある。だからこそ創造主たる錬金術師はホムンクルスに命令を下せるのだが、フレイとルベドの場合は二人とも魔力を有しているため、互いの魔力を通じて思考が読めるのだ。何でもというわけではなく、それぞれが伝えたいと思ったことだけだが。

「……当たり前、ではありませんよ」

「えっ？」

「この五十年で魔力持ちの錬金術師は相当増えましたが、私の知る限り、ホムンクルスとそのような形で意思疎通が可能な錬金術師は存在しません」

「……嘘《うそ》だろ？」

フレイはばっとホムンクルスたちを見回したが、全員に首を振られてしまった。ジョセフは化け物でも見るような目をしている。微笑んでくれるのはルベドだけだ。

「フレイ様は特別なお方。凡百の有象無象とは違って当然です。…それを理解出来ない愚か者はあまりにも多すぎますが」

深紅の瞳に一瞥《いちべつ》され、ジョセフはぴくりと肩を揺らす。…気のせいだろうか。腕輪に刻まれたヤドリギが一瞬、うごめいたような…。

「…さあフレイ様、邪魔が入らないうちに」

「あ、…うん」

優しく促され、フレイは目を閉じる。錬金術を行使する間は無防備になるが、不安は無い。ルベドが居れば誰もフレイを傷付けられないのだから。

「偉大なるメルクリウスよ。永遠と刹那《せつな》を司《つかさど》る汝が御手を、我が手に重ねたまえ」

前方へ差し出した両手に、不可視の——だが確かに熱と質量を伴った何かが重なる。またたく間に熱を帯びたてのひらから、フレイは魔力を放出した。

魔力は少しずつ凝縮され、錬金釜を形作っていく。魔法錬金釜だ。人間の頭より少し大きなそれが完全に定着するのを待ち、フレイはテーブルに並べておいた素材を投入する。

炎も無いのに沸々と煮立った魔法錬金釜で、素材が黄金の比率で溶け合っていく。

「……はあ、……」

魔法錬金釜から急速に熱が引いていくのに合わせ、注ぎ込んだ魔力はフレイの手に重なった何かに吸い取られる。やがて誰かにうなじを撫でられるような感触と共に手が自由になり、フレイは目を開けた。

……あれ？

いつもとは違う感覚にフレイは首をひねったが、深く考える余裕は無かった。いつの間にかホムンクルスたちがテーブルを取り囲んでいたせいで。

「……今、何を」

唇をわななかせるのは、淡い黄色の髪と瞳のホムンクルスだ。核にされたのはたぶん黄水晶《シトリン》だろう。銀髪のホムンクルスよりも長身でがっしりとした体格の主だ。

「何をって、魔法薬を調合してたんだけど」

「調…、合……？」

「そう、お前たちの聖印を消すための、破魔《ディスペル》の効果を持たせた魔法薬を。解除出来ないなら、消せばいいだけだろ？」

フレイが伸ばした手に、ルベドが恭しく硝子の容器を渡してくれる。これも収納しておいてもらったものだ。

魔法錬金釜を持ち上げ、中身を容器に注ぐ。

容器を満たす葡萄《ぶどう》色の魔法薬には金粉を散らしたようなきらめきが混じっていた。フレイの魔力が溶け込んだ証だ。ジョセフの目が点になっているのを見ると、やはりこれも一般的ではないらしい。

「……魔力は液体には溶けにくい。そのため魔法薬は、まず媒体となる物質に魔力を込め、それを可能な限り細かく砕いて混ぜるものです。液体に直接魔力を溶かすなど、聞いたことがございません。しかも錬金術で……」

ジョセフが呻《うめ》くように言った。魔法薬は魔力を用いて創るから、そもそも魔術師の領域なのだ。ジョセフも優れた魔術師であるだけに、フレイの非常識ぶりがわかってしまうのだろう。

「だって、いくら細かく砕いたって飲みにくいだろ。魔力の媒体ってだいたい宝石や金属だし。だったら錬金術で調合すれば、直接魔力を溶かせて飲みやすくなると思ったんだよ」

「飲みやすい…そのためだけに錬金術での調合を試みたと？」

「うん、やってみたら出来た。他の錬金術師も、魔力持ちなら出来るんじゃないかな？」

「出来るわけがないでしょう……」

ジョセフは深い溜息を吐《つ》き、額を押さえてしまう。何だかフレイがやらかして困らせたみたいで癪《しゃく》に障るが、今はホムンクルスたちの聖印を解除するのが優先だ。

フレイは硝子の容器をかざし、呼びかけた。

「これを飲めば聖印は消えるはずだ。…誰か試してみてくれる？」

「…では、私が」

皆ためらうと思ったのだが、意外にも銀髪のホムンクルスが真っ先に手を挙げてくれた。フレイはルベドに出してもらった小さな杯に魔法薬を注ぐ。

手渡された杯を、銀髪のホムンクルスは一息に飲み干し——直後、左胸を押さえる。

「うっ……」

「おい、大丈夫か⁉」

黄色の髪のホムンクルスが血相を変え、肩を揺さぶる。今日が初対面ではなく、友人同士なのだろうか。

銀髪のホムンクルスは大きく息を吐き、ゆっくりと手を下ろした。

「…ずっと抑え付けられていた力が消えた」

「な…っ…、……本当か？」

頷いた銀髪のホムンクルスがシャツを首元までめくってみせる。その左胸で禍々《まがまが》しい気配を放っていたはずの聖印はあとかたも無く消え去り、なめらかな肌があるばかりだった。

「何とっ……！」

「まさか、本当に!?」

どよめいたホムンクルスたちが銀髪のホムンクルスに押し寄せ、次から次へと左胸に触れていく。

ただ一人、黄色の髪のホムンクルスがフレイに期待と猜疑《さいぎ》の入り混じった眼差しを向けた。

「…本当に、聖印の効果はなくなったのですか？　ただ印が消えただけでは？」

「もちろん…」

初めて見る魔法薬なのだから、効力を疑われるのは当然だ。説明しようとしたフレイを、ルベドが背中に庇った。

「疑うのなら、確かめたらどうだ？」

長い指が王宮と離宮をつなげる門をさした。そこから入ってくるのは、きらびやかな白絹のローブを纏った初老の聖職者だ。背後に二人の供を従えている。

「あれ、何か見覚えがあるような」

「聖法王ですよ。供の二人は大司教と司教です。三人とも蘇生《そせい》の秘術に参加しておりました」

ルベドがそっと教えてくれた。言われてみればよみがえった直後、聖堂で見た顔である。あの時はすっかり憔悴《しょうすい》しきっていたが、今日はつやつやとした肌に薄化粧まで施し、まるで別人のようだ。

「何の用？」

フレイがつっけんどんに尋ねると、聖法王はこめかみを引きつらせながら雷のシンボルを指先で描いた。聖職者が貴人に対して行う礼だ。

「ソティラス様のお慈悲をもって死の闇を免れたこと、重畳《ちょうじょう》至極。王子を救えたことは我らが誉れである」

「御託はいいよ。何の用？　俺は馬鹿の尻拭いのせいで忙しいんだけど」

さりげなく恩を着せようとするのを無視し、フレイは尊大に言い放った。自分を殺した教会に払う敬意など無い。五十年前の聖法王と今の聖法王はさすがに別人だろうが、フレイを大罪人と非難し続けてきたのだから同罪だ。

「…、…王子がホムンクルスどもに刻んだ聖印の解除を望んでいると聞き、聖法王たる私自ら足を運んだ次第じゃ」

「解除は拒否されたと聞いたけど？」

フレイがちらりと視線を向けると、ジョセフは頷いた。

「間違いございません。聖印解除は出来かねると、今朝がた教会より正式な使者が参りました」

「……貴殿は？」

聖法王はいぶかしげにジョセフを眺め回す。お互い使者を介してやり取りをしていたから、ジョセフの若返った姿を見るのはこれが初めてだろう。

「宰相のジョセフ・コンシリアでございます。聖法王猊下」

「何と……その姿、若返ったというのはまことだったか……」

しなびた唇がにたりとゆがむのを、フレイは見逃さなかった。聖法王が自ら出張ってきた理由の一つは間違い無くエリクサーだ。

「アルバート王の手前、公式には拒まざるを得なかった。しかし私はソティラスが守りし王国を救わんとする王子に、力添えをしたいのじゃ」

聖法王はフレイに向き直り、意味深に言葉を切った。

ホムンクルスたちの顔が嫌悪に染まる。彼らにしてみれば、聖法王は諸悪の根源だ。聖印に縛られていなかったら襲いかかっていたに違いない。

「…なに、見返りなど望まぬ。ただ王子がカマルの賊徒どもを撃退したあかつきには、我らと友誼《ゆうぎ》を深めて欲しいのじゃ。友好の証には貴重なる霊薬が相応《ふさわ》しいの」

「ようは『カマルを撃退したら、その功績と褒美の分け前をよこせ。ついでにエリクサーを無償で融通した上、教会の地位も保障しろ』ということですね」

殺気を滲ませたルベドがフレイの耳元で囁いた。厚顔無恥な言い分にフレイもはらわたが煮えくり返りそうになる。そんな要求が通ると、聖法王は本気で思っているのだろうか。

……思ってるんだろうなあ。

ルベドが分析した通り、聖印は刻んだ本人でなければ安全に解除するのは難しい。フレイはきっと自分たちを頼るはずだと聖法王は考えたのだ。ホムンクルスたちという人質が居る以上、逆らうわけがないと。そしておそらく、五十年前自分を暗殺した首謀者が教会であることを、フレイは知らないと思っている。

……つまり、舐《な》められてるってことだな。

だったら遠慮は要らない。フレイは不敵に笑う。

「友誼なんて一度も存在しなかったんだから、深めようが無いだろ。さっさと帰って」

「な…っ、何じゃと？」

案の定聖法王は青筋を立て、ホムンクルスたちは目を丸くした。

「我らから歩み寄ってやろうというのに、むげにするつもりか？　王子をよみがえらせたのは我らであることを忘れたか？」

「恩着せがましい。そもそも五十年前、俺を殺したのは教会が放った刺客だろうが」

フレイが睨《にら》み付けると、ホムンクルスたちもあちこちから殺気を飛ばす。聖法王のこめかみを一筋の汗が伝い落ちた。

「…言いがかりもはなはだしい。何の証拠があってそのような暴言を…」

「ジョセフが教えてくれたんだ。俺を殺したのはお前たちだったって。抗議するのならジョセフにしたらどうだ」

「…宰相が？」

聖法王は喉をひくつかせ、ジョセフを睨む。年齢からしてこの老人が五十年前の暗殺に関わっていたとは思えないが、ジョセフが協力者だったことも含め、裏の情報は共有しているはずだ。

「何故、そのような愚行を…」

「必要だと思ったからでございます。私が暗殺に協力したことも、全てお伝えしました」

「――っ！」

断言したジョセフに息を呑んだのは聖法王だけではなく、ホムンクルスたちもだ。彼らの視線はにわかに殺意を孕《はら》み、ジョセフに突き刺さる。

……こいつ、何を考えてるんだ？

フレイはジョセフがわからなくなってしまった。アステリア州軍を撃退するまでの間、ジョセフはフレイの傍から離れられないのに、どうして自ら針のむしろに座るような真似をするのか。

「ふ……」

助けを求めて見上げたルベドは、不敵に微笑んでいる。深紅の瞳の奥にあの黒い陰を見付けてしまい、思わず後ずさりかけた時、青ざめていた大司教と司教が聖法王の袖を引いた。

「猊下…、もう帰りましょう…」

「そうです。このままではどんな目に遭わされるか…」

ホムンクルスたちの殺気に二人はすっかり涙目になっているが、聖法王は薄い胸を反らし、鼻先でせせら笑った。

「この木偶《でく》どもは我ら高貴なる者には逆らえぬ。聖印があるのだからな。…『這え』」

「ぐ……っ！」

聖法王が発した魔力のこもった命令に、ルベド以外のホムンクルスたちはなすすべも無く地面に這いつくばらされる。

だが一人だけ、立ったままの者が居た。さっきフレイの魔法薬によって聖印を消された銀髪のホムンクルスだ。

「……な、な、何だと？」

得意気だった聖法王はうろたえ、銀髪のホムンクルスは何が起きたのかわからず、自分と朋輩たちを見比べている。

……よし、成功だな。

フレイはふふんと胸を張った。想像以上の成果だ。

「…は、『這え』！『私の靴を舐めろ』！」

聖法王は銀髪のホムンクルスに指を突き付け、魔力のこもった命令を連発するが、どれも効力を発さなかった。

「フレイ様」

「ああ、わかってる」

甘く囁くルベドに頷き、フレイは銀髪のホムンクルスに命じた。

「聖法王をつまみ出せ」

「…は、……はいっ！」

銀髪のホムンクルスは奮い立ち、聖法王を担ぎ上げる。聖法王はじたばたもがきながら何度も命令したが、銀髪のホムンクルスにはまるで効かなかった。

「……すごい……」

「聖職者が、ホムンクルスにされるがままなんて…」

這ったままのホムンクルスたちが目をぱちぱちさせる。

フレイは小さな杯に魔法薬を注ぎ、黄色の髪のホムンクルスに渡した。迷わず飲み干した彼はすかさず立ち上がり、期待の眼差しでフレイを見る。

「そいつらもつまみ出せ」

「……はい！」

フレイが指差した従者たちへ、黄色の髪のホムンクルスは突進する。悲鳴を上げて逃げ出そうとする二人をやすやすと片手で捕らえ、銀髪のホムンクルスと共に門へ歩いていった。

「この屈辱は忘れぬ。アルバート王にも報告させてもらうぞ…！」

「ま…、待って下さい、猊下ぁ！」

外に放り出された聖法王は捨て台詞《ぜりふ》と共に逃げ出し、その後を大司教と司教が必死に追いかける。

豪奢な帽子が脱げ、真っ赤になった禿頭《はげあたま》をさらしていることにも気付かないこっけいなありさまに、ホムンクルスたちは笑い転げた。溜まりに溜まった鬱憤を晴らすかのように。

「起きろ」

フレイの命令に従い、ホムンクルスたちはいっせいに立ち上がる。

ルベドの転移の術によって配られる魔法薬の杯を、拒む者はもはや一人も居なかった。ためらわずに嚥下《えんか》し、上半身裸になってはあちこちで歓声を上げる。

「消えた！　消えたぞ！」

「もう、くそみたいな命令に従わなくていいんだ…」

中には涙を流す者も居る。理不尽な命令によって命を落とした朋輩たちを思い出しているのかもしれない。

「…申し訳ありませんでした」

戻ってきた黄色の髪のホムンクルスが膝《ひざ》を折った。黄水晶の双眸から疑念は拭い去られ、代わりに信頼の光が宿っている。

「貴方は本当に我らを助けようとして下さったのに…、私は、疑うような真似を…」

「仕方無いよ。俺だってお前たちを虐《しいた》げてきた奴らと同じ、魔力を持つ人間なんだから―

「いいえ、違います！」

声を上げたのは、並んでひざまずいていた銀髪のホムンクルスだ。

「貴方は一度も命令なさらなかった。その紅い悪魔に寄り添い、我らのために憤って下さった。そのような人間は他には居りません」

……ちょっと待って。紅い悪魔って、ひょっとしてルベドのこと？

どうして世界で一番優しいルベドが悪魔なんかになるのだ。突っ込む前に、他のホムンクルスたちもいっせいにひざまずく。

「我らの命と忠誠は、これより永遠にフレイ様と共に在り！」

百人の誓いが庭園に響き渡った。予想とは少し違うものの、アステリア州軍を打ち倒すための貴重な兵力が手に入ったのだが。

……どうしてルベドが悪魔なんだよ。ジョセフも何であんな真似を……。

フレイは満足するどころか、心を乱されるばかりだった。


物問いたげなフレイから離れ、ジョセフは離宮のかたすみにある部屋へ引き上げた。どこでも好きな部屋を使っていいと言われて選んだ部屋だ。ろくに陽も入らない、狭くかび臭い部屋こそ自分には相応しい。

持ち込んだ荷物は当座の着替えと書物が数冊程度だから、片付けはすぐに終わる。

書き物机と寝台があるだけの粗末な部屋が終《つい》の棲家《すみか》になるなど、若かりし頃の自分は想像もしなかった。自分こそが王を支え、国の礎になるのだと信じて疑わなかった。そのためならばいかなる犠牲を払っても許されると。

若かった。己の知る世界こそ全てだと思い込み、驕《おご》りの沼にどっぷり浸りきっていたのだ。

「……く、……」

心臓が疼《うず》くと同時に、ヤドリギの腕輪の内側から小さく鋭い棘《とげ》が無数に伸び、肌を突き刺した。若い肉体は痛覚もみずみずしいようで、痛みは老いていた頃よりはるかに勝る。

肌に食い込んだ棘はジョセフの血と魔力を容赦無く吸い上げていく。この腕輪がいやらしいのは、吸い上げた血と魔力を源に回復魔法を発動させ、刺された傷をことごとく癒やしてしまうところだ。

ジョセフの正気と魔力が続く限り、何度でも苦痛を味わわせられる。その執念深さは作り手の気性をそっくり写し取っている。…あの、深紅の瞳の悪魔…。

「ずいぶんとつらそうですね」

脳裏に思い描いた美貌がこつぜんと目の前に出現し、刹那、ジョセフは言葉を失った。反射的に後ずさりかけたジョセフに微笑み、ルベドは腕輪の嵌まった手を引き寄せる。

「まだ立っていられるとはたいしたものです。今日だけでかなりの血と魔力を吸われたでしょうに」

「…わざわざ殿下のお傍を離れ、私を嘲笑《あざわら》いにいらしたのですか？」

「私はそれほど暇ではありません。…忠告に来たのですよ」

ルベドに握り締められた指がみしみしと不吉な音をたてる。若さを取り戻した身体でも、人間を超越したホムンクルスを振り解《ほど》くのは不可能だ。

「忠告…？」

「ええ。――貴方がホムンクルスたちの憎悪の的になるのは自由ですが、フレイ様のお心をかき乱すような真似はやめなさい」

何のことを言われているのか、ジョセフは本気でわからなかった。ルベドは忌々しそうに舌を打ち、握り締める手に力を込める。

激痛と共に、指の骨が粉砕された。

「ぐぁっ…」

「フレイ様の暗殺に協力したと、何故白状した？」

低く恫喝《どうかつ》されて初めて、そのことだったのかとジョセフは思いいたる。

けれど何故、フレイの心が乱れることになるのだろう。フレイにとって、ジョセフは自分を殺した仇《かたき》の一人だ。ホムンクルスたちに憎まれ、私刑を受けたところで、溜飲《りゅういん》が下がりこそすれ悩むことなど無いだろうに。

「フレイ様は清らかで慈悲深いお方ゆえ、誰であろうと心配されてしまう。……たとえご自分の命を奪った、薄汚い野良犬であろうとな」

「…う、…くっ……」

腕輪からまた棘が伸び、治ったばかりの肌を突き刺した。骨を砕かれる痛みと肌を食い破られる痛み、二重の激痛に脂汗が滲んでくる。

「貴様の自己満足にフレイ様を巻き込むな。……伝えたいことはそれだけだ」

ふっと手が自由になると同時に、ルベドの姿が消え失せる。

糸が切れたように床にへたり込み、ジョセフは粉々にされたはずの指の骨が元通りになっていることに気付いた。ルベドが去り際に回復魔術をかけていったのだろう。わずか数秒の間に無詠唱で骨折を治癒させるなんて、文字通り人間離れした芸当だ。

「……自己満足、か」

痛いところを突かれた。確かにそうだ。自分が薄汚い罪人だと告白し、楽になれるのは加害者だけで、被害者は困惑するしかない。

ジョセフはうつむき、額を押さえた。若返った肉体は精気に満ち溢れ、階段の上り下りにすら難儀していたのが嘘のように軽いが、降り積もった後悔は相変わらずジョセフの肩にのしかかっている。

『離宮に割り当てられた費用は管理人に着服され、フレイ様にはほとんど渡っていません』

五十年前――フレイたちに隠し通路を教え、立ち去ろうとしたジョセフにルベドは囁いた。

『…それは、本当に？』

『さて、信じるか否かは貴方次第です。ご自分で確かめればいいのでは？』

嫌な予感はしたのだ。離宮の管理人が王妃の親族であることは、ジョセフも知っていたから。気位の高い王妃は男爵令嬢のぶんざいで夫に寵愛されたフレイの母親もフレイ自身も、心の底から嫌い抜いている。

けれどまさか、幼い王子に食事すらままならない暮らしを強いるほど非道な女ではないと思いたかった。さもなくばフレイを役立たずの第三王子と見下し、王国にとって害にしかならないと判断した自分が否定されてしまうから。

だから教会によってフレイの死が公表された後、離宮の管理人を調査させ、その結果にジョセフは打ちのめされたのだ。

ルベドの言葉は正しかった。フレイに与えられるはずの養育費は九割以上が管理人の懐に収められていた。残りの費用では、平民の子さえまともに食べていくのは難しいだろう。

だがフレイは血色も良く、成人の儀には王族に相応しい礼服を纏っていた。

その費用はどこから出たのか。答えはすぐにひらめいた。

……錬金術だ。

錬金術によって創り出されるアイテムは、市井では高額で取引されるものが多い。フレイは自ら創った錬金術アイテムを売りさばき、ルベドの力も借りて金に換えていたに違いない。

もしもフレイに、メルクリウスの寵児とまで謳われたその才能が無かったら？

ジョセフは自問し、血の気が失せていくのを感じた。衰弱しきり、力尽きるフレイが思い浮かんでしまったせいで。

離宮の誰もフレイを助けようとしなかっただろう。王妃の選んだ使用人は性根の腐った平民ばかりで、主人であるはずのフレイの世話を放棄していたのだから。

身分の低い側室腹とはいえ、れっきとした王子が、飢え死にしかねない劣悪な環境で育てられていた。

悟った瞬間、ジョセフは猛烈な罪悪感と自己嫌悪に襲われた。初めて会ったあのホムンクルスが何故殺意を向けてきたのか、理解出来てしまった。

彼は責めていたのだ。宰相補佐——王族を守り助けるべき立場でありながら、王妃の暴虐にも気付かず、フレイに王族としての義務ばかり押し付けていたジョセフを。

王族は国のために尽くす義務がある。だがそれは豊かな暮らしと特権を享受するからこその義務だ。どちらも与えられなかったフレイに、国のため尽くす義務など無かった。

なのに自分は。

「あ、……ぐあぁっ……」

腕輪から伸びた棘が肌を突き刺し、ずたずたに喰い荒らす。吸い上げられた血と魔力が回復魔法に変換され、すぐさま傷を治すが、癒えたばかりの真新しい肌に棘は再び容赦無く突き立てられた。

ほとばしりそうになる悲鳴を呑み込み、ジョセフはのろのろと腕輪をかざす。終わりの無い苦痛をジョセフに与えているのはこのヤドリギの腕輪だ。

『私からフレイ様を奪った貴方の罪、命だけで償えるとは思わないで下さいね』

ルベドは罪悪感に押し潰《つぶ》されそうになっていたジョセフの前に転移の術で現れ、この腕輪を嵌めていった。

『この腕輪に仕込んだ魔術は貴方の罪悪感を条件《トリガー》として発動します。…貴方にはぴったりの罰でしょう？』

ルベドの言った通りだ。この腕輪を嵌められてから数十年の間、ジョセフは数え切れないほどの苦痛にさいなまれてきた。

クリフォード王、ダグラス王、アルバート王…忠誠を尽くすべき王たちの暴虐と無能ぶりを見せ付けられるたび。フレイを虐げていた者たちが病死と偽らざるを得ないほど惨《むご》たらしい死を遂げるたび。フレイはいったいどんな思いで死んでいったのかと悔恨するたび。

罪悪感は腕輪を発動させ、ジョセフに罰を与えた。

フレイがよみがえってから、腕輪の発動頻度は飛躍的に上がっている。老いさらばえた元の肉体だったら耐え切れずに死んでしまったかもしれない。もっともフレイはルベドと違い、より長く苦痛を味わわせるためにエリクサーを与えたわけではないだろうけれど。

……私は、やはり間違っていた。

ホムンクルスたちがフレイにひざまずく光景を思い出し、ジョセフは歯噛みする。

彼らはフレイが創造主だから従ったのではない。フレイが彼らのために怒り、聖印から解放したからこそ忠誠を誓ったのだ。…おそらくそこまで、ルベドの計算の内だったのだろうが。

主人がどんな身分であろうと命を賭《と》して戦う。そんな臣下は、クリフォード王にもダグラス王にもアルバート王にも居なかった。

……もしも、あの時……。

妄想しかけ、ジョセフは首を振る。

もしも玉座に就いたのがダグラスではなくフレイだったらなんて、自分には想像する資格すら無いのだ。


ホムンクルスたちを聖印から解放した後は、宿舎として離宮の部屋をあてがった。

さらに彼らの能力と健康状態の診断をする…予定だったのを変更し、明日の朝まで眠るよう命令した。彼らが『今の部隊に配備されて以来、眠ったことはほとんど無い』などと恐ろしいことを言うからだ。

軍規上、ホムンクルスたちにも人間と同じ休暇が与えられているのだが、各部隊では休暇中の彼らに私用の労働を命じるのが横行していたらしい。中には自分の代わりに冒険者ギルドの依頼をこなさせ、報酬だけ横取りする部隊長も居たそうだ。

確かにホムンクルスは休養も食事も必要としないが、だからといって不眠不休で働かせていいわけではない。人間がそうであるように心を病み、病んだ心は肉体をむしばんでゆき、やがて核の崩壊に…死につながるのだから。

「生まれ方が違うだけで、人間もホムンクルスも同じ命なのに…」

「残念ですが、そうお考えになるのは貴方くらいですよ」

机に行儀悪く両脚を乗せ、斜めにした椅子をぐらぐら揺らしながら唸っていると、背後から美しい花の描かれたティーカップが差し出された。フレイの自室に無許可で入れるのは、ルベドしか居ない。

「ルベド、お帰り。ジョセフはどうだった？」

フレイが様子のおかしかったジョセフを心配していたら、ルベドが様子を見に行ってくれたのだ。

「少し疲れているようですが、肉体的な異常はありませんでした。充分な休息を取れば、明日からの行動にも支障は無いでしょう」

「そうか…」

疲労の原因は立て続けに現れたアルバート王や聖法王、そしてフレイの暗殺に協力したと自ら吐露したことだろう。何故あんな真似をしたのか聞きたかったが、あの様子では話してくれそうにない。

「フレイ様がお心を痛められる必要はございません。あの男はただ自分が楽になりたいだけですから」

ルベドは椅子の位置を直し、床にひざまずくと、うやうやしくフレイの手を取った。

「楽になりたい…？」

「あの男は真の悪人にはなれない…犯した罪が罰されないことを、心苦しく感じる部類なのでしょう。責められた方が、あの罪悪感の塊のような男は楽になれるのですよ」

フレイはぱちぱちと目をしばたたき、ルベドを凝視してしまった。

「ルベドって、ジョセフのことすごくわかってるよね。仲良しのお友達みたい」

「…おやめ下さい。虫唾《むしず》が走ります」

ルベドがフレイの前で苦虫を嚙み潰したような顔をするのはめったにない。驚くフレイの手に白い頰が擦《す》り寄せられる。

「五十年間、私は大陸を転々としつつも、あの男を監視しておりました。気性がわかるのは当然のことです」

「ジョセフを五十年も？」

「あの男の動きさえ摑《つか》んでおけば、ソティラス王国の動向はつぶさに把握出来ましたから」

つまり、ダグラスもアルバートも王としては政《まつりごと》に全く貢献していなかったということだ。

ジョセフの苦労がしのばれる。

ほう、とフレイは息を吐いた。

「……五十年、か」

「フレイ様…いかがなさいましたか?」

「今さらだけど……長いな、って思ったんだ」

ルベドには及ばないものの人型のホムンクルスがあれだけ創り出され、血縁上は甥に当たるアルバートがフレイより年上の姿で現れたのだ。老人になったジョセフと遭遇した時も驚いたが、自分がメルクリウスのたなごころでまどろんでいる間、現実世界では時が流れ続けていたのだと改めて思い知らされた。

誰もが変わっていく。変わらないのはフレイと、ルベドだけだ。

……本当に?

深紅の双眸に時折うごめく黒い陰が脳裏をよぎる。五十年前は無かったそれを、フレイは頭を振って追い払った。

「ルベドは五十年、どうしていたの? さっき医師の真似事もしていたって言ってたけど…」

「…様々ですね。冒険者として活動もしましたし、他国の王宮に潜り込み文官や武官を務めたり、貿易商になって海を渡ったりもしました」

「海を……」

――世界とは広いのですね。果ての無い大海原を、水平線の彼方に沈む夕日を、貴方に見せて差し上げたい。

メルクリウスのたなごころで子守唄代わりに聞いた声を思い出す。あれは貿易の航海の途中だったのかもしれない。

――フレイ様……貴方の居ない世界に何の意味があるのですか？　何故私を、こんな世界に置き去りになさったのですか？

――私はもう、貴方が慈しんで下さった無垢《むく》なホムンクルスではない。

フレイの手を握って離さないルベドを見詰めていると、血を吐くような叫びまでもが浮かんでくる。ずきんと痛んだ胸を押さえた時、ルベドが顔を上げた。つかの間あの黒い陰をちらつかせた深紅の瞳は、びくつくフレイをあやすように甘く細められる。

「全ては貴方をよみがえらせるためでした。蘇生の秘術を聖職者どもに使わせるには、それだけの材料が必要でしたからね」

そうして五十年もの間一人でさまよい、ホムンクルスたちに反乱を起こさせるという結論にたどり着いたのか。冒険者として活動していたとはいえ、ルベドはたった五歳だった。世界をめぐる間、数え切れないほどつらい思いをしただろうに。

「我が最愛の創造主。…貴方さえ笑っていて下されば、私は幸福なのです」

歓喜の笑みを浮かべるルベドに、フレイはもう一方の手を伸ばした。聡明《そうめい》なホムンクルスは主人の望みを読み取り、フレイを椅子から横向きに抱き上げてくれる。

「俺の可愛いルベド。俺もルベドが笑っていてくれれば幸せだよ」

ルベドの首筋に縋《すが》り、白い頬にちゅっと口付ける。フレイが教えた愛情の行為を、ルベドは覚えてくれていたようだ。

「フレイ様、私も……」

——愛しています。

耳朶を食《は》まれながら吹き込まれた囁きは、五十年前とは違う熱を帯び、フレイの胸を騒がせた。昨日の『診察』で与えられた熱がまざまざとよみがえる。

「あ、あっ、ルベド…」

とっさに胸を押し返そうとしたら、あやすように頬へ口付けが落とされた。ルベドはフレイの顔じゅうに口付けの雨を降らせながら、すみのソファまで移動する。

「あん…っ…！」

後ろ向きでルベドの膝に乗せられたとたん、シャツの襟をずり下ろされ、あらわになったうなじを強く吸い上げられた。自分でも驚くくらい甘ったるい声がこぼれ、びくつくフレイの首筋をやわらかな唇がたどる。

「フレイ様……愛しいフレイ様……」

執拗《しつよう》に口付けられるたび、蜜のような声音が降り注ぐ。包み込む愛情は、強張ったフレイの身体を優しく解いていった。

「あぁ……」

くたくたともたれかかる背中を受け止め、ルベドは熱い吐息を漏らす。

「私の痕《あと》を残して下さっていますね。何て可愛らしい……」

熱い舌がうなじにねっとりと這わされる。そこにルベドの噛み痕がくっきり刻まれてしまったせいで、フレイは今日、襟の詰まった息苦しいシャツを着せられるはめになったのに。

「…や…っ、ああ…っ！」

まだ痕の消えていないうなじへ、ルベドは容赦無く歯を立てた。

痛みはすぐさま甘い熱に変わり、全身を駆けめぐる。沸騰した血が、さっきから疼き続ける股間《こかん》へ集まっていく。

「駄目、…駄目、ルベド、もう…っ…」

……ど、どうしよう……。

うなじを舐められるたび反応していた性器が、下穿《したば》きの中で張り詰めている。死ぬまでの自分はこの手の欲望には淡白で、ごくたまにルベドの目を盗み、こっそり処理する程度だったのに。昨日ルベドの手で造り替えられてしまったかのようだ。

……ルベドは、俺の身体を心配して診てくれているのに……。

情けなさのあまり涙が滲んでしまう。

目敏《めざと》く気付いたルベドが伸び上がり、まなじりを舐めてくれた。

「ルベド……」

フレイはルベドの首筋に縋り、頬を擦り寄せる。ぴったりと密着したルベドには、股間の変化は伝わっているはずだ。

共に離宮で暮らしていた頃、時折母の無惨な死にざまを夢に見てしまった時、泣きじゃくるフレイを慰めてくれるのはルベドだった。ルベドの温もりに包まれれば不安は淡雪のように消え去り、安心しきって眠りにつけた。…でも今は。

「ごめん、ルベド。俺、俺…っ…」

「泣かないで下さい、フレイ様。ここがこうなるのは、お身体が正常な証。喜ばしいことなのですから」

ルベドは下穿きの中に手を忍ばせ、震える肉茎をやんわりと握った。とたんに背筋をびりびりと痺《しび》れさせるような快感が走り、フレイは四肢を跳ねさせる。

……ルベド、今……。

フレイの恥ずかしい変化を、正常な証と…喜ばしいことと言った。そんなこと、フレイは教えた覚えなんて無いのに。

フレイ以外の誰かが教えたのだ。フレイがメルクリウスのもとでまどろんでいる間に。無垢なルベドのそこに触れ、泣かないでと慰めながら…。

「あ、あっ！」

「ふふ…、すっかり熟していますね。ここもたっぷりと蜜を溜め込んで…」

長く器用な指が肉茎や双つの嚢《ふくろ》を揉《も》みしだくたび、粘ついた音がフレイの耳を侵した。きっと自分の股間もルベドの指も、先走りにまみれ濡れている。

慣れた手付きに心が軋《きし》んだ。誰がルベドにこんな行為を教えたのだろう。ルベドもその相手の指に愛撫《あいぶ》され、悦《よろこ》んだのか。今のフレイみたいに。

「…あぁ、あっ…」

芸術品のような白い指が自分のそこをまさぐっていると思うだけで、背徳感混じりの快楽が頭を蕩《とろ》かしていく。深紅の瞳が熱を溶かし、ゆったりと細められた。

「こちらも健やかであられるかどうか、確かめなければなりませんね」

「え、……あ、あぁぁっ!?」

身体をずらしたルベドがフレイの下穿きをずり下ろし、露《あら》わにされた肉茎をためらいも無く口に含む。熱い粘膜に包まれ、つたない自慰しか知らなかったそこはあっけなく上り詰めてしまった。

「ああ、あ、あ……っ……！」

脳天をすさまじい快感が突き抜ける。

フレイはとっさにルベドの頭を押しのけようとしたが、逆により深く咥《くわ》え込まれ、最後の一滴まで搾《しぼ》り取ろうとする舌の動きをまざまざと味わわされるはめになった。

……ルベドの口に、俺のあそこが……。

羞恥心《しゅうち》と申し訳無さでたまらなくなる。けれどゆっくりと上げられたルベドの顔は、いつに無く嬉しそうに輝いていた。

「素晴らしいです、フレイ様…」

「…そ…、う、…なの…?」

「はい。蜜よりも甘く芳醇《ほうじゅん》で……想像以上でした……」

素晴らしいのはルベドの方だと思う。唇を舐め上げる仕草は無作法なのに優雅で、艶《つや》めいて…今のルベドを見れば、どんなに貞淑な貴婦人でも恋に落ちてしまうだろう。

長い時間を共に過ごしてきて、初めて見る表情に胸が高鳴っている。この男は本当にルベドなのだろうか。

「…想像、以上、って?」

「……魔力も血流も、想像以上に良好な状態だったという意味ですよ。五十年もの間肉体の時を停止させるのは初めてでしたから、心配していたのですが」

「そういう…、ことか……」

濡れたうなじを悩ましい吐息にくすぐられ、びくんと身じろぐと、尻のあわいに硬い感触が食い込んだ。

どくどくと脈打つ、熱いもの。もしかしてこれは……ルベドの……？

「…ぁ、あっ…」

「フレイ様…？」

「熱い…、……熱いよぅ……」

尻をもじもじと揺らしながら訴えたのは、ルベドのもののことだった。だが、喉を鳴らすルベドには正しく伝わらなかったらしい。

「……すぐ、楽にして差し上げますから」

ルベドはフレイをソファに座らせ、床にひざまずくと、何かを小さく囁いた。空間魔法の呪《じゅ》文《もん》だと理解するより早く、フレイの下肢を包んでいた衣服が消え失せる。ズボンも下着も靴も全て。

「ル、ルベド、ぉ……」

上目遣いで見詰められると、未知の感覚がぞくぞくと背筋を這い上がる。笑みの形に唇をゆがめ、ルベドはフレイの両脚を大きく開かせた。

「大丈夫です、フレイ様。力を抜いて……」

「…う、……あぁっ……」

脚の間に割り込んだルベドが萎《な》えた肉茎をうやうやしく持ち上げ、再び口に迎え入れる。

フレイはいたたまれなくておかしくなりそうだった。ルベドはよみがえったばかりの身体を心配し、診察してくれているのに、肉茎を喰らわれているように感じるなんて…うごめく紅い唇が淫《みだ》らに見えてしまうなんて。

……でも、ルベドのあそこも熱くなってた。

人型のホムンクルスの生理については未知の部分が多い。人間と同じように性交が可能なのか、可能だとして生殖能力を持つのかは、彼らが解放され、自由に生きられるようになってみなければわからないだろう。個体差も大きいはずだ。

だがルベドは。

「ひ…、…やっ、あん……！」

ていねいに肉茎を清められ、これでようやく終わりかと力を抜いた瞬間、ルベドの舌は嚢のさらに奥…慎ましく閉ざされた蕾《つぼみ》へ這っていった。じたばたともがく両脚を強い力で持ち上げられ、秘めておきたいそこをさらけ出される。

「やだ、ルベド…っ、何でそんなところ、を…」

「ここが熱いのでしょう？」

違う、熱いのはルベドのあそこだと叫びたかった。…でも、出来なかった。ルベドに宿る熱情を認めてしまったら、何かが決定的に変わる予感がして。

「何と愛らしい……」

感嘆の吐息を吹きかけられ、背筋がぞくぞくと震える。自分でも見たことの無い、ほとんど触れたことも無いそこを、ルベドに…愛《いと》しい我が子にじっくり観賞されているなんて。

「み、…見ないで…」

「何故？　貴方のここは、愛《め》でられたくて震えているのに」

蠱惑《こわく》的な囁きと蕾をなぞる指先は、ルベドがこういう行為に慣れていることを示している。ルベドももう五十五歳だ。人間なら結婚し、子や孫まで居る歳である。性交が可能な肉体なら、五十年の間誰ともその手の行為をしない方がおかしい。ルベドほどの美貌の主であれば、相手にはこと欠かなかったはずだ。

……嫌だ！

自分以外の誰かを愛撫するルベドを想像し、フレイは猛烈な嫌悪感に襲われる。ルベドが触れるのは自分だけでなければ嫌だ。他の誰にもあんなに甘い声を聞かせて欲しくない。次から次へ湧いてくる感情は、五十年前は決して抱かなかったものだ。

「や……っ…、あ……」

戸惑う間にもルベドは硬い蕾をたんねんに舐め、やわらかくほころばせていく。精力的に這い回る舌から興奮と歓喜が伝わってきて、フレイは腰を震わせた。

ルベドの言う通りだ。フレイのそこはルベドに愛でられたがっている。焦《じ》らすように、少しずつ花開いている。

「あ、あっ…、ルベド、ルベド…っ…」

気付けばフレイは自ら股間を突き出し、ルベドの髪に指を埋めていた。すっかり咲かされた蕾は長い舌を受け容れ、とろとろに蕩かされている。

知らなかった。腹の中をぐしょぐしょに濡らされて、こんなに気持ちよくなれるなんて。

「ひぁっ……」

ぬるりと出て行った舌の代わりに、細長く硬い何かが入ってくる。それがルベドの指だと気付いたのは、ソファに仰向《あおむ》きで押し倒された後だった。

「フレイ様…っ…」

深紅の双眸の奥でうごめく黒い陰を見付け、思わず目を閉ざせば、やわらかく熱いものに唇をふさがれた。ルベドの唇だ。入り込んでくる舌は逃げまどうフレイのそれをたやすく捕らえ、からめとる。

「ん…、んっ、ううっ…」

腹の中をなぞった指先に媚肉《びにく》をぐっと押し上げられ、四肢が勝手にびくんびくんと跳ねた。今のは何だったのだろう。まるで弱い雷でも落とされたみたいだった。

「…ふぅぅ…、う、んっ、んん…っ…」

重ねたままの唇を吊り上げ、ルベドは甘ったるい呻きを漏らし続けるフレイの中を侵した。

敏感な部分をなぞり上げられるたびあの雷にも似た感覚が身体をめぐり、沸騰した血が股間へ集まっていく。

「……ああ…っ…、やあぁー……っ！」

目の前が真っ白に染まった瞬間、解放された唇から快楽に染まりきった悲鳴がほとばしる。

ルベドは無意識の締め付けを堪能するように根元まで指を潜り込ませ、熱い媚肉を何度も抉《えぐ》った。

「ルベド……、今の、何……？」

フレイは項垂《うなだ》れたままの肉茎に触れ、途方に暮れた幼子のような表情でルベドを見上げる。また射精したのかと思ったのに、肉茎に精を吐き出した痕跡《こんせき》は無い。

ルベドはフレイの中から指を引き抜き、優しく微笑んだ。

「フレイ様のお身体が、私に応《こた》えて下さったのですよ」

「こた、える……？」

「フレイ様と私は特別な絆《きずな》で結ばれた創造主とホムンクルスです。その絆を通じて私の思いがフレイ様に伝わり、フレイ様も受け止めて下さったのでしょう。…さもなくば、中だけでいくのは不可能ですから」

いく。雷を流されるようなあの感覚は、いくと言うのか。いく、いく、と口の中で何度かくり返すと、高揚していた心が少しずつ沈んでいった。

「……フレイ様?」

フレイの変化にめざとく気付いたルベドが覗《のぞ》き込んでくる。フレイは拗《す》ねた子どものように顔を逸らすが、深紅の双眸はどこまでも追いかけてきて、逃がしてくれない。

「いったのは俺だけじゃないって思ったら、悲しくなっただけ」

渋々白状すると、ルベドは目を丸くした。

「……何故、そのようなことを」

「だってルベドは綺麗で格好よくて優しいから、俺が居ない間、たくさんの人が寄ってきたよね? それで、その人たちも、ルベドに……」

自分は何をしているんだろう。ルベドを独りぼっちにしたのはフレイなのだ。五十年の間、ルベドが誰とどんな関係を持ったって責める資格なんて無いのに、恨みがましい。

情けなくなって閉ざした唇に、ルベドのそれが重ねられた。

「ルベ、ド、……」

どうしたのと問いたくても、ルベドが唇や頰、額、鼻の頭、まぶた…顔じゅうに口付けを散らすせいでうまくしゃべれない。歓喜のほとばしる口付けから、ルベドが喜んでいることだけはわかるけれど。

「私が貴方以外の人間に触れるわけがないでしょう?」

ちゅっと音をたてて唇に口付け、ルベドは甘く囁く。

「…ルベド、何でそんなに嬉しそうなの？」

「フレイ様が嫉妬《しっと》して下さるとは思いませんでしたから」

嫉妬。ルベドにはフレイ以外の誰にもこの行為をしないで欲しいと思う気持ちは、嫉妬なのだろうか。フレイはルベドの生みの親だ。親なら子どもの成長を喜びこそすれ、妬《ねた》んだりしないはずなのに。

「どうして、嫉妬されると嬉しいの？」

「それは……」

ルベドはいったん言葉を切り、フレイの耳に唇を寄せた。

「……貴方を愛しているから、ですよ」

「……っ!?」

ぬるりと舌を差し入れられ、フレイはびくっと背中を跳ねさせる。五十年前も何度も捧げられたはずの言葉は熱を孕み、まるで違う響きを帯びている。

「こ、……子どもとして、だよね？」

おずおずと尋ねれば、ルベドはフレイと視線を合わせ、にこりと微笑んだ。誰もが見惚れるだろう完璧《かんぺき》な笑顔からは、肯定も否定も読み取れない。

……ど、どっち？　どっちなの？

混乱するフレイの下肢をルベドは魔法で清め、ゆったりとした寝間着に着替えさせると、寝室へ転移した。抱きかかえていたフレイを寝台に寝かせ、自分も隣に横たわる。

「お疲れになったでしょう。少しお休み下さい」

「…うん、でも…」

まだまだやらなければならないことは山積している。フレイは首を振ったが、抱き寄せてくれるルベドの温もりに包まれ、背中をとんとんと叩かれるうちに睡魔が襲ってくる。

「……貴方は誰にも渡さない。たとえ神であっても」

ルベドがうなじを撫でながら漏らした低い声は、フレイには聞こえなかった。


翌日、朝食を済ませたフレイは自室にこもり、頭を悩ませていた。だらしなく上体を預けた机の周りには、くしゃくしゃに丸められた紙がいくつも転がっている。

「あまり急がれなくても良いのではありませんか?」

「人数が人数です。今日全《すべ》て決めず、数人ずつ命名していくべきだと思いますが」

右側に控えたジョセフに、左側のルベドが珍しく同意する。お互い不本意だったらしく、頭上で睨《にら》み合う気配がする。

フレイは溜息《ためいき》を吐《つ》き、のろのろと起き上がった。今日も襟の詰まったシャツを着せられたせいで、首元が少しきゅうくつだ。

「そんなわけにはいかないよ。名前は大切なんだから、名付けるならみんな一緒でなきゃ」

一時間ほど前、ホムンクルスたちを食堂に集め、共に朝食を摂ったのだが、またしても恐ろしい事実が判明してしまった。何と彼らは全員名無しだったのだ。彼らを創った錬金術師たちはすぐに売り飛ばすのだからと名を付けず、買い取った軍でも一番とか二番とかの番号で呼ばれていたのだという。

『ほとんどの人間は…たとえ魔力を持つ錬金術師であろうと、ホムンクルスを使い捨ての道具くらいにしか考えていません。道具に名前を付ける人間は居ないでしょう？』

顔なじみになった銀髪のホムンクルスの言葉が悲しかった。フレイにとってホムンクルスは…ルベドは大切な我が子だ。名無しなんて考えられない。

そこでフレイは急きょ彼らを名付けることにしたのだが、これが想像以上に難しかった。ルベド一人でも悩みに悩んだのに、一度に約百人である。一生使うものだから最高の名前にしてあげたいと思うと、どうしても時間がかかってしまう。ルベドたちの言う通り数人ずつ名付けていく手もあるけれど、名前のある者と無い者が居るのでは可哀想だ。

そうしてあれこれ悩んだ結果、一時間経ってもまだ三人分の名前しか決まっておらず、うんうんと唸《うな》っているのである。こんな時、錬金術の才能はまるで役に立たない。

「……あっ」

ふと思い出し、フレイはジョセフを見上げた。

「ジョセフ、いい名付け方を教えてよ」

「……私が、ですか？」

「だって大貴族の当主って、一族の子どもの名付け親になったりするんだろ。コンシリア侯爵家の当主なら、何人も名付けてきたんじゃないの？」

名案だと思ったのに、ジョセフは首を振った。

「私は侯爵家の当主ではありません」

「え？　…でも、確かジョセフは一人っ子だったよね？」

「仰《おっしゃ》る通りですが、侯爵家の家督は父方の従弟に譲りました。今の私はコンシリアの家名を名乗っているだけの独り者です」

ジョセフは淡々と答えるが、若かりし頃の彼は将来有望な青年貴族だったし、令嬢たちの人気も高かった。

何の瑕疵《かし》も無い嫡子が従弟に家督を譲ったばかりか結婚すらしないなんて、ソティラスではありえない。誰よりも貴族らしく育てられたくせに、何故そんな真似《まね》をしたのだろう。

「それに私は名付けのセンスが皆無だと父からよく言われておりましたので、あまりお役には立てないと思います」

理由を追及されたくなかったのか、ジョセフは早口で付け加えた。完璧《かんぺき》だと思っていたジョセフの思わぬ欠点が判明し、フレイはにんまりする。

「センスが無いって、実際に何かやらかしたから言われたんだよね。どんな？」

「そのようなことをお聞きになる必要がございますか？」

「あるよ、俺が聞きたいんだもん。ねえ、どんな？」

　フレイは目をきらきらと輝かせながら身を乗り出す。苦い顔をしつつも止めないのを見ると、ルベドも気になるのだろう。

　ジョセフは眉を寄せ、諦《あきら》めたように口を開いた。

「……父が存命だった頃、生まれたばかりの父の猟犬に名前を付けて欲しいと頼まれたことがありました。いずれ人間の名付けをする時に備え、予行演習のつもりだったのでしょう」

「ふんふん」

「優秀な父犬ギデオン号のように強い猟犬に育って欲しいとのことでしたので、父犬にちなみ、『スーパーストロングギデオン二号《セカンド》』と名付けたら、お前は人間に名付けるのだけはやめておけと真顔で忠告されました」

「…ぶ…っ、く、……あはははははは！」

　笑いの衝動を堪《こら》えきれず、フレイは椅子から転げ落ちそうな勢いで笑い出した。ルベドはどうにか耐えているが、口元を押さえ、時折ぷるぷると震えている。

　生真面目なジョセフのことだから、本気で悩み抜いて名付けたのだろう。なのに結果がこれだなんて、ジョセフの父親は頭を抱えたに違いない。

「私は今ほど、この男が創造主でなくて良かったと思ったことはありません」

「ぶふふ…、そ…っ、そう、だな…」

ルベドがしみじみと呟《つぶや》き、フレイは噴き出しながら頷《うなず》いた。ジョセフが創造主なら、ルベドの名前はスーパーストロングジョセフ二号とかになっていた可能性が高い。

「…やはり、お話しする必要は無かったのでは？」

不本意そうなジョセフの表情がおかしくて、フレイは腹を抱え、また大笑いしそうになるのを必死に堪えた。

「必要あったよ、すごくあった」

「本当ですか？」

「本当、本当。俺も名付けはあんまり得意じゃないけど、下には下が居るんだってわかってちょっと安心出来たもん。……ありがとう、ジョセフ」

礼を付け足すと、ジョセフの目が見開かれた。白い頬がほんのり紅《あか》く染まった気がして、もっとよく見ようとしたら、ふいっと顔を背けられてしまう。

「お役に立てて光栄ですが、今日じゅうに全員を名付けたいのなら、時間の余裕はございませんよ」

「そうだった。…ルベド、紙の在庫を出して」

ルベドの収納から丈夫な紙を出してもらい、必死に頭を回転させてひねりだした名前を書き付けていく。大笑いでいい感じに力が抜けたのが良かったのか、昼食の頃合いには全員分が決まっていた。

「や、……やったあああ！」

「おめでとうございます、フレイ様。お疲れさまでした」

お茶と茶菓子を差し入れたり、肩や首をマッサージしながら見守っていてくれたルベドが腕を広げる。

迷わずその胸に抱き付き、フレイは馴染《なじ》んだ匂《にお》いを堪能した。ジョセフは行き詰まるたび名付け黒歴史秘話をねだられるのに辟易《へきえき》したのか、王宮の様子を窺《うかが》いに行っている。

机に散らばる紙を一瞥《いちべつ》したルベドが感心したように尋ねた。

「シルヴァ、シトリ。…これは最初に魔法薬を飲んだ銀髪のホムンクルスと、二番目に飲んだ黄色の髪のホムンクルスの名ですか？」

「…わかる？」

「はい。あの二人の特徴をよく捉《とら》えていますからね」

シルヴァは古い言葉で『銀』を意味する。シトリは黄水晶《シトリン》から取ったもので、それぞれの核が由来だ。単純すぎるかなとも思ったが、ジョセフよりはましだと割り切った。

「結局みんな核にちなんだ名前にしたんだけど、気に入ってもらえるか心配で」

「創造主から名を与えられ、喜ばぬ者など居りません。ましてや世界最高の錬金術師たるフレイ様から頂いた名。みな感涙にむせび泣きながら頂戴《ちょうだい》するに決まっております」

相変わらずルベドはフレイに甘い。フレイは苦笑し、押し当てたままの頬を何度も擦《す》り付ける。

「…ルベドは？　名前、気に入ってくれてる？」

「むろんのこと。貴方が命の次に下さった宝物ですから」

——ですが。

わずかに低くなった声音は昨日の行為を思い出させ、ぞくんと背筋が震えた。

「少々、妬《や》いております」

「や、…妬く？」

「ええ。私のフレイ様が私以外のホムンクルスに名を与えられ、愛《め》でられることに」

ねちゅ…、と熱い舌がフレイの首筋をなぞる。昨夜さんざん味わわされた蕩《とろ》ける感覚に酔いそうになった瞬間、詰まった襟をかき分けられ、うなじに鋭い痛みが走った。

「あぁっ…」

「——どうか、おっしゃって下さい。私は貴方のものだと…貴方が一番に愛でるホムンクルスはこの私だと」

舌はうなじを執拗《しつよう》に這《は》い、甘やかすように舐《な》めたかと思えば鋭い痛みを与える。快感と痛みはしだいに溶け合い、服に隠れた肌までも火照《ほて》らせていく。

「…お前は、俺のもの…」

うっとりと囁《ささや》けば、舌は甘さを増した。

粘ついた動きにねだられ、フレイはさえずる。

「ルベドは俺の特別だよ。お前より強くて優しくて綺麗な人なんて、どこにも居ない…」

「あぁ……」

ルベドが鍛えられた長身をぶるぶると歓喜に震わせる。

「もっと…、もっとです、フレイ様…」

「俺のルベド…、大好きなルベド、俺の、俺だけのルベド…」

「フレイ様……！」

感極まった叫びと共に、今までで一番強い痛みがうなじに刻まれる。それはフレイに苦痛ではなく、全身の血が沸騰するような快楽をもたらした。

……嘘《うそ》、こんな……。

信じられない。こんなにあっけなく股間《こかん》が熱くなってしまうなんて。

ルベドに素肌を愛でられているから、感じやすくなってしまったのだろうか。羞恥《しゅうち》のあまりそっと隠そうとした手は、ルベドの大きなそれに捕らわれる。

「何故、隠されるのですか？」

「ルベド…、だって……」

「恥ずかしがらないで。ここがお元気なのは、お身体が健全な証《あかし》なのですから…」

ルベドはそっと離れると、フレイの椅子の向きを変え、その足元にひざまずいた。深紅の瞳に促され、フレイはおずおずと両脚を開く。

「愛《いと》しいフレイ様……」

妖《あや》しく微笑《ほほえ》んだルベドがフレイのズボンをくつろげ、下穿《したば》きから肉茎を取り出した。

「……ぁ、あっ」

熱い粘膜に包まれ、肉茎はぶるんとわなないた。押し寄せてくる絶頂の波をどうにかやり過ごそうと、フレイは腰に力を入れる。

「あ…っ、あ、ルベド、…ルベドぉ…」

だが肉厚な舌は堪え性の無い肉茎を巧みにあやし、いい子いい子と撫《な》でるように舐めしゃぶり、快楽を引きずり出していく。何とか止めたくてルベドの頭を太ももで挟み込んだら、じゅるるっと先端を強く吸い上げられた。

「あ、あぁぁ、……っ！」

しなる背中を背もたれに預け、フレイは絶頂へ押し上げられた。先端から溢《あふ》れ出た蜜《みつ》は残らずルベドに受け止められ、残滓《ざんし》さえも吸い取られていく。

――フレイ様。

陶然と見上げる深紅の瞳にねだられたような気がして、フレイは肉茎に喰らい付いたままのルベドの頭を撫でてやる。

歓喜を弾《はじ》けさせ、ルベドは萎《な》えた肉茎をゆっくりと解放した。濡《ぬ》れて淫靡《いんび》な艶《つや》を纏《まと》う唇を見詰めていると、昨夜の記憶がよみがえる。恍惚《こうこつ》の疼《うず》きを帯びて。

『……貴方を愛しているから、ですよ』

ルベドがフレイの素肌に触れるのは、五十年もの間、時を止めていた身体を心配してのことだと…それ以外の意味は無いと思っていた。けれどフレイに注がれる眼差《まなざ》しに、指先に、唇に込められた焦がれるほどの熱は…。

「ありがとうございます、フレイ様。生きていて下さって…私のそばに居て下さって」

「ル、ルベド…」

「また蜜が溢れそうになったらすぐおっしゃって下さいね。五十年も時を停止させていた肉体がよみがえったのは、前例の無いこと。我慢して負荷を重ねれば、未知の病に侵される可能性もありますから」

「えっ…」

肉茎を撫でながら警告され、胸を満たしていた陶酔は霧散した。大切なそこが病気で無惨な状態になってしまったところを想像し、フレイは股間を縮こませながら頷く。

「わかった。すぐに言うよ」

「……くそ、やっぱりちょろ可愛《かわい》い」

「うん？」

「何でもありません。…さあフレイ様、そろそろ昼食の時間です。ホムンクルスたちも集まっているでしょうから、食堂へ参りましょう」

微笑んだルベドが自分とフレイに浄化の魔術をかけ、ズボンを元に戻すと、フレイを片手で軽々と抱き上げる。

……俺を愛しているから、嫉妬《しっと》されると嬉《うれ》しいって言ってた。

食堂まで運んでもらう間、フレイはルベドにもたれながらさっきの感覚を反芻《はんすう》する。

……だったら、俺がルベドに触れられて嬉しいのは……？

「フレイ様？」

立ち止まったルベドがフレイを気遣わしげに見下ろす。フレイのごくささいな異常に気付いてくれるのも、フレイが創造主だからなのに。誰よりも強い絆《きずな》で結ばれた我が子だからなのに。

どうかしてしまったのだろうか。

「…大丈夫。何でもない」

艶めいたその唇に、口付けたいと思ってしまうなんて。

昼食の前にフレイがそれぞれの名前を記した紙を配ってやると、ホムンクルスたちは跳び上がらんばかりに喜んでくれた。

「名前…これが私の…」

「もう数字で呼ばれなくていいんだ…！」

「なあ、お前の名前は？　俺は……」

みな大切そうに名前の紙を抱き締め、互いに名乗り合ったり、踊り出したり、喜びのあまり失神する者まで出てしまった。心配になったが、これほど喜んでくれるのなら頑張った甲斐《かい》があるというものだ。

「きっとジョセフも浮かばれるな」

「フレイ様、残念ながらあの男はまだ生きていますよ」

子どものようにはしゃぐホムンクルスたちを、ルベドと軽口を叩《たた》きながら見守る。好きなだけ騒がせてやりたいが、そろそろ切り上げなければせっかくの昼食が冷めてしまうだろう。

「みんな、席に着いて」

ぱんぱんとフレイがてのひらを打ち鳴らすと、ホムンクルスたちは素直に従った。フレイの号令で揃《そろ》って『いただきます』をする仕草も、フォークやスプーンを操る手付きもひどくぎこちない。

それも当然。朝食の時に判明したのだが、彼らは創り出されてから今までろくに食事を摂ったことが無かったのだ。フレイは錬金術師たちをさんざん罵《ののし》りながら、ほぼ初めて食事をする彼らのため食べやすいものを作り直すはめになった。料理を担当したのはフレイではなく、調理用に創った猫型ゴーレムたちだが。

「オ代ワリ、ドウゾ」

「タクサン、食ベル」

猫型ゴーレムたちは長靴を履いた後ろ足だけで器用にテーブルの間を歩き回り、ホムンクルスたちの皿に隙《すき》あらばパンや主菜を追加していく。腹がはち切れそうになるまで食べさせろ、というフレイの命令を忠実に実行しているのだ。

昼食の献立はふわふわの白パンにやわらかく煮込んだ鶏肉のシチュー、温野菜のサラダである。朝食はマッシュポテトに蜂蜜《はちみつ》入りのホットミルクという病人仕様だったので、だいぶ豪華になった。

「どう？　身体におかしいところは無い？」

「手足がぽかぽかとして、全身が今までより格段になめらかに動くようになりました。鈍かった思考も鮮明になりましたし…ひょっとして魔法薬でも混ぜられているのでしょうか？」

ルベドがちゃんと食事を出来ているから心配無いとは思うが、念のため聞いてみると、代表してシルヴァが答えてくれた。期待の眼差しにフレイは居たたまれなさを感じる。

「…それ、たぶん食事をしたからだと思う」

「何と…食事とはすごいものなのですね。ただ胃に食物を入れるだけで、これほど身体能力が強化されるとは…」

シルヴァも他のホムンクルスたちも驚き、嬉しそうに笑っているが、フレイはますます居たたまれなくなった。生活の基本である食事すら与えられず、過酷な環境で酷使されてきたホムンクルスたち。彼らをそんな目に遭わせた元凶は…。

「貴方ではありませんよ」

ルベドが背後からそっとフレイの肩に触れ、耳元に唇を寄せた。

「彼らを虐げたのは彼らの創造主たる錬金術師たちであり、錬金術師たちに彼らを創らせたのはこの私です。貴方は何も悪くない」

「…ルベド、でも…」

「彼らにとってフレイ様こそが真の創造主、偉大なる神なのです。貴方の命令ならば、どのようなことでもためらわずに遂行するでしょう」

熱っぽく囁かれ、フレイは改めて責任の重さを痛感する。アステリア州軍を撃退するには、ホムンクルスたちの力が必要不可欠だ。彼らを生かすも殺すもフレイ次第である。全員が生きて解放されるよう、全力を尽くさなければならない。

昼食を終えると、フレイは猫型ゴーレムたちに命じ、魔法薬のビンを配らせた。名前を考える合間に創っておいたものだ。

「これは…？　強い魔力を感じますが…」

ホムンクルスたちを代表し、シルヴァが問う。元々素質があったのか、リーダー的な存在になっているようだ。隣に控えるシトリはその補佐役か。

「回復の魔法薬。それを飲めば核のひびが修復され、損なわれていた器官も治癒《ちゆ》される」

朝食前にホムンクルスたちの健診をしたら、案の定ほとんどの状態が最悪に近かった。人間にたとえるなら過労死の一歩手前だ。ひどい者は核にひびが入ってしまっていた。

「……」

「あっ、もちろん蓄積した疲労までは回復しないから、すぐに動き回らないで。一時間は様子を見て欲しいんだけど」

慌てて付け加えるが、ホムンクルスたちは何故か驚愕《きょうがく》の表情のまま固まっている。助け船を出してくれるのは、もちろんルベドだ。

「フレイ様。ホムンクルスの核を修復する手段は、いまだどの国においても発見されておりません」

「…えっ?」

「核を修復してまで同じホムンクルスを使役しようという者が居なかったのです。損なわれればまた新しいホムンクルスを買えばいいだけですから」

ルベドはフレイの疑問を先回りして教えてくれる。

この国…いや、この世界にとって、ホムンクルスたちはあくまで使い捨ての道具なのだ。悲しい事実を、彼ら自身が受け容れてしまっている。フレイにとってはそれが何よりも悲しい。

「ありがとうございます、フレイ様」

「お気持ち、ありがたく頂きます」

シルヴァとシトリが微笑み、魔法薬を呷《あお》る。他のホムンクルスたちも迷わず続き、あちこちで驚嘆の声が上がった。

「だるさが消えた……！」

「ほとんど動かなかった腕が、動くぞ⁉」

その場で跳びはねる者、信じられないとばかりに我が身を見詰める者、抱き合って喜ぶ者。

魔法薬は十二分に効果を発揮してくれたようだ。彼らの姿を見ていると、フレイまで嬉しくなる。

「…フレイ様、お身体は大丈夫なのですか？」

シャツをめくり、綺麗《きれい》になった肌を見せてくれていたシルヴァが眉宇《びう》を曇らせる。隣でシトリも頷いていた。

「この魔法薬、かなりの魔力が込められていますよね。それを百人分も調合されたら、相当の魔力を消耗されたのでは…」

「え？　いや、何ともないけど」

魔力を消耗しすぎると貧血のような症状に陥り、さらに消費すれば昏倒《こんとう》し、ひどい場合は死にいたるが、だるさすら感じていない。フレイは証拠に軽く跳んだり、手を握ったり開いたりしてみせる。

「あく、……ルベドどの？」

「おっしゃる通りだ」

しかしシルヴァはルベドが肯定して初めて安堵《あんど》の息を吐く。どうしてフレイを信じてくれないのか。そして今、また悪魔と言いかけなかったか。

「フレイ様はいかに強大なお力をお持ちか、自覚なさっていませんので…」

シトリが気まずそうに黄色の髪を掻《か》き、他のホムンクルスたちもうんうんと首肯した。

……何で？

首をひねらずにはいられない。フレイはただ普通に錬金術を使っているだけなのに。

疑問は尽きないが、いつまでも考え込んではいられない。フレイはルベドに抱いてもらい、転移の術で研究室に移動する。


――フレイとルベドの居なくなった食堂で。

「あれは本当に紅い悪魔なのか？」

「あんなモノが二人も存在するはずはないが……」

シルヴァとシトリは首を傾《かし》げていた。彼らにとってルベドは同じホムンクルスではなくもっと高次の、そして得体の知れない存在だ。

『今こそお前たちの存在意義を発揮する時だ。フレイ様のため、全力で人間どもに抗《あらが》え』

人間の指揮官のもとで酷使されていたシルヴァたちの前に初めてルベドが現れた時、この男にだけは絶対に逆らってはならないと本能で理解した。ついさっきまで服従していた人間ども相手に、死に物狂いで戦った。

だが誰よりも人間どもの命を奪ったのは、間違い無くルベドだ。

ルベドが優雅にすら見える動きで剣を一閃《いっせん》するたび、攻撃魔術を放つたび、屍《しかばね》の山が築かれた。ルベドの前では魔術を操る騎士すら塵芥《ちりあくた》に等しい。無様に逃げ回り、命乞いする彼らに同情すら覚えた。

『悪魔だ……』

最初にそう呟いたのは誰だっただろう。ホムンクルスたちか、逃げまどう民衆か、騎士たちか。シルヴァもシトリも覚えていないが、ぴったりだと誰もが思ったからこそ、ルベドは呼ばれるようになったのだろう。紅い悪魔と——畏怖《いふ》を込めて。

彼の目的が人間どもを根絶やしにすることでも王国の支配者となることでもなく、創造主をよみがえらせることだったと知れた時は驚愕したものだ。深紅の双眸《そうぼう》に何の感情も宿さず、淡々と人間どもの命を刈り取っていった悪魔が誰かにかしずくなんて想像も出来なかったから。

たとえ創造主相手であっても。

だが今ではみな納得している。フレイの前では悪魔も天の御使いと化し、その愛情を乞うだろうと。

フレイはルベドを、世界で最初の人型ホムンクルスを創り出した偉大なる錬金術師。メルクリウスの寵児《ちょうじ》なのだ。そして全てのホムンクルスの創造主でもある。

シルヴァやシトリを創り、すぐに売り飛ばしたエセ錬金術師とは違う。あのお方こそが本当の創造主なのだと思うだけで、無いと思っていた心が温かくなる。

自分たちが集められたのは、アステリア州軍…大陸一の大国、カマル帝国の擁《よう》する軍と戦うためだという。愚かなアルバート王の尻拭《しりぬぐ》いをさせられるのだ。しかもフレイに王国を救って欲しいと厚顔無恥にも頼み込んだ宰相ジョセフは、五十年前、教会によるフレイ暗殺に協力したという。

どこまでも身勝手な人間どものために戦うなんてまっぴらだが、フレイの望みならば。

あの方が喜んでくれるのなら。

「……どんな敵とだって、全力で戦ってみせるさ」

シルヴァの決意に、全員が力強く頷いた。

「――申し訳ありません、殿下…」

フレイが研究室に戻ると、待ち構えていたジョセフが腕輪の嵌《は》まった腕を押さえながら頭を下げた。その背後にはぼろぼろに錆《さ》びた剣や槍《やり》などが山のように積まれ、熊ゴーレムたちがやり遂げた顔で立っている。

「イッパイ、運ンダ」

「頑張ッタ」

「あ、ああ、うん…えらかったね…」

フレイはえへんと胸を張る熊ゴーレムたちの頭を撫で、ご褒美《ほうび》の魔力も与えてやる。熊ゴーレムたちには荒れ果てた庭園の整備を命じているが、ルベドやジョセフ、ホムンクルスたちから頼みごとをされれば手伝ってやるよう命じておいたのだ。

満足した熊ゴーレムたちが菜園に戻っていくと、ルベドがジョセフを冷ややかに一瞥した。

「それで、このがらくたの山は何なのですか？」

「…アステリア州軍との戦いを殿下とホムンクルスたちに押し付けるのです。物資くらい用意するのは当然と思い、昨日の時点で御用商人に最上の武器と糧食、それと軍馬を運び込むよう命じておいたのですが…」

さっきジョセフが王宮へ戻ったところ、すでに命令通りの物資が届けられていた。そこでジョセフはさっそく王宮の兵に物資を運ばせようとしたのだが、思わぬ邪魔が入った。大量の物資が搬入されたと聞き付けたアルバートだ。

『王宮の資金で購入したということは、すなわち王たる俺のものであろう。お前たち、全て王宮へ運び込め』

『お待ち下さい、陛下。これらはアステリア州軍撃退のため、第三王子殿下に…』

『あの呪《のろ》われた王子が敗れ、アステリア州軍がこの王都へ攻め込んで来たら、王の身を守るため最上の武器が必要であろう！　安心しろ、代わりはちゃんとくれてやる！』

アルバートはめちゃくちゃな理屈をこねて物資を横取りし、代わりに押し付けたのがこの錆びた武器の山だった…ということらしい。王宮の兵がジョセフの手伝いも禁じられたため、熊ゴーレムたちに協力してもらいどうにか運び込めたというお粗末ぶりだ。

「……馬鹿なの？　いや馬鹿なんだよな、馬鹿だから今こんなことになってるんだよな。馬鹿に塗《ぬ》る薬、錬金術で何とか創れないかな……」

「それより、ひとっ走りして近衛《このえ》騎士団を全滅させて参りましょう。己の身を守る者が居なくなれば、馬鹿も多少はわきまえるかと」

ルベドの提案に思わず頷きたくなるが、フレイは首を振った。

「馬鹿を相手にする時間がもったいないよ。いつアステリア州軍が攻め込んでくるかわからないんだから、急がないと」

「……フレイ様がそう仰《おお》せになるのなら」

「そんな顔しないで、ルベド。大丈夫、俺にはお前と錬金術があるんだから」

それに馬鹿も使いようだ。アルバートは嫌がらせのつもりで兵士の使い古しを押し付けたのだろうが、仮にも王宮に納品されたのだから品質は高いはずである。

「…殿下。私を処罰されないのですか？」

「え、処罰？　何で？」

神妙な顔のジョセフに申し出られ、フレイはきょとんとしてしまった。ルベドがすかさず助言してくれる。

「この無能な男はフレイ様にむちゃな願いを押し付けた身でありながら、最低限の物資さえまともに調達出来なかったのです。処罰を受けて然るべきかと」

「うーん…でも馬鹿に横取りされただけで、調達自体は出来てたんだよね。かなりの量の物資だったはずなのに、御用商人に一晩で用意させられたのはジョセフだからでしょ。それはすごいことだと思うんだけど、違うの？」

虚をつかれたように見開いた目を、ジョセフはすぐに逸《そ》らした。

「だとしても…最終的に殿下のもとへお届け出来なかったのなら何の意味もありません。何らかの処罰は必要だと考えます」

「えええええ…」

フレイに咎《とが》める気は無いのに、罰を与えない限りジョセフは引き下がりそうにない。どうしたものかと悩み、フレイはぱっと閃《ひらめ》いた。

「じゃあ、厨房《ちゅうぼう》の猫ゴーレムたちを手伝ってきて」

「…厨、房?」

「あ、料理しろってわけじゃなくて、何日分かの献立を考えてゴーレムたちに教えて欲しいんだ」

調理用に創られた猫ゴーレムたちはどんな料理でも可能だが、献立を考えられないという致命的な欠陥がある。任せておくと土のスープやら木の枝の煮込みやら、とんでもないものが出来上がってしまうのだ。

ゆえに前もってフレイが献立を指示しておく必要があるのだが、毎食内容がかぶらないよう考えるのはなかなかに面倒だった。ジョセフに丸投げ出来るのならしめたものだ。

「それが、罰なのですか?」

「駄目? 罰にならない? じゃあ、皿洗いも追加するけど」

高位貴族が自ら家事労働をするのは恥だとされるから、じゅうぶん罰になると思ったのに、ジョセフは複雑そうな表情で黙ってしまった。

「……承知しました。殿下の仰せなら、罰を受けて参ります」

やがて諦めたように息を吐き、ふらふらと去っていく後ろ姿には哀愁と疲労が色濃く漂っている。可哀想に、馬鹿の相手をしたから疲れたのだろうか。

「だいぶやられたようですね」

ぼそりと呟くルベドに、フレイもうんうんと頷いた。

「わかるわかる。馬鹿の相手って頭をやられるよな」

「いえ、あの愚王ではなく…」

深紅の双眸が意味ありげにフレイを見下ろす。元凶はアルバートではなくフレイだと言いたいのだろうか。

「やっぱり、皿洗いはひどすぎた？　床掃除とかの方が良かったかな」

「……、……クソ可愛い小悪魔が」

ぼそりと吐き捨てられた一言は小さすぎ、よく聞こえなかった。

フレイが聞き直す前に、ルベドは錆びた武器の山に向き直る。聡明《そうめい》なルベドは、フレイに命じられるまでもなく、己のすべきことを理解している。

「そんなことより、早くこれらを処理すべきなのではありませんか？」

「そうだった。…じゃあルベド、お願い」

「かしこまりました」

優雅に一礼したルベドが、錆びた武器の山に時間遡行《そこう》の魔術を行使する。物質の時間だけを遡《さかのぼ》らせ、在りし日の姿を取り戻させる失伝魔術だ。生物には効かないため、老人を若返らせたり、死者をよみがえらせることは不可能だが、無生物には比類無き効果を発揮する。

「ふわぁぁ……！」

光に包まれた武器はたちまち錆びの落ちた新品に戻り、フレイは目を輝かせた。思った通り、素材も細工も一級品だ。

フレイはルベドの手を握り、ぴょんぴょんと何度も跳び上がる。

「すごい、すごいよルベド！　ありがとう！」

「ありがたきお言葉。これならフレイ様のお役に立てそうですね」

ルベドが嬉しそうに微笑んだ。そう、このままでもじゅうぶん実戦に耐えるだろうが、ここからが錬金術師の腕の見せどころである。

「偉大なるメルクリウスよ。永遠と刹那《せつな》を司《つかさど》りし汝《なんじ》が御手をもて、我が魔力と鉄《くろがね》を結び付けたまえ」

魔力で錬成した魔法錬金釜《マジックアタノール》に新品の剣を投入し、ルベドが保管しておいてくれた自前の魔力《ミスリ》銀《ル》や宝玉、融合させるための中和剤などを加えていく。配分は完全に勘だ。

……レシピを思い浮かべれば、最高の配分が閃くものだよな。

世の錬金術師が聞いたら驚きで引っくり返りそうなことを考え、うなじが熱を帯びるのを感じながら、フレイは注ぐ魔力を調整する。

やがて錬成が終わり、魔法錬金釜から現れたのは刀身に魔力銀の彫刻が施された剣だ。柄にはルビーが嵌め込まれている。魔力をこめた武器、魔法武器だ。魔力を持つ錬金術師だけが創り出せる。

ルベドが賛嘆の声を漏《も》らした。

「素晴らしい……炎の剣ですか」

「うん、そう。振ってみてくれる？」

請われるがまま、剣士としても一流のルベドは剣を一閃してくれる。

すると剣の先から炎の弾が発射され、壁にぶつかった。研究室の壁と床は防御魔術がかけられているので無傷だが、喰らったのが人間ならひとたまりもあるまい。

「うん、よし。予想以上の出来栄えだな」

錬金術によってルビーにフレイの魔力と火焔《かえん》魔術の術式を付与し、刀身に刻んだ魔力銀を回路として炎の弾を発射させる仕組みだ。これなら魔力を持たない者でも攻撃魔術を使うことが出来る。人間以上の身体能力を有するホムンクルスたちが使えば、一騎当千の働きを見せてくれるに違いない。

次は槍、さらに次は弓、ついでに馬も…とあれこれ魔法武器に錬成していると、シルヴァとシトリが連れ立って現れた。

「フレイ様、失礼しま……、…す…」

フレイの私室以外はどこでも自由に出入りしていいと言ってあるのに、何故か二人は入り口で硬直する。

「どうかしたか？」

「いや…、その、あく…ルベドどのが…」

頬を染めたシルヴァがちらちらと窺うのは、フレイを背後から抱きかかえたルベドだ。フレイはその逞《たくま》しい胸に背を預け、錬成を続けている。

「フレイ様は夢中になると限界を忘れてしまわれるので、こうしてお支えしなければならないのだ」

「うっかり魔力を使いすぎて倒れて、頭を打ちそうになったことが何度もあるんだよね」

平然と告げるルベドにフレイも同調するが、シルヴァはいっそう頬を紅く染める。

ぽん、とシトリがその肩を叩いた。

「な、やっぱりそういうことなんだよ。お前もホムンクルスならわかるだろ」

「でも、フレイ様は創造主で…」

「フレイ様は偉大なお方だ。その才能と同じくらい、器も大きいのだろう」

「……お前たち、何の用だ？」

何やらひそひそと話していた二人は、ルベドに睨まれ、しゃきんと姿勢を正した。

「食事が終わりましたので、次のご命令を承りに参りました」

「何も命じられなかったら休んでいていいよ、って言ったのに」

「それはそうなのですが、なにぶん何の目的も無く過ごすという経験が無いもので…」

自由時間を持て余した末、フレイの手助けをしたくて来てくれたのだそうだ。フレイはまた泣きたくなったが、せっかく手伝いに来てくれたのを追い返すのもしのびない。

「ちょうどいいや。そこの武器の中から、好きなのを選んで使ってみてくれない？」

「え、これは…魔法武器…!?」

山と積まれた武器の山に、二人はあんぐりと口を開けた。

「こ、これはいったい、何のために…」

「お前たちのために決まってるだろ。危険な戦いに付き合わせるんだから、これくらいはしないと」

「私たちのために……？」

二人は触れるのもためらう様子だったが、フレイが何度も促すとようやく武器を選んだ。シルヴァはエメラルドの嵌め込まれた槍、シトリはトルマリンをあしらった剣だ。槍には風の、トルマリンには雷の術式が組み込まれている。

「あ、そうだ。せっかくならあっちと一緒に試してもらおうかな。…どう？　ルベド」

「良きご思案かと。ならば、広い場所の方がいいでしょうね」

ルベドが転移の術を発動させ、全員を庭園に移動させる。熊ゴーレムたちが頑張ってくれたおかげで生い茂っていた雑草は除去され、広々とした訓練場に生まれ変わっていた。

「これが転移の術…四人を一度に移動させるなんて…」

「どれだけ魔力が……」

呆然《ぼうぜん》とする二人には構わず、ルベドは収納から巨大な鋼鉄の馬を取り出す。魔力機関を搭載し、より複雑な意志疎通が可能になった馬型ゴーレムだ。魔法武器を創る合間に思い付き、試作してみたものである。

魔力によって二十四時間休まず走り続けられる上、火にも矢にも怯《ひる》まず、普通の馬は走行不可能な場所も駆け抜けることが出来る。跳躍力もけた違いで、ちょっとした絶壁くらいなら一跳びで乗り越えるだろう。

「……まさか、これも我らのために?」

恐る恐る尋ねるシルヴァに、フレイは自信満々で頷く。

「もちろん！　…あ、乗馬の経験が無くても大丈夫だよ。乗った者の意志を読み取って動いてくれるから」

「いや、私が申し上げたいのはそのようなことではなく…」

反論の途中でシルヴァは何かを諦めたような顔になり、溜息を吐いた。ぽん、とまたシトリがその肩を叩く。

「…では、私が試してみましょう」

シトリはトルマリンの剣を持ったまま器用にゴーレム馬にまたがった。ヒヒンといななき、ゴーレム馬は走り出す。

「…お、おおおっ…！」

疾風のような速さにもかかわらずゴーレム馬の走りは安定しており、乗り手を振り落とすことは無い。おっかなびっくりだったシトリもだんだん余裕が出てきたのか、設置されていた等身大の藁《わら》人形の的にトルマリンの剣を振り下ろした。

ドンッ、と轟音《ごうおん》をたて、剣先からほとばしった雷が藁人形を粉砕する。

「……、すごい……！」

固唾《かたず》を飲んで見守っていたシルヴァが興奮の面持ちでフレイを振り返った。いいぞ、と頷いてやると、手近な藁人形に向かって鋭い突きをくり出す。

穂先から生じた風は無数の刃と化し、藁人形をこっぱみじんに切り刻んだ。

「使い心地はどう？」

「まるで長年の得物のように手に馴染みます。…こんな…、こんなすごい武器を、本当に私が使ってもいいのですか？」

「当たり前だよ。お前たちのために創ったんだから」

「……私たちの、ために……」

シルヴァは項垂《うなだ》れ、槍の柄をきつく握り締める。そこへ他のホムンクルスたちがわやわややって来た。雷の音が室内にも届いたようだ。

回復の魔法薬を飲んだばかりなのだから休んでいて欲しかったが、来てしまったのなら付き合ってもらおう。

「お前たちも…」

「……お待ち下さい、フレイ様」

ルベドに収納から魔法武器を出してもらい、選ばせようとしたフレイをシルヴァが止める。

アクアマリンの瞳には、さっきまでは無かった決意の光が宿っていた。

「お手数かと思いますが、どうかフレイ様から彼らに与えてやって下さい」

「…え、でも…」

フレイは武術はからきしなので、誰にどの武器が合うのかはわからない。とまどってルベドを見れば、深く頷かれる。

「フレイ様、ぜひ。私からもお願いします」

「……、ルベドがそう言うのなら……」

困惑しつつも、フレイは整列するホムンクルスたちの前に立つ。

ホムンクルスたちはルベドをちらちら窺いながらも魔法武器を受け取り、全員に行き渡るや、ざっとひざまずいた。

「我ら一同、主人より賜《たまわ》りし至宝をもち、いかなる敵をも打ち払うと誓います！」

熱のこもった百対の瞳が突き刺さる。

王族は自分の騎士団を持つのが慣例だが、異端とさげすまれる王子にその機会は訪れなかった。常にかしずき、傍に居てくれるのはルベドだけだった。

それでいいと思っていた。ホムンクルスたちも、彼らに不遇の生を押し付けてしまった責任を取るだけのつもりだった。

でも今、胸にこみ上げる熱い気持ちは――。

「……ありがとう、みんな。アステリア州軍との戦い、絶対に勝とう！」

「おおおおお――――っ！」


――青い空にホムンクルスたちの雄叫《おたけ》びがとどろいた時、厨房で律義に皿を洗っていたジョセフはへなへなと床にしゃがみ込んだ。

「大丈夫？」

「オ薬、要ル？」

さっと駆け寄ってきた猫ゴーレムたちが割れた皿を片付けたり、フレイから預かったのだろう魔法薬のビンを差し出したりとかいがいしく世話を焼いてくれる。

ジョセフはつかの間手首に食い込む棘《とげ》の激痛も忘れ、苦笑してしまった。自ら手伝いを申し出てくれた熊ゴーレムたちといい、創造物は創造主に似るのかもしれない。だとすれば何故あの甘すぎるくらい優しいフレイからルベドが生まれたのか。メルクリウスのいたずらとでもいうのだろうか。

ありうる、かもしれない。

メルクリウスの寵児。それは全能神ソティラスを崇める王国において少なからぬ侮蔑《ぶべつ》も含んだ賛辞だが、正鵠《せいこく》を射ていたのだと思い知らされる毎日だ。

フレイは神に愛された。神が愛さずにいられないほど強く清らかな魂の主だった。

そうでもなければ信じられない。自分の暗殺に協力した人間を奴隷のごとく酷使するのならまだしも、いちいち気遣い、こんな罰とも呼べない罰を与えるなんて。

「…大丈夫だ。少しすれば治まるから、薬も必要無い」

うずくまったまま告げれば、猫ゴーレムたちは心配そうにしつつもそれぞれの仕事に戻っていった。人間のてのひらくらいの大きさのぷにぷにした肉球が包丁を持ち、じゃがいもの皮を剝《む》いたり玉ねぎをみじん切りにしていく光景は何度見ても手品のようだ。

「く……」

視界がゆがむ。いつもならそろそろ抜けるはずの棘は骨に達するほど深く刺さり、血と魔力をずるずると吸い上げていた。かつてないほどの激痛はジョセフの良心の痛みをそのまま表している。

厨房まで届いた歓声。きっとフレイがまたホムンクルスたちの忠誠を得たのだろう。人間に虐げられていた彼らが人間のために戦わされるなんてまっぴらのはずなのに、あの異様なまでの士気の高さは、創造主だから。それだけではありえない。

痛みと共によみがえる、苦い記憶。

ジョセフがどれほど無謀さを説こうと、アルバートはアステリア州への出兵を断念しなかった。むしろ嬉々《きき》として出陣し、数多《あまた》の兵を失って惨めに敗走してきた。

失われた兵は表向きには戦死だとしてあるが、半数は帝国軍相手に勝てるわけがないと恐れをなし、行軍中に逃げ出してしまったのだ。残る半数で精強な帝国軍に挑んだのだから、勝てるわけがない。

『貴様が止めなかったから、天下に恥をさらしてしまったではないか！』

命からがら帰還したアルバートは開口一番ジョセフに怒鳴り散らした。王と近衛騎士団だけでも助かったのは、敗走を知ったジョセフが救援部隊を差し向けたおかげだったのに。

もしもアルバートにフレイの半分、いや十分の一でも求心力があれば、結果は違っていただろう。負けるにしてもあれほどの兵を失わずに済んだに違いない。もっともフレイなら、いたずらに犠牲を出すだけの出兵など決して許さなかっただろうが。

『……ありがとう、ジョセフ』

乞われるがまま思い出話を披露しただけで礼を言われた。

『うーん…でも馬鹿に横取りされただけで、調達自体は出来てたんだよね。かなりの量の物資だったはずなのに、御用商人に一晩で用意させられたのはジョセフだからでしょ。それはすごいことだと思うんだけど、違うの？』

成果を出せなかったのに、評価してくれた。

「愚かな……」

クリフォードでもダグラスでもアルバートでもない。

自分こそが一番の愚者だと、ジョセフは血の滴る腕を握り締めながら嗤《わら》った。

真夜中の王宮。

王とごく親しい親族しか招き入れられない小部屋で、アルバートは渋面のまま酒杯を重ねていた。

フレイたちが離宮に住まうようになってはや十日。自分よりもはるかに若い…幼くすら見える叔父とホムンクルスたちの動向は、ひそかに忍び込ませた密偵によって随時報告されている。

…密偵の存在はとうに看破されており、ただルベドが泳がせているだけだということを、アルバートは知らない。

「くそ…、死にぞこないの異端が…」

エリクサーの献上を断られてからというもの、アルバートの頭を埋め尽くすのは不安と不満ばかりだ。

聖印を盾に優位に立とうとした教会が失敗したと聞き、武器と馬を供給しなければさすがに泣き付いてくるだろうと思ったのに、フレイは邪法でアルバートの策略をしのいだ。

ルベド――ホムンクルスたちを扇動したというあの紅い瞳の異様なホムンクルスも気に入らない。ソティラスの血を一滴も引かぬ創られた命の分際で膨大《ぼうだい》な魔力を宿し、魔術師としてフレイを助けている。

魔法武器とゴーレム馬で武装したホムンクルスたちと、強力な攻撃魔術を放つルベドが揃ったら、寡勢でも本当にアステリア州軍を撃退してしまうかもしれない。ソティラス王国としては喜ばしいが、アルバートとしては避けたい事態だった。

何でもいいからフレイの弱みを握って優位に立ち、ルベドやホムンクルスたちをアルバートの指揮する王都騎士団に組み込む。アステリア州軍とはフレイたちに戦わせる。そして勝利の栄誉はアルバートが丸取りし、フレイたちはカマルに対する備えとして国境を守らせる。

それがアルバートの描いた絵図だったのだ。エリクサーの存在を知ってからは、アルバートのためだけにエリクサーを創らせることも加わったが。

フレイが知れば呆《あき》れ果て、ルベドなら笑顔で攻撃魔術を放ち、ジョセフならありえない愚かさに頭を抱えただろう。しかしアルバートと同じ絵図を描く者が他にも存在することが、ソティラス王国の不幸であった。

「非常に深刻な事態ですぞ、陛下。聖法王猊下《げいか》も憂慮しておられます。このままでは神の権威も失墜しかねませぬ」

アルバートの向かいのソファで眉をひそめる聖法王——自分ならフレイを従えられると鼻息も荒く離宮に乗り込み、あっさりつまみ出された老人である。

全能神ソティラスの敬虔《けいけん》なる信徒であるアルバートだが、王に対しても慇懃《いんぎん》無礼な聖法王を内心面白く思っていなかった。あの時ばかりは内心フレイを誉めてやったものだ。

しかし教会に頼らずとも聖印を消し去れるというのはゆゆしき事態である。ゆえに聖法王もフレイを利用しつつ最終的には飼い殺しにする手段を求め、夜な夜なこうして謀議の時間を共有しているのだ。

……ジョセフに知られたら、絶対に邪魔をされるからな。

ジョセフは祖父の代から仕えてきたくせに、その恩も忘れ、フレイのために便宜を図る恩知らずだ。二言目には『それは王たる振る舞いではありませぬ』と目くじらを立てるあの男を、アルバートは幼い頃から疎んじていた。

アステリアへの出兵を強行したのは、うっとうしく反対し続けたジョセフに対する意趣返しのようなものだ。あの爺《じじい》がもっと殊勝にしていれば出兵を諦めてやっても良かった。だからアルバートの中では、アステリア州軍に大敗した一件は全てジョセフの責任だということになっており、事態を打開すべきなのもジョセフだと本気で考えている。

「わかっておる。…だが口惜しいことに、離宮には隙が無い。いっそあの異端を人質に出来ぬかと騎士団の精鋭を忍び込ませてみたが、ゴーレムに阻止されてしまった」

「魔法武器といいゴーレムといい、フレイ王子の創る錬金術アイテムはまこと規格外ですな。聖印を消し去る魔法薬やエリクサーも含め、我らの手で管理せねばなりません」

「同感だ。しかしあの異端には深紅の瞳のホムンクルスを筆頭に、ホムンクルスの精鋭が付いている。そう簡単に屈するとは思えん」

それにフレイには、アステリア州軍を倒してもらわなければならないのだ。

フレイ自身やホムンクルスたちを傷付けず、こちらの意のままに操り、その戦果や栄誉だけをアルバートが手に入れる。そうすれば地方に散った貴族たちも王の権威を見直し、出兵に応じるはずなのだ。

問題は、そんな都合のいい方法が存在するかだが――。

綺麗に整えられた顎鬚《あごひげ》をしごいていた聖法王が、いやらしい笑みを浮かべる。

「…ホムンクルス…。ふむ、陛下。良い策を思い付きましたぞ」

「良い策だと？」

「どうやらフレイ王子はホムンクルスどもに並々ならぬ思い入れがある様子。…ならば、このような策はいかがですかな…？」

聖法王の説明に聞き入るうちに、アルバートもまたにんまりと笑みを浮かべていた。

「うーん……」

研究室の椅子に座り、だらしなく机に両脚を投げ出しながら、フレイはかざした両手を見詰める。

「いかがなさいましたか？」

「…っ…」

背後から覗《のぞ》き込んできたルベドの吐息がうなじにかかり、びくんと腰が浮いてしまった。弾みで椅子ごと転がりそうになったフレイを、ルベドはすかさず抱き上げてくれる。

「お顔が紅いですよ。熱は…無いようですが」

「だ、大丈夫。大丈夫だから」

額をぴたりと重ねられ、フレイは慌てて美しすぎる顔を押しのける。こんなふうに熱を測られるなんて幼い頃はしょっちゅうだったのに、至近距離で覗き込まれると心臓が跳ね上がってしまう。

……だって昨日の夜も、あの唇が……。

五十年もの間停止していた身体は何が障りになるかわからないからと、ルベドは毎晩フレイの全身を丁寧に診てくれている。フレイがどんなに頑張っても、慈しむような手と舌にかかれば我慢しきれなくなり、股間を熱くしてしまう。

そのたびにルベドは優しく微笑み、唇で絶頂に導いてくれるのだ。愛するフレイが自分の手で達してくれて嬉しいと、蜜まで飲んでくれる。もっと触れて欲しくなるなんて…熱くなっているに違いないルベドのそこにも触れたいと思っているなんて、ルベドが知ればどうなってしまうのだろうか。

……しっかりしないと。いつアステリア州軍が攻め込んできてもおかしくないんだから。

頬を何度も叩いて気合いを入れ直し、椅子に座り直させてもらう。

昨日、アステリア州との国境を守る警備隊から早馬が到着した。州都…旧アステリア王都から国境付近に、何門もの移動式大砲が運び込まれているという。

宣戦布告からいっこうに攻め込んでこなかったのは、この大砲の到着を待っていたのだろう。国境警備隊を完膚《かんぷ》無きまでに叩きのめし、ソティラス王国の戦意を早々に喪失させるつもりなのだ。

そうすれば地方貴族は次々と降伏し、王都への道はがら空きになる。アステリア州軍の指揮官である総督にとっては最小限の兵力で最高の戦果を上げられる好機、フレイたちにとっては最大の危機の到来だ。すぐに手を打たなければならないのに、気がかりなことがある。

「ねえルベド。俺の魔力、減ってるように見える？」

フレイは全身に魔力を立ちのぼらせてみる。ルベドほどの大魔術師なら、対象の最大魔力や残存魔力を見通すことが可能だ。

「…いえ、少しも」

「だよねえ。俺も全然減った感じがしないし」

フレイは嘆息し、床にぎっしり並べられた爆弾や魔力結晶などを眺める。全てフレイが少なくない魔力を込め、創ったものだ。アステリア州軍との戦いのため…そして、検証のために。

きっかけは魔法武器とゴーレム馬だった。

魔法武器はともかく、複雑な構造のゴーレム馬は魔力が豊富なフレイでも一日に十体創れればいい方だ。数日かけて創るつもりだったのに、創っても創っても魔力は尽きず、結局その日のうちに全員分を創り上げてしまった。いくらフレイでも異常な事態だ。ホムンクルスたちは驚きもせず、『さすがフレイ様』と目を輝かせていたが。

そこでフレイは思い出した。聖印を消すために創った破魔の魔法薬――あれも相当な魔力を消耗するはずだったが、まるで減らなかったことを。

原因を追究すべく今日も朝からアイテム作成に勤《いそ》しんでみたが、やはりいっこうに魔力を消耗する気配は無い。

……これだけ創れば、いくら俺でもめまいくらいは感じるはずなんだけどなあ。

魔力を使った瞬間は、確かに減った感覚があるのだ。だが直後に回復してしまう。まるで誰かが減った分の魔力を注いでくれるかのように。

……誰か。……誰、か？

『ちょっと現し世《うつしよ》に戻ってくれる？　お詫《わ》びにおまけしておくからさ』

現し世に放り出される寸前に聞いた、申し訳無さの欠片《かけら》も無い声が記憶の底から飛び出した。

「あっ……！」

「フレイ様!?」

椅子を蹴倒《けたお》しながら立ち上がるフレイを、珍しく驚いた様子のルベドが支える。フレイはその手をぎゅっと握り締めた。

「メルクリウスのおまけだ」

「…は？　フレイ様、それは…」

「だから、メルクリウスのおまけだよ！　生き返る時、声が聞こえたんだ。ソティラスのクソ爺がうるさいから現し世へ戻ってもらうけど、お詫びにおまけしておくって。あれはこのことだったんじゃないか？」

「……無限の魔力が、お詫びのおまけ？」

納得出来ないとばかりに端整な顔をゆがめる、ルベドの気持ちはよくわかる。

魔力は神の血を引く者か、ルベドのような常識外の存在でなければ持ち得ない貴重な力だ。それを寵児と謳われる存在とはいえ、ただの人間に無制限に与えるなんて、人々に尊崇される神にあるまじき所業である。

「ありえないと思うだろうけど、それ以外の原因なんて考えられないんだよね」

「……いえ、ありえないとは思いません。貴方は神に愛されたお方ですから」

いつもの優しい笑みを取り戻し、ルベドはフレイの手を握り返してくれる。

そのまま恭しく持ち上げられ、手の甲に唇を落とされた瞬間、またどきんと心臓が跳ねた。

今日も襟の詰まったシャツに隠れたうなじが、じわりと熱くなる。昨夜もあの唇が執拗にうなじを甘噛《あまが》みし、吸い上げ、ルベドの痕《あと》を刻んだ…。

「っ……」

とっさに振り払われた手を見開いた深紅の瞳で見詰め、ルベドはゆるゆると項垂れた。

小刻みに震える肩に胸が締め付けられる。フレイがルベドの手を拒んだことなんて、一度も無かったのだ。今までは。

……ルベドを泣かせてしまった！

「…違う、ルベド。これは…」

震える肩に慌てて手を伸ばそうとして、フレイははっとした。…違う。泣いてるんじゃない。

ルベドは、ルベドは――。

「…く…、……ふふっ」

おもむろに上げられた顔は毒々しく艶めいた笑みに彩られていた。深紅の双眸の奥にはあの黒い陰がくっきりと浮かび上がっている。

「ああ、……フレイ様」

ルベドは思わず見惚《みと》れてしまったフレイを引き寄せ、腕の中に囲い込む。

絡み付く腕はジョセフの腕輪にも彫られたヤドリギを思い出させた。深く根を張り、決して離れない寄生樹。

捕らわれたが最後、逃げられない。今のフレイのように。

「私が怖いのですね。貴方から創られ、貴方の血を受け継ぐ私が」

「ち…、違っ……」

「取り繕わなくてもいいのですよ、フレイ様。私は……嬉しいのですから」

もがくフレイのうなじを長い指先がゆっくりとなぞり上げる。毎夜施される愛撫《あいぶ》を思い出させるために。あれはただの戯れではないと思い知らせるために。

「私はもう『可愛いルベド』ではないと、わかって下さったのでしょう？」

「…や…っ、違う…、ルベドは、ルベドは純粋で優しくて…俺の家族で…っ…」

「純粋？　……優しい？」

触れ合うほど近寄せられた唇が、禍々《まがまが》しい笑みの形にゆがんだ。

黒い陰は深紅の双眸を侵食し、どろどろの底無し沼のようによどませている。見詰められると沈められてしまいそうだ。もがいてももがいても、絶対に浮かび上がれない。

「そんなもの、とうに失くしてしまいました。貴方が私を置いて、メルクリウスのもとでまどろんでいらっしゃる間にね」

「……っ…」

「貴方のせいですよ」

優しくすらある甘い囁きがフレイの心を突き刺し、思い出させる。ホムンクルスたちがルベドを『紅い悪魔』と呼んでいたことを。

「貴方が独りにするから、私は悪魔になってしまった」

「ルベド…っ…」

ごめん、と口走りかけた唇に鋭い痛みが走る。噛み付かれたのだと理解したのは、ルベドが血に濡れた己の唇を舐め上げた後だった。

「私は貴方の心臓になりたい」

大きく弾んだ心臓を、服の上からまさぐられる。

「貴方の中に収まり、貴方を生かし、決して分かてないものになれたなら、私は……」

「……、ルベド……」

どうしてだろう。唇を血に濡らし、深紅の双眸を狂おしくたぎらせるルベドは背筋がぞくぞくするほど恐ろしいのに、抱き締めてやりたくなってしまうのは。

大切な家族だから？　可愛い我が子だから？

……ううん、違う。

それだけならこんなに胸が苦しくなるわけがない。毎夜の愛撫を思い出し、股間が熱くなるわけがない。

「……愛しています」

熱を帯びたうなじを撫で上げながら、ルベドはフレイの頬に唇を押し当てる。何度も何度も、口付けと呼ぶのははばかられる執拗さで。

「愛しています、愛しています、愛しています、フレイ様……貴方だけを……」

囁きはかすかな殺気を孕《はら》み、フレイの腰をわななかせた。

『こ、……子どもとして、だよね？』

かつてと同じ問いを再びぶつけたなら、きっと…。

荒々しく唇を貪《むさぼ》られる自分が脳裏に浮かんだ時、机上の水晶玉がけたたましい音をたてながら紅く点滅し始めた。

これはフレイが創った、二つで一組の連絡用アイテムだ。もう一つはジョセフに頼んで国境警備隊に送らせ、アステリア州軍に動きがあれば報《しら》せるよう指示してある。濃い赤が意味するのは――。

「殿下！　アステリア州軍、…が…」

警報を聞き付け、駆け込んできたジョセフがフレイたちの姿を見てぽかんと口を開ける。冷静な男のめったに無い醜態は、フレイを現実に引き戻した。

「ジョセフ、ホムンクルスたちを庭園に集めて。アステリア州軍が進軍を開始した」

「……承知しました。すぐに」

何も聞かずに走り去っていくジョセフがありがたい。フレイは小さく、だが有無を言わせない強さで命じる。

「離れろ、ルベド」

「……、はっ」

ぎこちない動作で従ったルベドの美貌は隠しきれない不満を滲ませている。深紅の双眸から目を逸らし、フレイはさらに命じた。

「この部屋のアイテムを全部収納した後、庭園へ転移しろ」

「フレイ様……」

「急いで」

相手の意志を無視して頭ごなしに命じる。シルヴァたちを創った錬金術師や酷使しまくった人間たち、アルバート、聖法王…最低だと思っていた奴らと同じことをしている自分が心底嫌になる。

でも今ルベドに見詰められたら——熱い唇にまた口付けられたら、これまで築き上げてきた大切な何かを壊してしまう予感がした。

他ならぬフレイ自身の手で。

緊急の招集だったにもかかわらず、庭園にはゴーレム馬を従えたホムンクルスたちが勢揃いしていた。フレイに与えられた魔法武器と鎧《よろい》で武装した彼らの面構えは、ここに連れて来られた時と違い気力に満ち、別人のようだ。

「私が研究室を出た時には、全員部屋から飛び出してきていました」

控えていたジョセフが教えてくれる。警報は襲撃を意味するのだとホムンクルスたちに伝えてはあったが、こんなに早く集まったのは、きっといつ招集されてもいいよう準備を整えていたからだろう。

「……みんな……」

じん、と目の奥が熱くなり、乱れていた心が鎮まっていく。

溢れそうになるものを堪え、フレイは大きく息を吸った。

「今からアステリア州軍と交戦する。でも、これは王国を救うための戦いじゃない。お前たちを解放するための戦いだ。――アステリア州軍に勝利したあかつきには、ホムンクルスの解放をアルバート王に要求する！」

「――――！」

ジョセフが息を呑《の》む音と、ホムンクルスたちのどよめきが混ざり合いながら広がった。

彼らが驚くのは当然だ。今までアステリア州軍との戦いについては何度も説明し、魔法武器とゴーレム馬を用いた戦闘訓練も積んできたが、ホムンクルスの解放については一言も告げていなかったのだから。

アルバートの密偵が離宮をこそこそ嗅《か》ぎまわっている、とルベドから報告を受けたせいだ。密偵の動きはルベドによって完璧に把握され、泳がされていたが、奴隷以下の道具として扱われてきたホムンクルスの解放は王国を揺るがす一大事だ。万が一アルバートの耳に入ればどんな妨害を受けるかわからず、ルベドにしか打ち明けていなかった。

「……殿下……」

そう、寝耳に水とばかりに目を見開くジョセフにさえ秘密にしておいたのだ。

フレイは護身用の剣を抜き、高々と天に掲げる。刀身は太陽の光を弾き、きらりときらめいた。

「お前たちを…そしていまだ聖印に縛られた仲間たちを解放するため、力を貸してくれ！」

「お…、おおおおおっ！」

歓喜と感激をほとばしらせ、ホムンクルスたちもそれぞれの魔法武器を掲げる。こだまする鬨《とき》の声が鎮まったのを見計らい、ルベドが収納から自分のゴーレム馬を出した。

「転移の術を使う。皆、騎乗しろ」

ホムンクルスたちがルベドの指示に従う。フレイもゴーレム馬にまたがろうとしたら、横から伸びてきた腕にさらわれた。

「貴方はこちらです」

「わっ……」

ルベドに背後から抱え込まれる格好でゴーレム馬に乗せられる。ルベドの魔力が一気に膨れ上がるのを感じ、フレイは慌てて叫んだ。

「ジョセフ、黙っててごめん！　後は任せたから！」

ジョセフの返事を待たず、ルベドは転移の術を発動させた。


「……行ったな。お報せせねば」

庭園からフレイとホムンクルスたちが消えた後、離宮を囲む生垣にひそんでいた男はこそこそと立ち去ろうとしていた。

予想通りの行動にジョセフはうんざりする。服装こそ王宮の従僕のお仕着せだが、鍛えられた体格も滲《にじ》み出る魔力も使用人のそれではない。

……変装すら満足に出来ない者を密偵に用いる、か。

もはや溜息すら出ない。誰の手の者か、何のためにひそんでいたのかはルベドのおかげでほぼ判明しているが、確認は必要だろう。それと動かぬ証拠も。

「待て」

声をかけると同時に捕縛の魔術を発動させる。魔力の枷《かせ》に脚をからめとられた男は抵抗も出来ず無様に転び、顔面を地べたに叩き付けた。

ジョセフはもがく男の顔を爪先《つまさき》でぐいと上げさせる。案の定、知っている顔だ。

「貴様は……近衛騎士団のヘクターだな」

「なっ…、異端の王子の手先が何故俺を知っている⁉」

男は傷だらけの顔を驚愕に染め上げるが、何故と問いたいのはジョセフの方だった。何故王の身辺警護を務める近衛が宰相の顔も覚えていないのか。アルバートのお気に入りであるヘクターは、ジョセフと何度も顔を合わせているというのに。

湧き起こりかけた苛立《いらだ》ちはすぐに霧散する。

今のジョセフはエリクサーによって若返り、別人のようになっているのだ。老いたジョセフしか知らないヘクターが、宰相その人だとわからないのは当然だ。

「そんなことはどうでもいいだろう。…答えろ。陛下は何をたくらんでいる？」

「……」

ヘクターは黙ったままふいっと顔を背ける。ジョセフは魔力で両腕を強化し、ヘクターの胸倉を摑《つか》み上げると、無理やり視線を合わせた。

「答えろと言った。聞こえなかったのか？」

「…ひっ…」

がたがたと震えるヘクターの双眸に映る自分は濃厚な殺気を纏っている。まるで魔獣か悪魔のようだと思い、ジョセフは苦笑した。…悪魔。あの深紅の瞳のホムンクルスと自分が同じモノに成り果てるとは。

「は、は、話す！　全部話すから、殺さないでくれ！」

顔面蒼白《そうはく》になったヘクターが涙目で懇願し始める。何故突然白状する気になったのかいぶかしみつつも、ジョセフはヘクターを解放した。フレイが居合わせたならば、お前の笑顔がおっかないせいだよと指摘してくれただろう。

「ならば話せ。全て正確に吐けば、命は取らないでやろう」

「……は、はいっ……！」

時折ぐしゅぐしゅとすすり上げながらの要領を得ない話がやっと終わった時、ジョセフの右腕にかつてないほどの激痛が走った。棘に突き破られた肌からすさまじい勢いで血と魔力が吸い上げられ、一瞬、ぐにゃりとゆがんだ視界が闇に染まる。

「……何と言うことを……」

代々王家を支えてきた忠臣の家に生まれ、物心ついた頃から王家への忠誠を叩き込まれてきた。全能神ソティラスの血を最も色濃く受け継ぐ王家と王族こそ至高の存在。どんな手段を用いてでも守らなければならないと、そうすることが王国の平和と民の安寧につながるのだと信じて疑わなかった。

そのために生じたささやかな犠牲は切り捨ててきた。…フレイの母バーサの死も、フレイの命さえも。他にも王家とその名誉のため、犠牲になったものは数え切れない。ジョセフの私生活などささやかなものだろう。

だが、そうまでして守ってきた王家は。…ジョセフの主君たちは。

「あ、あの…？」

おずおずと声をかけられ、ジョセフは自分を殴ってやりたくなる。恫喝《どうかつ》している相手に心配されるほど、今の自分は情けない顔をしているらしい。

「――お前の報告に合わせ、陛下は計画を開始される手はずなのだな？」

腹の奥にぐっと力を入れ、いまだに続く激痛を堪えながら問えば、再び青ざめたヘクターは何度も頷いた。

「今日、お前の他にこの離宮へ放たれた者は？」

「…い、居ない。俺だけだ。なるべく多くの騎士を出撃させたいからと、陛下が…」

それではヘクターの身に何か起きれば一切の情報が伝わらなくなってしまう。実際そうなりかけているわけだが、アルバートはそんな危険など考慮していないらしい。

今までの密偵が全員無事に帰ってきていることで気が大きくなり、こちらを甘く見ているのかもしれない。だから自ら首に縄をかけ、勢いよく踏み台を蹴り飛ばすような真似をするのだ。

……きっと、失敗してもまた私が尻拭いをしてくれると思っているのだろうな。

ある意味、絶大なる信頼を受けているというわけだ。

大声で笑い出したくなる衝動を、いっこうに治まる気配の無い激痛が鎮めてくれる。初めて悪魔に――ルベドに感謝し、ふふっと笑ってしまう。自分に感謝などされたら、あの悪魔はさぞ嫌そうな顔をするのだろうと思って。

「ふふ…、ふ、くくっ…」

笑いの衝動に身を任せるたび、今まで自分を縛っていた何かがぼろぼろと剝《は》がれ落ちていくような気がした。ひどくなる一方の激痛さえ、解放の喜びをもたらす福音のようだ。

「ヘクター。…お前、生きて帰りたいか?」

低い問いかけに、化け物でも見るような目を向けていたヘクターはがくがくと首を上下させる。

「ならばこれ以降はアルバートではなく、私に従え」

ちぎれんばかりに頷いたヘクターにさっそく命令を下す。こけつまろびつ去っていく後ろ姿を見送り、ジョセフはまた笑った。こんなに愉快な気分になったのは生まれて初めてだ。

『ジョセフ、黙っててごめん! 後は任せたから!』

「貴方という人は、こんな時まで変わらないのですね…」

ジョセフはアルバートの臣下であり、フレイ暗殺の協力者だ。ホムンクルスたちを解放させるという目標を隠しておくのは当然のこと。謝る必要など無かったのに、どこまでも甘く優しいフレイはジョセフの心を慮《おもんぱか》ってくれた。

きっとジョセフは隠せていなかったのだ。フレイに隠し事をされ、傷付いた表情を。そんな資格なんて無いくせに、厚顔無恥にもほどがある。

——わかっている。全ては遅すぎた。

只人に過ぎぬ身で、時をさかのぼることは叶《かな》わない。

ならばせめて全ての膿《うみ》を出し切ってしまうことが、ジョセフに出来る唯一の罪滅ぼしだ。むろん、それで許されるはずもないが。

「……冥途《めいど》の土産に、これくらいの意趣返しは許されるだろう」

憤怒をあらわにしてもなお損なわれないだろうルベドの美貌を思い浮かべ、ジョセフはふっと笑った。

瞬《また》きの後、フレイたちは土埃《つちぼこり》の舞う荒野に移動していた。アステリア州とソティラス王国の国境に広がる荒野だ。

ドォオンッ……！

はるか前方で、耳をつんざくような轟音がとどろいた。カマル帝国軍の勝利を支えてきた大砲だろう。フレイも実際に遭遇するのは初めてだが、雷鳴にも似た発射音を聞くだけで恐怖を煽《あお》られる。

並の馬では怯《おび》えてしまって使い物になるまい。しかし感情を持たないゴーレム馬も、ホムンクルスたちにも動揺の気配は無い。

「……進め！」

フレイが砲撃音のする方を指差せば、ホムンクルスの騎馬隊はすぐさま従った。

――火器で武装したアステリア州の大軍を撃退するため、フレイが考案した策。それはアステリア州軍の進軍開始後、機動力に優れた騎馬隊に転移の術でアステリア州軍の背後を取らせ、一気に距離を詰めて背後から襲いかかることだ。

どんなに精強な軍でも、背後からの攻撃には弱い。しかも転移の術の遣い手はルベドくらいだから、フレイたちの奇襲は完全に想定外だろう。絶対に混乱するはずだ。

そこへ強力な魔法武器で攻撃を仕掛け、指揮官である州督を討ち取る。敗走する残りの軍も蹴散らし、フレイは錬金術アイテムで、ルベドは攻撃魔術で援護する。

フレイの錬金術、精鋭のホムンクルスたち、ルベドの魔術。どれが欠けても成立しない。死地に飛び込むにも等しいこの策に、反対する者は居なかった。むしろ皆嬉々として賛同してくれたのだ。

……だからこそ、絶対に勝たなくちゃならない。自分のことに構ってる余裕なんて無い。

ゴーレム馬を駆るルベドは何も語らないが、フレイをしっかりと抱える腕からは強い苛立ちが伝わってくる。

フレイは乱れそうな息を整え、首元のペンダントを服の上から握り締めた。黄水晶があしらわれたペンダントもまた連絡用のアイテムだが、国境警備隊に渡したものより高性能で、一定の距離なら言葉を交わすことが出来る。対のペンダントを持っているのは、王都に残してきたジョセフだ。

慌ただしい出陣になってしまったが、ジョセフならフレイに与えられた遠見や盗聴のアイテムを駆使し、王宮を監視していてくれるはずだ。万が一アルバートが何らかの妨害をくわだてようものなら、すぐさま報告してくれるだろう。

今のところペンダントは何の反応も示していない。

フレイはベルトに付けた鞄《かばん》から紅い魔力水晶を取り出した。この鞄にはルベドに収納魔術を付与してもらい、本家本元には及ばないものの、大量の物資を収納可能だ。

「…フレイ様、見えてきました。アステリア州軍です」

砲撃音の中でも、ルベドの声は不思議とよく通った。

深紅の瞳が睨み据《す》える先に、数多の兵士たちの背中が見えてくる。青を基調とした鎧はカマル帝国…アステリア州軍のものだ。

さらに奥には砲撃音の源の大砲、そして大砲の援護を受けながら果敢に突撃していく歩兵たち。国境警備隊は砲撃にすっかり腰が引けてしまい、早くも半数以上の兵士たちが逃げ出している。

後方、フレイたちにとっての前線には無傷の騎馬隊が控えていた。突出しすぎ、砲撃に巻き込まれるのを避けてのことだろう。彼らの役割は敗走を始めた国境警備隊を追撃すること、そして指揮官を守ること。

「なっ……、何だあれは……っ……!?」

アステリア州軍がフレイたちに気付いたのは、砲撃音にまぎれ、攻撃魔術の射程範囲まで接近した後だった。

最後方の騎士の顔はフレイからもよく見える。驚愕と恐怖に染まったそれに抱いた罪悪感を、即座に振り払う。

戦の原因を作ったのはフレイの甥《おい》であるアルバートだ。だがホムンクルスたちを解放するためには、当然の反撃をしたに過ぎないアステリア州軍の兵士たちを倒さなければならない。

「……ルベド」

「はい、フレイ様」

速度を上げたゴーレム馬がホムンクルスたちの先頭に出る。

「炎よ、蹂躙《じゅうりん》せよ」

ルベドの詠唱に合わせ、フレイは風の魔術を操り、騎馬隊の中央へ魔力水晶を投げ込んだ。

虚空に巻き起こった炎の渦は魔力水晶を呑み込み、膨れ上がり、大爆発を起こす。

魔力水晶は火、水、風、土の属性の魔力を凝縮し、封じ込めた水晶だ。それぞれ呼応する属性の魔術を強化する効果がある。

フレイが投げたのは火の魔力結晶。大魔術師たるルベドがそこで炎の魔術を使えばどうなるか。

その答えはすり鉢状にくぼんだ地面と——骨すら残さず全滅した騎馬部隊だ。

「…ひ…、ひいぃぃぃぃっ⁉」

付近の兵士たちも爆風に吹き飛ばされ、地面に叩き付けられた。奇跡的に無傷で済んだ者も突然の理不尽な爆発に怖気《おじけ》づき、もはや戦うことは出来ないだろう。

立ち込める焦げ臭さにかすかな吐き気を覚えながら、フレイは指揮官らしき人影を探す。さっきの攻撃に巻き込めていればいいが、もし逃していたら…。

「……ぐ、う、…うおぉぉっ…！」

野太い声を上げ、くぼんだ地面から大盾をかざした大男がよろよろと起き上がる。

フレイは舌打ちをしたくなった。中央に青い宝玉を嵌め込んだあの大盾は、魔力と錬金術によって創り出された魔法防具だ。

魔力を秘めたアイテムは魔力を持つ錬金術師にしか創れない。おそらくカマルはソティラスの没落貴族でも秘密裏に囲い、錬金術師として育成しているのだろう。それで魔力の有用性に気付き、王族の身柄を求めたか。

……水の防御魔術が組み込まれているみたいだな。反発する魔力で、ルベドの炎を防いだのか。……いや……。

大盾だけではない。巨軀《きょく》を包む金色の鎧、あれも防御魔術を備えた魔法防具だ。鎧と大盾、双方の防御魔術で生き延びたらしい。

カマルでも貴重なはずの魔法防具を二種も与えられる身分。それらをとっさの機転で十二分に活用した判断力。たぶん、あの男は…。

「ラティゴ州督！」

「州督だ…、州督がご無事だぞ！」

生き残ったアステリア兵士たちが歓声を上げる。…最悪だ。やはりあの男が指揮官、アステリア州督ラティゴだったのか。見た目は屈強な戦士だが、敵地だったアステリアをつつがなく治めるだけの知能も備えている。

アルバート率いるソティラス軍をあっさり蹴散らしたあの男を倒さない限り、アステリア州軍は総崩れにはならないだろう。

だが厄介なのはラティゴを守る鎧と大盾だ。あれは物理、魔力共に高い防御性能を誇り、高火力の攻撃魔術も防がれてしまう。魔法武器と防具で固めてきたフレイ軍とは相性が最悪と言っていい。

大盾を構え直したラティゴは怒りの波動を発散させ、フレイたちを睨んだ。

「貴様ら、何者だ？　ソティラスの腑抜《ふぬ》けどもには見えんが」

「…ゆえあってソティラスに加勢する身。悪いがその命、狩らせてもらう」

――行け！

フレイの命令に従い、ホムンクルスたちはラティゴに襲いかかる。

だが敵も黙ってやられはしない。前線から駆け付けた兵士たちが生き残りと合流し、盾となるべくラティゴの周りを囲んでいく。

「州督をお守りせよ！」

兵士たちの士気は高い。ラティゴは相当な人望を集めているようだ。貴族たちから早々に見捨てられたどこかの国王とは大違いである。

「…風よ！」

シルヴァが馬上でふりかざした槍から、旋風がほとばしる。

「うわぁぁぁっ！」

風はラティゴを囲む兵士たち十数人を巻き上げ、地面に叩き付けた。そこへ他のホムンクルスたちがすかさず駆け付け、ある者はとどめを刺し、ある者は己の魔法武器から水弾や雷を撃ち出して兵士の数を減らしていく。

「…まずいですね」

ルベドが苦い声で呟いた。

「魔法武器の効力が落ちています。おそらく州督が大盾の防御魔術を兵士たちにも拡散させているのでしょう」

「魔法武器にこめた術式は、せいぜい中級の威力だから…」

上級の攻撃魔術をこめても良かったのだが、それだと耐久性が著しく低下してしまうので諦めたのだ。

しかし、何人にも拡散された防御魔術には大盾ほどの強度は無いはず。上級以上の攻撃魔術をぶち込めば破れる。

『…殿下、一大事です』

ルベドに攻撃魔術を撃つよう命じかけた時、胸元からジョセフの声が聞こえてきた。嫌な予感にうなじがちりっと熱くなる。

「ジョセフ、何があった?」

『近衛騎士団が出撃しました。分散して王都近隣の街を回り、ホムンクルスたちを集めてくるつもりのようです』

「……っ、あいつら……！」

頭に血が上りそうになり、フレイはペンダントをぎゅっと握り締めた。

近衛騎士団…アルバートの狙《ねら》いなど考えるまでもない。地方で使役されているホムンクルスたちを集め、フレイに対する人質にするつもりなのだ。

彼らにまではフレイの手が回らなかったから、まだ聖印が刻まれている。近衛騎士はほとんどが貴族出身の魔力持ちだ。命じられればなすすべも無く従わされてしまうだろう。ホムンクルスの解放を要求するのは、そんな事態を避けるためでもあった。

……たぶん、教会も一枚嚙んでるな。

あの愚鈍なアルバートが一人でこんな策を練り、実行出来たとは思えない。アステリア州軍撃退の見返りに、フレイが玉座を望むとでも思ったのだろうか。こんな国の地位など、欲したことは一度も無いのに。

望んだのはホムンクルスたちが人と同じ生活を送ることだけなのに……！

「——フレイ様。まさかホムンクルスたちを救うために引き返そうなどと考えていらっしゃらないでしょうね？」

「……っ…、ルベド？」

冷ややかな問いを投げ付けられ、思わず振り返れば、どこまでも冷静な深紅の瞳に射貫《いぬ》かれた。

「それは最悪の手です。彼らは捨て置き、このまま作戦を続行して下さい。王と教会が何を要求してこようと、全て無視するのです」

「…なっ、何を言ってるんだ⁉　そんなことをしたら、ホムンクルスたちは…」

「殺されるでしょうね。それが何か？」

心臓を冷たい手で掴まれたようだった。

そのくせ深紅の双眸は激情の炎を燃え立たせ、フレイに突き付ける。命令で抑え込んでも、殺気を孕んだあの告白は無かったことにはならないのだと。自分を残酷な男にしたのはフレイなのだと。

『私はもう、貴方が慈しんで下さった無垢《むく》なホムンクルスではない』

震えるフレイの頬を、長い指がなぞる。

「私たちがここで引き返せば、王国はカマルの手に落ちます。錬金術の有用性を熟知するカマルは、即座にホムンクルス狩りを始めるでしょう。カマルを相手に、ホムンクルスたちを守り抜けるのですか？」

「……、それは……」

「あの男から受けた依頼はアステリア州軍の撃退のみです。私たちはそれさえ遂行すればいい。…違いますか？」

フレイは答えられず、目を逸らした。

…わかっている。ルベドの言う通りにするのが最善だと。

仮に引き返して地方のホムンクルスたちを助けられても、次はカマルの大軍を相手に戦うことになるのだ。フレイのために戦ってくれているホムンクルスたちを、さらなる危険にさらしてしまう。

でも。

『愛しています、愛しています、愛しています、フレイ様……貴方だけを……』

……でも……！

「――命令だ、ルベド。今すぐ転移し、近衛騎士団を止めろ」

「……っ、本気でおっしゃっているのですか？」

「当然だ。近衛騎士団に先回りし、一人で圧倒出来るのはお前しか居ない」

転移の術と強力な攻撃魔術を使いこなせるルベドなら、一人で近衛騎士団の暴挙を阻止出来るだろう。ただしルベドを欠いたフレイ軍の火力は、大幅に下がることになるが。

「この状況で、私に貴方のお傍を離れよと？」

ルベドが戦場を一瞥する。

戦況は一進一退だ。ホムンクルスたちが魔法武器で倒した兵士の穴を、前線から駆け戻ってきた兵士がすぐさま埋める。

肝心の州督ラティゴは無傷のまま防御魔術を分散させ、大盾の影から弓を射るというめざましい活躍ぶりだ。統率の取れた兵士たちの壁を突破し、あの男を討ち取るには超高火力の攻撃が…ルベドの魔術が欠かせない。ルベドを行かせてしまえばフレイも守りを失い、死の危険にさらされることになる。

歯の根が合わなくなりそうなのを堪え、フレイは頷いた。今のルベドと共に居るよりは、死の方が恐ろしくないように思えた。

「そうだ。…創造主として重ねて命じる。今すぐ転移し、近衛騎士団を止めろ」

「私は…！　…く、…っ…」

ルベドは苦悶《くもん》の表情で左胸を押さえた。

心臓の代わりを果たす核…賢者の石が警告を発しているのだ。ホムンクルスは創造主の命令には逆らえない。…たとえどんなに不本意な命令であっても。

「……承知いたしました。ですが……」

くい、と長い指に顎を掬《すく》い上げられた。さっきよりもずっと獰猛《どうもう》な光を宿した深紅の瞳が間近に迫り、唇に鋭い痛みが走る。

「後で……、……覚えていて下さいね？」

「ル…、…ルベド…？」

身体が勝手に震えてしまう。

…もう認めないわけにはいかなかった。フレイは怖いのだ。ルベドが。この手で創り出し、ずっと傍に居てくれた——フレイの可愛い子どもではなくなってしまった男が。

ルベドはふっと微笑み、転移の術を発動させた。嚙み付かれた痛みの残る唇を、フレイは呆然となぞる。

『…殿下…、良かったのですか？』

ペンダント越しの問いかけで、フレイは我に返った。

「いいんだ。アステリア州軍に勝っても、ホムンクルスたちが犠牲になったんじゃ意味は無い」

だって彼らもまたフレイのレシピによって生み出された、ルベドと同じ命だ。そして幼き日のフレイがルベドを創ったのは…寂しくて寂しくて、絶対に死なず傍に居てくれる存在が欲しかったからなのだ。

ホムンクルスたちを見捨てることは、母を亡くしたあの日、泣いていた自分を見捨てるのと同じことではないのか。

「ジョセフは引き続き王宮の動向を探って。でもくれぐれも無理はしないで。危ないと思ったらすぐ逃げて」

『承知しました。…殿下も、ご武運を』

通信を切ってすぐ、フレイは腰の鞄から爆薬を取り出した。フレイの手に収まるほどの大きさだが、魔力を大量に練り込み、大砲の砲撃と同等の威力を誇る。

……ルベドが居なくなった分は、俺が埋めなくちゃ！

「皆、下がって！」

創造主にも等しいフレイの命令に、ホムンクルスたちはただちに従う。

ゴーレム馬たちが生物には不可能な速さで退避した瞬間、フレイは勢いよく爆薬を投げ付けた。密集するアステリア兵と、ラティゴに向かって。

「ぐわああああっ……！」

すさまじい爆音に無数の悲鳴を重ね、アステリア兵たちが吹き飛ばされていく。だが外側の兵だけだ。ほとんどの兵はラティゴの大盾の防御術に守られ、かすり傷程度しか負っていない。

爆発そのものは防がれても、爆風までは防げない。邪魔な兵士たちを吹き飛ばし、ついでにラティゴの盾でも奪えたら…というのは甘い考えだったようだ。

「…皇帝陛下より賜りし盾の防御を上回る爆薬とは。おぬし、魔力持ちの錬金術師だな。ソテイラスの貴族か？」

大盾を構えたラティゴがフレイを眼光鋭く見据える。あれはカマル皇帝から下賜されたものだったのか。どうりで高性能なわけだ。

「こやつらの乗るゴーレム馬も、おぬしが創ったのであろう。すさまじい腕前よな」

「…だったら何だ？」

「そう怖い顔をするな。…おぬし、帝国に降らぬか？　アルバート王に義理立てなどしても無駄だぞ。あやつは宰相に生かされておる身で、他人の功績を認められぬ愚物だからな」

何から何までその通りで、思わず同調してしまいそうになる。主君も臣下も、敵国の方が好意を持てるのはどういうことだろう。

「だがおぬしほどの錬金術師なら、我が陛下は重用して下さるだろう。我が軍に攻撃を加えた罪も不問に付されるはず。…どうだ？　悪い話ではあるまい？」

敵味方の視線がフレイに集中する。州督ほどの大物にここまで請われ、断る者など西方大陸じゅう探しても居ないだろう。

「断る。俺が欲しいのは、お前の命だけだ」

フレイ以外は。

「そうか。……残念だ」

厳つい顔によぎった感傷をすぐさま拭い去り、大盾を傍の兵士に預けると、ラティゴは腰の剣を抜いた。収まっていた闘志が爆発的に膨れ上がっていく。

「降らぬというのなら、その命——貰《もら》い受けねばならん！」

「…皆、跳べ！」

幅広の刀身に埋め込まれた紅い宝玉がぎらりと輝いた瞬間、フレイは叫んでいた。

……まずい。あれも魔法武器だ！

振り下ろされた剣から炎の玉が撃ち出される。

大きさこそフレイがシトリに与えた炎の剣には劣り、小石ほどしかないが、数と勢いには圧倒的に勝っていた。まるで炎の雨だ。

ホムンクルスたちはたくみにゴーレム馬を操って避けるが、何発かは当たってしまう。一発の痛手はたいしたことがなくても、何発も重なれば相応の傷を負う。

「…礼を言うぞ。名も無き錬金術師よ」

不敵に笑うラティゴを守っていた兵士たちが散開し、それぞれ二、三人組になってホムンクルスたちに向かっていく。

そして残った兵士たちは——がら空きになったフレイのもとへ。

「陛下より賜りし盾と鎧のみならず、剣まで振るう機会をくれたのだからな！」

「く、……っ！」

フレイはシャツのボタンをむしり取った。水晶を削ったそれには錬金術で防御魔術を付与してある。

発動させた防御魔術の壁は、四方八方からくり出される兵士たちの槍をすんでのところでへし折った。防御魔術の効果が切れないうちに後方へ退避する寸前、再び炎の雨が降り注ぐ。

……くそ、どうしてこう敵ばっかりまともで優秀なんだ？

ラティゴの狙いもきっとフレイと同じ、司令官を討ち取ることだ。炎の雨でフレイたちを分散させ、数人がかりで確実に仕留めていく。戦力の多さを存分に活かした手だ。

この戦い、長引けば長引くほどフレイたちに不利になる。数で劣る上、援軍を呼ばれてしまうかもしれない。一刻も早くラティゴを倒さなければならない。

……ルベドが居てくれたら。

フレイは痛む胸を無視し、自分を襲おうとしていた兵士たちに爆薬を投げ付ける。兵士たちは吹き飛ばされたが、すぐさま新たな兵士の集団が殺到する。

「フレイ様――――！」

群がる兵士たちを振り切り、シルヴァがフレイのもとへ突進してきた。シトリと数人のホムンクルスたちも一緒だ。

「シルヴァ……！」

とっさにむしり取ったボタンをシルヴァに投げたのは、ぞくぞくと背筋が粟立《あわだ》ったせいだ。そしてラティゴの剣が巨大な火焔弾を発射したのと、発動した防御魔術がシルヴァたちを包むのはほとんど同時だった。

ドォォォンッ！

防御魔術の壁で相殺しきれなかった爆風がシルヴァたちを襲う。

……炎を分散させるだけじゃなく、一点に集中させることも出来るのか！

敵ながら出来る錬金術師だと、感嘆する暇は無い。

「お前たち、退け！」

ラティゴの号令に従い、フレイに群がろうとしていた兵士たちがいっせいに退いた。ぽっかりと空いた道筋から、剣を構えたラティゴが巨軀に似合わぬ速さで突撃してくる。

爆薬はおそらく避けられてしまう。

ならば防御か。…いや、もしもラティゴの一撃を防ぎきれなかったら馬上から吹き飛ばされ、墜落した瞬間命を奪われてしまうだろう。

忌まわしい、あの剣と鎧。あれらさえ何とかなれば、ラティゴごときホムンクルスたちの敵ではないのに…！

ぎりっと歯を噛み締めた時、うなじがかっと火をつけられたように熱くなった。視界がゆがみ、目の奥がずきんと痛む。

今にもフレイに肉薄しかけていたラティゴの動きが止まり、フレイは息を吞んだ。

いや、ラティゴだけではない。必死にフレイのもとへ駆け付けようとするホムンクルスたちも、させじと妨害する兵士たちも、武器を振り上げたまま停止している。

フレイの目はまばたきすらしない彼らではなく、ラティゴの剣に引き寄せられた。幅広の刀身にぴしぴしと幾筋もの亀裂が入り、そこから漏れた光がフレイの目に吸い込まれる。

——魔力銀《ミスリル》、炎の魔力結晶、赤鉱《アダマント》、ルビー。

脳裏に浮かんだそれはラティゴの剣のレシピだと、フレイの頭は即座に理解した。そしてレシピを得た今なら剣を分解し、素材に還してしまえると。

だが理性は『ありえない』と叫んでいた。

錬金術とは突き詰めれば、物質を他の物質に変化させることだ。そういう側面から見れば、料理だって一種の錬金術である。

しかしパンを小麦と水に戻せないように、物質の変化は不可逆的なものだ。どんな錬金術師でも…たとえメルクリウスの寵児と謳われたフレイであっても、完成したアイテムを素材に戻すことは出来ない。

そんなことが可能なのは。

『ちょっと現し世に戻ってくれる？　お詫びにおまけしておくからさ』

錬金術の神。メルクリウスのおまけが無限の魔力ではなく、この目のことだったとすれば？

……今は、考えてる時じゃない。

ラティゴの巨軀が軋《きし》みながら動き出しそうになっていることに気付き、フレイは焼けつくようなうなじの痛みを堪え、目の奥にぐっと力をこめた。

――やれやれ、やっと気が付いてくれた？

呆れたような、面白がるようなメルクリウスの声が聞こえたような気がする。うるさいこのろくでなし神、と毒づきたくなるのを堪え、フレイは魔力を全身に漲《みなぎ》らせる。

「偉大なるメルクリウスよ。永遠と刹那を司りし汝の瞳をもち、万物の流転を反転させたまえ！」

賛美をまじえた呼びかけには敬意どころか呆れがこもっていたが、変わり者の神はしっかり応えてくれたようだ。

ビキビキビキッ、とラティゴの剣が不吉な音をたてる。

「……な、なぁぁっ⁉」

動き出したとたん、ラティゴは絶叫した。

無敵を誇っていたはずの剣が分解され、魔力銀、炎の魔力結晶、赤鉱、ルビー…剣を構成していた素材に還されてしまったせいで。

……まだまだ！

うなじがまた熱くなる。フレイはさらに魔力を振るい、巨軀を包む鎧を分析した。頭に流れ込んでくるレシピのまま、今度は鎧も素材に還す。

「お…、お前は何者だ…、何者なのだ…」

武器も防具も失い、棒立ちになったラティゴが初めて恐怖を露《あら》わにする。

答える代わりに、フレイは叫んだ。

「敵将を討ち取れ！」

「……ははっ！」

ありえない現象に衝撃を受けたのはラティゴだけではない。立ち尽くす兵士たちの隙間を駆け抜け、ホムンクルスたちがラティゴに襲いかかる。

「ぐぅっ…」

剣も大盾も持たないラティゴは何の抵抗も出来ない。四方八方からくり出される槍や剣に貫かれ、血飛沫《ちしぶき》をまき散らしながらどうっと倒れてしまった。

「そんな、ラティゴ州督が討ち取られるなんて……！」

「化け物…、化け物だ…！」

数度けいれんしたラティゴがとうとう動かなくなると、浮足立った兵士たちが蜘蛛《くも》の子を散らすように敗走を始める。

追撃を命じるより早く、冷ややかな声が響いた。

「雷よ、殲滅《せんめつ》せよ」

雲一つ無い空から無数の雷が降り注ぎ、兵士だけを正確に狙撃《そげき》していく。すっと腹に回された腕の力強さに——肌を焼くような怒りの波動に、フレイは竦《すく》み上がった。

どうして、こんなに早く。

「ただいま戻りました、フレイ様。私を追い払い、見事州督を討ち取られたのですね。…ずいぶん危ない橋を渡られたようですが」

「ル…、ルベド…、これは……」

「こざかしい言い訳は後で伺います。…行きますよ」

どこへと問う間も無く、フレイは転移の術特有の浮遊感に包まれた。

転移先は王宮だった。王宮で最も格式の高い謁見の間——五十年前、フレイが成人の儀を迎えた場所だ。あの時は存命だった父クリフォード王やダグラス、エドガー、若かりし日のジョセフや貴族たちが並んでいた。

だが今、磨き抜かれた大理石の床に転がされたのは銀鎧《ぎんよろい》姿の近衛《このえ》騎士たちだ。いずれも頑丈そうな鎖で拘束され、顔面は赤紫色に腫《は》れ上がっている。無惨にひしゃげた鎧の下も、無事ではあるまい。

唯一、鎧ではなく豪奢《ごうしゃ》な絹の衣装を纏《まと》った中年男を見付け、フレイはぎょっとした。元の顔立ちがわからないほどぼこぼこにされてしまっているが、あれは。

「アルバート王…？」

「貴様、異端の王子…っ…！」

おどおどとあたりを窺《うかが》っていた中年男が睨《にら》みつけてくる。怒りに染まった顔は、やはりアルバートだ。

「今すぐ俺と騎士たちを解放しろ！　そのホムンクルスは俺の忠実なる騎士を闇討ちにした挙句、俺までこのような目に…」

「…ルベド、お前…」

フレイは決して放さないとばかりに背後から抱きすくめてくる男を睨んだ。フレイの命令は近衛騎士団を止めることであって、アルバートを痛め付けることではない。

「ご命令の通りにしたまでです。騎士たちを扇動した首謀者はそこの愚王。蛇は頭を叩き潰さなければ死にませんから」

しれっと答え、ルベドはゴーレム馬を収納し、フレイを横抱きにする。シルヴァや他のホムンクルスたちの姿は無いが、彼らのゴーレム馬の反応を探ったら離宮に集中していたので安心した。ルベドが一緒に転移させてくれたのだろう。

「誉れある騎士と王を蛇と同列に扱うとは何たる無礼か。皆の者、異端の王子とこの汚らわしいホムンクルスを捕らえよ！　反逆罪だ！」

アルバートは喚《わめ》き散らすが、捕縛された騎士たちも、大広間の入り口からこそこそと覗《のぞ》いている使用人や貴族たちも怯《おび》えるばかりで、誰も従おうとはしない。

「――ルベドどの、殿下」

張り詰めた空気の中、人垣を割って現れたのはジョセフだった。

「おおっ、ジョセフ！」

ぱっと顔を輝かせたアルバートが鎖の巻かれた両手を掲げ、ぶんぶんと振ってみせる。ジョセフの髪が乱れ、衣服のあちこちに紅《あか》い染みが出来ていることにはまるで気付かないらしい。いつに無く晴れやかな…それでいて今にも壊れてしまいそうなジョセフの表情に、フレイは嫌な予感が止まらないというのに。

「良いところへ来た。早く俺を助け、そこの反逆者どもを捕らえるのだ！」

「……」

「聞こえぬのか、ジョセフ！　早く俺を…、…ぐぶぉっ⁉」

しつこくせがんでいたアルバートの横っ面が張り飛ばされた。つかつかと歩み寄ったジョセフの拳《こぶし》によって。

誰もが——ルベドさえもが息を呑《の》む。誰よりも貴族らしいジョセフが暴力に訴えるなんて。王家に篤《あつ》い忠誠を捧げてきた宰相が、王に手を上げるなんて。

「いい加減にしろ、この愚か者」

「…ジョ…、ジョセフ？」

ジョセフの全身から発散される怒気を浴び、アルバートは青ざめる。殴られるのはおろか、軽蔑《けいべつ》の眼差《まなざ》しを向けられることすら生まれて初めてだろう。

「虚栄心から国家の危機を招いておきながら、己の尻拭《しりぬぐ》いをしてくれる者に敬意を払うどころか妨害し、あまつさえ人質を取ろうとするとは…ほとほと愛想が尽きた。貴様にも、己の愚かしさにもな」

ジョセフが入り口に向かって手を打ち鳴らす。

すると屈強な男たちが捕縛された男女を引きずってきた。アルバートと同年代の女性と、十代後半くらいの少年と少女が一人ずつ。皆猿ぐつわを噛《か》まされ、高価そうな絹の衣装はところどころ薄汚れている。

「お…、王妃⁉　子どもたちも…」

アルバートが叫んだ。女性はアルバートの妻である王妃、少年と少女は王子と王女のようだ。

「ジョセフ…貴様、我が妃《きさき》と子らをこんなところに連れて来て、どうするつもりだ⁉」

「ルベドどの、殿下。アルバートの度重なる無礼と暴挙、まことに申し訳ございません」

騒ぐアルバートには一瞥《いちべつ》もくれず、ジョセフはフレイを抱くルベドの前にひざまずいた。

アルバートを呼び捨てにしたことよりも、全身の血を抜かれてしまったかのような顔色の悪さにフレイは驚く。立ちのぼる魔力も弱々しい。離宮で別れた時は何ともなかったはずなのに、王妃たちを捕らえるため相当な無茶をしたのだろうか。

「騙《だま》されてはいけません、フレイ様」

「ルベド？」

「我らの出撃と同時に地方のホムンクルスたちを捕らえさせるという愚王の計画を、この男は事前に察知していました。ならば防げば良いものを、この男は敢《あ》えて実行させたのです」

ルベドの全身から抜き身の刃にも似た殺気が発散され、アルバートたちを恐怖のどん底に叩き落とす。王妃や王子たちなど悲鳴を上げて失神してしまったのに、ジョセフだけは小揺るぎもしない。

「…まさか…、何でジョセフがそんなこと…」

ルベドがフレイに嘘《うそ》を吐《つ》くわけはないが、にわかには信じがたい。

だってアステリア州軍の撃退を依頼してきたのはジョセフなのだ。近衛騎士団の出撃を許せば、阻止するため兵力を割かなければならない。その分アステリア州軍にぶつける兵力は減ってしまうと、ジョセフならわかるはずなのに。

「…お見通しでしたか。さすがはルベドどの」

ジョセフは唇をほころばせた。『ジョセフ、この裏切り者！』と喚き散らすアルバートは誰にも相手にされず、周囲の騎士たちからも迷惑そうにされるばかりで、何だか少し哀れになってくる。

「しらじらしい。隠す気など無かったでしょうに」

ルベドは舌打ちし、無詠唱で魔力を操った。転がされた騎士たちの中から、何故か一人だけ使用人のお仕着せを纏った男が宙に浮かび上がる。ぴくりとも動かないが、気絶しているだけで死んではいないようだ。

「これは近衛騎士の一人、ヘクターです。離宮にひそみ、私たちが出撃したことを愚王に報告しようとしましたが、密偵と呼ぶのもおこがましいお粗末さゆえ、この男に捕縛されました」

ジョセフに恫喝《どうかつ》され、ヘクターはあっさりアルバートの計画を吐いた。そこでジョセフがアルバートを止めれば近衛騎士団は出撃せず、こうしてルベドにいたぶられることも無かっただろう。

しかしジョセフは止めるどころか、ヘクターを脅してアルバートのもとへ駆け込ませた。何も知らないアルバートは嬉々《きき》として近衛騎士団を出撃させたが、転移してきたルベドによって全滅させられてしまう。怒りの治まらないルベドは単独で王宮へ乗り込み、アルバートと騎士たちを痛め付け、今にいたる──そういうことらしい。

「私が王宮に乗り込んだ時、ヘクターは裏門からこそこそ逃げ出そうとしていました。まだ騎士団全滅の一報は届いていないにもかかわらず」

不審に思ったルベドが締め上げたところ、ヘクターはまたもあっさり吐いたそうだ。これから王宮は悪魔に襲われるから、死にたくなければ逃げろとジョセフに助言されたのだと。

「命令に従った見返りに逃がしてもらえたのだと、ヘクターは感謝していたようですが……違いますね？」

苛立《いらだ》ちを帯びた深紅の双眸《そうぼう》がジョセフを射貫《いぬ》く。

「まんまと踊らされたと私に勘付かせるため、わざと逃がしたのでしょう？」

「ジョセフ……」

ならばジョセフはフレイまで騙していたことになる。痛む心がフレイは不思議だった。いつの間にか信じてしまっていたのだろうか。自分の暗殺に協力した男を。

「…どのみちこの命は差し出すことになるのです。でしたら最期にルベドどの、貴方を踊らせてやりたいと思ったのですよ」

晴れ晴れと笑うジョセフに、ルベドはきつく眉をひそめる。

「理解出来ません。貴方の思考は不合理すぎます」

「人間とは不合理な生き物ですよ。……人間ではない貴方には永遠に理解不能でしょうが」

「貴様…っ…！」

ルベドの魔力と殺気が膨《ふく》れ上がる。フレイはとっさにその首筋に縋《すが》り付き、必死に呼びかけた。

「ルベド、駄目！　抑えて！」

「…っ…、また、命令されるおつもりですか。私を、貴方から離そうと…」

「違う！　…俺が、知りたいんだ。ジョセフがどうして、こんなこと、したのか…」

怒れるルベドの核である賢者の石からすさまじい魔力が放たれている。フレイがしっかりしがみ付いていなければ、ジョセフは細切れに刻まれてしまうだろう。

人間とは違う。完璧《かんぺき》なホムンクルスであるがゆえに不合理を理解出来ないと指摘されたことが、そんなにもルベドを怒らせたのか。

「……膿《うみ》を、出し切らなければならないと思ったのですよ。その男が地方のホムンクルスたちを人質に取り、殿下を強制的に従わせるつもりだとヘクターから聞き出した時に」

ジョセフはゆっくりと立ち、アルバートを見下ろした。冷ややかな眼差しに何かを感じ取ったのか、まだ喚いていたアルバートがひくりと喉《のど》を詰まらせる。

「陰謀を阻止しても、その男は誰か適当な者に罪をなすりつけ、自分は知らぬ存ぜぬを貫くでしょう。全《すべ》てのホムンクルスを解放するという殿下の要求も、聖法王と組んではねのけようと画策するに違いありません」

「ホ、ホムンクルスの解放だと⁉　そのような愚行、許せるわけ、…が…」

目を剝《む》いたアルバートの叫びは、ジョセフが小さく床を踏み鳴らしただけで尻すぼみになっていった。だがこの様子では陰謀が阻止された場合、ジョセフの言う通りの展開になったことだろう。

「どんなに愚かでも無能でも、王であるがゆえにこの男は罰せられない。ならば王を凌駕《りょうが》する存在に断罪させれば良いと、私はそう考えたのです」

「あ……！」

だからジョセフは敢えてアルバートに計画を遂行させたのだ。襲撃を知らされたフレイがルベドを差し向ければ、ルベドは襲撃者である騎士たちはもちろん、首謀者たるアルバートも必ず罰するはずだと踏んで。アルバートが振りかざす王の権威はルベドには通用せず、城の兵力でもルベドを止められないから。

ばらばらだった情報がつながっていく。けれど、どうしてもわからないこともある。

「でもそれは、俺がホムンクルスたちを助けようとすれば…だよね？」

フレイには彼らを見捨て、全軍をアステリア州軍にぶつけるという選択肢もあった。戦略的にはそちらの方が優れていただろうし、実際ルベドも推奨していた。フレイがそちらを選んだ場合、ジョセフの策は根本からくつがえされてしまう。

ジョセフは見たことも無いほど優しい笑みを浮かべた。

「貴方は見捨てませんよ」

「っ……」

「貴方は我が子を絶対に見捨てない。最大の戦力であるルベドどのを切り離してでも救おうとする。そういうお方だからこそ、……私、……は……」

言葉の途中でジョセフの身体がぐらりと傾いた。そのまま床にくずおれたジョセフから、魔力が急速に失われていく。

……まさか若返った反動で魔力の循環に異常が出た？　いや、それならこんなに時間が経ってから起こるのはおかしい。他に原因があるはずだ。

必死に頭をめぐらせ、フレイは気付く。ジョセフが床についた手――その手首に嵌《は》められたヤドリギの腕輪が、ジョセフの魔力を吸い上げていることに。

――ヤドリギは他の草木に寄生して成長する木。魔術や錬金術においては盗人のシンボル。

「その腕輪を外せ！」

背中を冷や汗が伝い、フレイは叫んだ。

何てものを嵌めているのか。あの腕輪は装着した者から問答無用で魔力と血液を奪う、呪《のろ》われた魔法道具だ。

恐ろしく複雑に入り組んだ術式はフレイでも完璧には分析出来ないが、吸い上げた魔力と血を回復魔術に変換して装着者を癒《い》やし、より長く苦しめてやろうという意図は読み取れる。作製したのはよほど残虐で性格の悪い魔術師に違いない。

こうしている間にも、腕輪はすさまじい勢いでジョセフの魔力を吸っていく。今すぐ外さなければ命に関わるのに、ジョセフは頑迷に首を振る。

「……外せ、ません」

「何で⁉」

「これは私の罪の証《あかし》、なのです。…外すわけには参りませんし、元より、私の意志では外すことも出来ません」

言われて術式を読み込んでみれば、なるほど、確かに装着者の意志では取り外せないよう強固な拘束の術も組み込まれている。どこまでも装着者に…ジョセフに苦しみを味わわせてやりたいという強い意志が伝わってくる。

こんなものが罪の証？　いったい誰がこんな悪意の結晶のようなものを嵌めさせた？

誰か…ジョセフをとことん苦しめ抜いてやりたいと願う、誰か…。

「フレイ様」

場違いなくらい甘く囁《ささや》いたのは、フレイの脳裏に浮かんだ男だった。

宰相のジョセフを恨む者は数多いだろうが、殺すだけでは飽き足りないほどの恨みと高度な魔法道具の作製技術をあわせ持つ者はきっと一人しか居ない。

『この大害虫にはすでに相応の報いを受けさせております』

報い……終わることの無い苦痛……。

「虫けらにお心を砕く価値などありません。早々に後始末を済ませ、ここを出ましょう。薄汚い虫の巣窟《そうくつ》など貴方には相応《ふさわ》しくない」

「…ルベドなの？　あの腕輪を作って、ジョセフに嵌めさせたのは」

「貴方はもはや誰にも何にも煩《わずら》わされず、私の腕の中でまどろんでいらっしゃればいい。今度こそ私がお守りしますから」

「……ルベドっ！」

フレイはルベドの胸を突き飛ばし、その腕から転がるように降りた。また離れるのかと、無言で非難する深紅の双眸を必死に睨み返す。

「答えろ！　お前がジョセフに嵌めさせたのか？　こんな、…こんな、ひどいものを…！」

「はい。……ですが」

創造主の命令にホムンクルスは逆らえない。だがフレイを見下ろすルベドは堂々として自信に満ち、服従させられる存在にはとても見えなかった。

「ひどいのはフレイ様も同じでしょう？」

「……俺？」

「私は貴方を虐げた屑《くず》どもに報いを与えました。特にその男は、殺すだけでは足りない。生きていることを後悔するほどの苦痛を与えなければ気が済まなかった」

「……、……まさか」

ざわざわと背筋が粟立《あわだ》ったのは、父王やその妃、異母兄たちの結末を思い出してしまったせいだ。

クリフォード王、王妃、側妃パトリシア、異母兄ダグラスとエドガー。病死したとされる五人は皆、フレイを虐げていた者たちだ。全員王族の血を濃く引いており、特定の血筋に現れやすい病で亡くなったと聞かされていた。

対して病死しなかった者――ダグラスの妃、アルバートの妃、アルバート、その子どもたち。彼らは五十年前には生まれていなかったから、フレイとは何の関わりも無い。

同じ王家の一員でありながら、フレイを虐げていた者たちだけが早死にした。ただの偶然、不幸な病で片付けるには出来すぎている。

「…とても、公表出来る死にざまではありませんでした」

紲るようにジョセフを見れば、紙よりも白い顔がおぞましそうにゆがめられた。

「皆、体内の臓器や血管や骨が少しずつ腐ってゆき、一年以上の間、すさまじい苦痛に悶絶《もんぜつ》しながら亡くなりました。回復魔術もポーションも効かず、ひと思いにとどめを刺してやろうとしても傷口が瞬時にふさがり…骸《むくろ》は腐った肉塊のような有様で、葬儀も行わず埋葬するしかありませんでした」

「そんな……！」

回復魔術もポーションも効かないのなら、それはもはや病ではない。…呪いだ。人智を超えた魔術師が全身全霊を注ぎ込んで行使する、悪魔の所業…。

「私を悪魔にしたのは貴方ですよ」

深紅の双眸を蜜《みつ》のような闇が侵食していく。

「貴方が置き去りにしたから、私は悪魔になるしかなかった」

「ル…、ルベドっ…」

「貴方の可愛《かわい》い子でいられなくなっても、私は貴方に再び愛されたかった」

狂気の混じった闇にからめとられそうになり、思わず後ずさった時だった。どさり、とジョセフの身体が床に投げ出されたのは。

「ジョセフ！」

とっさに駆け寄り、フレイは息を呑む。…ジョセフからほとんど魔力が感じ取れない。魔力は時間の経過と共に回復するものだが、回復を上回る速さで腕輪に吸い取られているのだ。血と共に。

「……殿下……」

近付いてくる死神の足音が聞こえるだろうに——だからこそなのか、ジョセフの声は穏やかだった。

「私が貴方の暗殺に協力したのは……、……貴方が生きていれば、国が割れると考えたから、でした」

「……ジョセ、フ？」

「メルクリウスの寵児《ちょうじ》と謳《うた》われる貴方の錬金術は、出自の低さを補って余りある才能。目を付けた有力貴族がこぞって貴方を担ぎ上げれば、収まりそうだった王位継承争いが、再燃しかねない…その兆候はすでにあった。だから私は…聖法王に、協力した。……そのはず、でした」

　ほとんど血の気の無い唇が紡ぐ言の葉は弱々しく、だがこれだけは絶対に伝えようという決意に満ちていた。

「…ですが今にして思えば…、私は、気付いていたのでしょう。貴方が、貴方こそが、王位継承者の中で最も王たる資質を秘めていると、いうことに」

「そんな…、そんなわけ、ない。俺は魔法も得意じゃないし、知識も無いし、武術もからっきしで…」

「それは、貴方の、せいではない。離宮管理人が予算のほとんどを使い込み、まともな師を、付けなかったせい、でしょう」

　知っていたのか——フレイは瞠目《どうもく》した。

　出来損ないの第三王子に興味など無かったはずのジョセフが、いったいいつ、どうやって知ったのか。調べればわかることではあるが、誰がきっかけを与えたのか。

『ささやかな置き土産をくれてやっただけですよ』

五十年前のあの日、ジョセフに耳打ちしたルベド以外考えられない。

「…貴方は、貴方を慕う者を決して見捨てなかった。敵であるはずの私にすら心を砕き、評価と、礼まで与えて下さった。それこそが、王たる者が持つべき資質であった、はずなのに」

「ジョセフ、…ジョセフっ…」

「ただ国を安定させることだけに執着し、私は、貴方を不安要素と決めつけ、排除した。結果が…、このざま、だ…」

焦点のぼやけた双眸を向けられ、アルバートはびくんと身震いする。

さっきまでの威勢はルベドの殺気と異様な空気に根こそぎ奪われてしまったのか、何か言いたそうに口をもごもごさせるが、結局はおどおどと黙り込んでしまう。怯えたネズミのようなありさまは、とても伝統ある大国の王には見えない。

クリフォードとダグラスに続き、三代続けて仕えた最後の主君が、これか。

「……悪いのは、愚王と知りながら国の安定だけを優先した、この私……せめて最後の始末はこの手でつけなければと思っておりましたが、どうやら、叶《かな》わぬようです……」

ジョセフのまぶたがゆっくりと閉ざされ、かろうじて上下していた胸も動かなくなっていく。

かつん、かつん。

近付いてくるルベドの足音が死神のそれに聞こえたのは、フレイだけではないだろう。美しい顔は殺意に彩られ、いっそう艶《つや》めいていたから。

ルベドがすっと上げた手に、虚空から出現した剣が収まる。

「虫のぶんざいで、フレイ様の御前で醜くさえずるとは。身のほどを知れ」

「やめろ、ルベド！」

見惚《みと》れていたせいで、命令はルベドが剣を振り下ろした直後になってしまった。既遂の行為に対しては創造主の命令も及ばない。

ジョセフの首は無惨に斬《き》り落とされる。死を避けられない運命ならばひと思いに殺してやるのが慈悲かもしれない…なんて、そんな…。

――許せるの？　そんなふざけたことが。

張り詰めた空気にそぐわぬ軽い声がいたずらっぽく問いかけてくる。それで気付いた。フレイは今、とても怒っているということに。

「……許せるもんか……っ！」

答えた瞬間、うなじと右手が燃えるように熱くなった。

フレイの身体能力は高くない。ルベドから一通りの武術は習ったが、素人よりは多少ましな程度にしかならなかった。錬金術以外の素質は皆無なのだろう。冒険者ギルドの依頼でルベドが盗賊団と一人で戦っている時も、電光石火の動きを目で追うことすら出来なかった。

だが今、フレイには見て取れた。ルベドの剣の動きが…相当な業物であろう刀身を構成する素材まで、はっきりと。

「何を…っ…⁉」

深紅の双眸が驚愕《きょうがく》に見開かれたのは、ジョセフの首を斬り落とす寸前の刀身がフレイに摑《つか》み取られたせいなのか、抜き身の刃を握っても傷一つつかないその手の甲に神々しく浮かぶシンボルのせいなのか。

二匹の蛇が螺旋《らせん》のように絡み付く翼杖——カドゥケウス。永遠と刹那《せつな》を司《つかさど》る錬金術の神、メルクリウスのシンボルだ。

……ばらばらになれ！

フレイが魔力を流しながら念じると、カドゥケウスは光を放った。フレイたち以外の者が思わず顔を背けるほどの強い光を。

その光に溶かされるかのようにルベドの剣は砕け、原子に還ってゆく。まるで五十年前の再現だ。あの時原子に還ったのは、剣ではなく刺客たちだったが。

「あ、…ああ、あ、ああっ！」

ルベドは蒼白《そうはく》になって膝《ひざ》をつき、頭を抱えた。がくがくと震えるその手が教えてくれる。五十年前、メルクリウスがフレイの魂と引き換えに起こした奇跡は、忘れえない悪夢としてルベドに刻み込まれているのだと。

痛々しい姿にフレイの胸はずきずきと痛んだ。

……俺は、何て罪深いことをしてしまったんだろう。

五十年前、ルベドをこの世に置き去りにしてしまったことを、フレイは悔いていた。心から謝り、ルベドも許してくれたと思っていた。けれど再び五十年前に戻れたとしても、同じ選択をするだろうとも。

でも、フレイは間違っていたのだ。

本当にルベドのためを思うなら、五十年前のあの瞬間……。

「フ…、フレイ…様、フレイ様、フレイ様……」

がくがくと震えるルベドは、魔法錬金釜《マジックアタノール》から出てきたばかりの頃よりも幼く、そして痛ましく見えた。

…そうだ。どんな姿になろうが、たとえ悪魔だろうが、ルベドはフレイの大切な子ども。離れられるわけがない。

愛《いと》しいルベドが、フレイがどんなに言葉を尽くしても不安だというのなら。

『貴方の中に収まり、貴方を生かし、決して分かてないものになれたなら、私は……』

五十年前は不可能だった願いを、今なら叶えてやれる。

っている。

「……偉大なるメルクリウスよ。我が守護者よ」

はるかな高みから、じっと見詰める視線を感じる。フレイが何をするのか、興味津々《しんしん》で見守っている。

フレイはルベドのかたわらに膝をつき、大きく上下するその左胸に手を伸ばした。はっと顔を上げるルベドに微笑《ほほえ》み、手の甲のカドゥケウスにありったけの魔力を注ぐ。

「汝が携えし翼 杖《カドゥケウス》がごとく、我が手で創りし生命と我が命を、螺旋と成したまえ……！」

ぱきん、と硬いものが砕ける澄んだ音が響いた。

ルベドの左胸から小さな深紅の結晶が飛び出し、フレイの手に収まる。かつて五歳だったフレイが初めて創った賢者の石、そのかけらだ。全《すべ》てはこれから始まった。

「……フレイ、様……」

呆《ほう》けたように目をしばたたくルベドに再び微笑み、フレイは賢者の石のかけらを己の左胸に当てる。そのまま押し込めば、かけらは汚れた衣服も皮膚も、骨さえもたやすくすり抜け、フレイの心臓にたどり着いた。

生きたまま焼かれるような感覚を味わったのは、つかの間。

「う、……あぁ、…っ……」

心臓はかけらを包み、その中心に迎え入れた。一体化した心臓からどくどくと全身へ送り出される血は、さっきまでとは比べ物にならないほど濃厚な魔力を帯びている。

——あはははははっ！

高らかな笑い声が天から降り注いだ。アルバートたちもぎょっとしているのを見ると、フレイ以外にも聞こえているらしい。

——予想外、予想外だ！　さすが僕の可愛い子、まさかホムンクルスの核と自分の心臓を錬成するなんてね！

「メルクリウス……！」

ぎっと牙《きば》を剝いたルベドが虚空を睨みつける。ホムンクルスにとって錬金術の守護者たるメルクリウスは創造主よりも格上の存在のはずだが、ルベドにとってはフレイを奪った憎い相手でしかないのかもしれない。

——おお怖い怖い。そんな顔しなくてもいいんじゃない？　そもそも君が愛しの創造主のもとへたどり着けたのだって、僕のおかげなんだよ？

「貴様……」

——なのに君ったら嫉妬《しっと》丸出しで、せっかく僕が可愛い子に刻んであげたシンボルも自分の痕《あと》で上書きして気付かれないようにしちゃってさあ。手にも刻んであげたから、これで誰にもわかるよね。可愛い子が僕の力のかけらの持ち主だって。

フレイははっとうなじを押さえる。

自分では見えないそこに、メルクリウスのシンボルが刻まれていたのか。おそらくは、蘇生《そせい》の秘儀によって呼び戻された直後から。おまけと呼ぶにはあまりにも大きすぎる、メルクリウスの力の一部を譲り受けた証として。

……そういえば、よみがえってから、錬金術を使う時はいつもここが熱くなった。

メルクリウスのおまけが無限の魔力どころかメルクリウスの力の一部だったのなら、ラティゴの魔法武器のレシピを解読し、分解出来たのは不思議でも何でもない。メルクリウスは全ての錬金術とその原理を司る神なのだから。…もっとも力の一部だけでは、物質を原子に還すのは負担が大きすぎたようだが…。

「っ…、フレイ様!」

ぐらりと倒れそうになったフレイを、ルベドが慌てて支える。手の甲に刻まれたカドゥケウスは光を失い、白い肌にほとんど同化していた。人の身に余る大技を行使し、大量の魔力を消費してしまったせいだ。

再びあの力を使うには、相当な時間を待たなければならないだろう。使わなければならない事態など、二度と起きて欲しくはないけれど。

——可愛い子、君は本当に面白い。ずっとずーっと見守ってるから、これからもたくさん僕を楽しませてね！

軽やかな笑い声が響いたのを最後に神の気配は遠ざかり、感じ取れなくなった。錬金術にもメルクリウスにもずっと助けられてきたけれど、とんでもない神様に目を付けられてしまった気がする。

「フレイ様、フレイ様……ああ、何ということを……」

悲愴《ひそう》な表情で抱きかかえてくれるルベドの左胸に、フレイはそっと触れる。伝わってくる規則正しい鼓動は、フレイの心臓と一体化したかけらを通し、フレイの魔力が欠けた賢者の石を補っている証だろう。

フレイとルベドは創造主とホムンクルスという関係を超え、互いを生かし合う関係になったのだ。

「わかるだろ？　…これで俺は、お前から絶対に離れられないって」

「…っ…、はい。……はい……！」

歓喜に震える腕がきつくフレイを抱きすくめる。互いの心臓を共有しているのだ。どちらかが生きる限りもう一方も生き、どちらかが死ねばもう一方も死ぬ。

そしてホムンクルスたるルベドは、核の賢者の石が存在する限り生き続ける。ならばフレイも、きっと。

……とうとう、人間じゃなくなっちゃったなあ……。

蘇生の秘術でよみがえった時点で、人間を逸脱していたのかもしれないが。フレイは溜息《ためいき》を吐きたくなるのを堪《こら》え、ルベドのシャツを引っ張る。

「お願い、ルベド。ジョセフの腕輪を外して」

「……、……かしこまりました」

眉をひそめつつも、ルベドはフレイを片腕で抱いたままジョセフに近付いた。倒れ伏したジョセフの腕にそっと手をかざせば、ジョセフを苦しめていた腕輪はぱんっと音をたて砕け散る。

「う、……あ?」

ジョセフは緩慢な動作で起き上がり、不思議そうに首をめぐらせた。間に合った…生きていてくれたのだ。

「ジョセフっ!」

「殿下? …私は、いったい?」

まだ少しぼんやりした目を向けられ、ルベドは不本意そうに告げた。

「腕輪は壊した。その前に今まで奪った魔力と血を還してやったから、しばらくは死ぬことも無い」

「は……?」

簡潔すぎる説明に戸惑うジョセフの血色は良く、魔力も全身に満ちており、ついさっきまで死にかけていたのが嘘のようだ。

ジョセフは痛みの無い身体にしばらく呆然《ぼうぜん》としていたが、すぐに状況を理解したのか、考えても無駄だと割り切ったのか。

「……感謝します。配下に任せるしかないと思っておりましたが、我が手で王と王国に終止符を打つことが出来そうです」

五十年前を彷彿《ほうふつ》とさせる凛《りん》とした空気を纏い、アルバートに向き直った。

「…しゅ…、終止符だと？　ジョセフ、貴様、狂ったのか!?」

ルベドの殺気やらメルクリウスの気配やらにすっかり気力を奪い尽くされていたアルバートも、さすがに不穏な発言は聞き逃せなかったのか、唾《つば》をまき散らす勢いで食ってかかる。

「私はいたって正気だ。殿下に縋り今回の危機を乗り越えたところで、貴様は反省するどころか、いつかまた必ず同じ愚を犯すだけだと気付けたのだから」

「…ぐ…っ…、な、何を根拠に……」

「根拠は、そこに転がっているだろう」

ジョセフはいまだに動けない騎士たちを冷たく睥睨《へいげい》する。

「貴様はホムンクルスたちを人質として殿下を酷使するだけでは飽き足らず、さらに帝国の領土へ攻め込ませ、エリクサーまで創らせ、その利益を教会と丸取りするつもりだったな？」

「言いがかりだ！　そのようなこと…」

「考えたことも無い、などとは言わせないぞ」

ジョセフは王妃たちを連行してきた屈強な男たちに顎《あご》をしゃくる。

宰相直属の配下なのだろう。ルベドの殺気に当てられてもどうにか正気を保っていた彼らは、聖職者用の帽子をアルバートに掲げてみせた。サファイアとエメラルドをちりばめたそれをかぶれるのはたった一人、聖法王だけだ。

「ここに来る前に大聖堂は押さえた。…聖法王は交渉の末、貴様との楽しい『計画』を全部吐いてくれたぞ」

「そ、そそ、それは……！」

よくよく見れば、帽子にはところどころ血とおぼしき染みが付着している。

どんな『交渉』が行われたのか察したのだろう。アルバートはがたがたと震え始める。

「ジョ、ジョセフ、お前、聖職者に…しかも聖法王猊下《げいか》に暴力を振るうなど、ソティラス貴族の風上にも置けぬ愚行！　この国に居場所がなくなってもいいのか⁉」

「構わない。ソティラスという王国は、今日をもって滅びるのだから」

さらりと告げられた言葉は重く、理解するのに時間がかかってしまった。

呆然とするフレイの代わりにルベドが問う。

「…アステリア州軍撃退後は貴族に兵を出させ、巻き返す予定ではありませんでしたか？」

「そのつもりでした。しかしこの男が愚を犯すたび民を危機にさらすくらいなら、カマルの支配を受け容れた方がいい。そう判断した次第です」

「王族たちはカマルへの降伏の証ですか」

「はい。元国王夫妻は戦犯として処刑されるでしょうが、これからいくらでも子を望める元王子と元王女は歓迎されるはずです。領地へ逃げ帰った貴族たちも、今さらカマルの支配を拒みはしますまい」

身も蓋《ふた》もない言い分にアルバートは激昂《げっこう》し、縛られた身体を大きく揺らす。

「ジョセフ！　降伏など俺は認めぬぞ⁉」

「貴様に認めてもらう必要は無い。すでに降伏の使者は王都を出立した。帝国の領土内はすみずみまで伝馬制が行き届いているから、降伏の書状は数日以内に帝都に届くだろう」

アステリア州軍が想定外の大敗北を喫した後だ。カマル皇帝は迷わず降伏を受け容れるだろう。公には、使者が出立した時点をもって降伏とみなされるのが慣習だ。

降伏すればその国の支配者は全ての地位と権利を剝奪《はくだつ》される。

つまり今のアルバートはただの元国王だ。自分は認めていなかったと喚いたところで、カマル皇帝には無視されるだけである。

「……そ、……そん、……な……」

放心したアルバートが床にくずおれるや、開いたままの扉の方から走り去っていく何人もの足音が聞こえてきた。王宮で働く貴族はほとんどが領地を持たないから、王族と共に帝国へ連れて行かれるのはごめんだと逃げ出したのだろう。アルバートの人望のほどが窺える。

「ジョセフ……お前は？　お前はどうするんだ？」

「私はここに残ります」

不安にかられたフレイが尋ねると、ジョセフは迷わず断言した。誰も居なくなった扉を一瞥し、苦い笑みを浮かべる。

「あの分では武官も文官もほぼ逃げ出してしまうでしょう。帝国の使節団が到着するまでの間王宮を維持し、その後は元国王たちを引き渡すためにも、私だけは残らなければなりません」

「……死ぬ気ですか？」

ルベドの低い問いに、フレイは不安の正体を悟る。

…そうだ。ジョセフはソティラスにその人在りと謳われた宰相である。ソティラスの内情に通じ、人望も厚い名門貴族など、新たな支配者たるカマル帝国にとっては邪魔なだけだ。戦後の処理が終わるまでは生かしておくだろうが、その後は…。

「誰かがやらなければならない務めです。最後のご奉公として、この老骨が引き受けるべきでしょう」

晴れ晴れと笑うジョセフに心臓が跳ねた。この男は最初からそうするつもりだったのだ。最後には自分の命で全てに片を付けるつもりで…だからずっと、たがが外れたとしか思えない大胆な行動を取っていたのだ。

「そう遠からず、私は処刑されるはずです。見せしめのためにも惨《むご》たらしい方法で」

「……何を……」

「殿下の味わった苦痛には遠く及ばないでしょうが、それをもって貴方のお命を奪った償いにさせて頂きたく」

「……何を勝手なことばっかり言ってるんだよ、このクソジジイ！」

沸き上がる怒りのまま叫び、フレイはルベドの腕から飛び降りた。

ぽかんとしたジョセフが苛立ちに拍車をかける。フレイが素直に喜ぶとでも思っていたのか。

クソジジイのくせに。クソジジイのくせに！

「お、お前はさっさと死んで満足かもしれないけど、俺は、…俺は、そんなんじゃ、絶対につ、許さない、からな！」

「殿下…」

何故か勝手に胸が大きく上下するせいで、上手く言葉を紡げない。もどかしさに首を振れば、まなじりからぼろぼろと大粒の涙がこぼれた。

泣いているのか、自分は。どこまでも身勝手なクソジジイなんかのために。…いや違う、これは悔し涙だ。さんざんフレイの心をかき乱して、すっきりした顔で死に逃げするなんて許せない。

「死、死んで楽になんて、させてやる、もんか。…償いたいなら、生きろ。死ぬまで生きて、俺のために馬車馬みたいに働けよ！」

「……貴方という人は、どこまで……」

ふっと微笑んだジョセフが慈しむように呟《つぶや》いた言葉は、眉を吊《つ》り上げたルベドには聞こえたようだが、フレイには聞き取れなかった。

甘いとでも詰《なじ》られたのだろうか。死ぬまでこき使われることのどこが甘いのか、とフレイは憤慨しながら袖口《そでぐち》で乱暴に頬を拭う。

「……殿下のご命令ならば何をおいても従いたいのですが、残念ながらこればかりは。私の存在は周辺諸国、もちろんカマル帝国にも知れ渡っています。帝国の使節団が到着した時、私が交渉の席に居なければ、本当に降伏の意志があるかどうか怪しまれてしまうでしょう」

「そこの汚物《アルバート》にまともな判断など出来るわけがないと、帝国も承知しているでしょうからね」

ジョセフの意見にルベドも同意する。この五十年間、ソティラスの実質的な統治者だったのはジョセフなのだ。カマルも最初からアルバートではなく、ジョセフを交渉相手に考えているだろう。

だが、ジョセフもルベドも大切なことを忘れていやしないか。

「その姿で、本当に宰相のジョセフだって信じてもらえると思う？」

「……あっ」

ジョセフとルベドの声が綺麗《きれい》に重なった。

そうなのだ。フレイもルベドも五十年前のジョセフを知っているから若返ったジョセフも違和感無く受け容れたが、今を生きる人々にとって、ジョセフとはフレイがよみがえって初めて出逢った痩《や》せた老人である。

若返ったジョセフと老ジョセフを結び付ける者は居まい。ジョセフの部下やアルバートがかろうじて同一人物だと信じたのは、長い間の付き合いがあってこそだ。

「…エリクサーの効果が切れれば、元の姿に戻るのではないのですか？」

「俺の創ったエリクサーの効果はほぼ永続だよ。元の姿に戻るにはまた時間が経つのを待つしかないんじゃないかな。…エリクサーで若返った人間がきちんと歳を取れるかどうかは、やったことがないからわからないけど」

　フレイの適当すぎる言い分にジョセフはぽかんとする。こんな時なのにちょっといい気分だった。やはりジョセフを適度に驚かせたりつついたりするのはわくわくして楽しい。

「だからジョセフが交渉するのも、ここに残るのも無駄ってわけ。…わかった？」

「は、…いや、ですが交渉の場に宰相が居ないわけには…」

　ジョセフは目を白黒させながらも、反論しようとしている。そんなにフレイにこき使われるのが嫌なのだろうか。ならば何としてもこき使ってやらなければ。

「わかった。『宰相のジョセフ』が居ればいいんだな」

　にんまり笑ったフレイに、ルベドが収納魔法から魔力を含んだ大量の土と黒曜石を取り出してくれる。心臓を共有するホムンクルスは、創造主の考えが手に取るようにわかるらしい。

「土塊《つちくれ》よ、我が記憶に刻まれし姿を取り、我が前に現れよ」

　ジョセフの瞳によく似た黒曜石に魔力を注げば、ズズズ、と土が勝手に纏わり付き、人間の姿を形作っていく。やがて現れたのは、老いたジョセフの姿のゴーレムだった。

「これは……私、…っ…?」

あぜんとするジョセフの髪をルベドが何本か乱暴にむしり、フレイに差し出してくれる。フレイはありがたく受け取り、老ジョセフゴーレムの胸に埋め込んだ。

「偉大なるメルクリウスの御名のもと、汝《なんじ》に真理《エメス》を刻む」

指先に魔力をこめ、真理を表すシンボルをゴーレムの額に刻む。シンボルがカッと光って消えた直後、老ジョセフゴーレムは静かにまぶたを開けた。現れた双眸には命無き者とは思えない知性と理性が宿っている。

「カマル帝国との交渉を滞り無く執り行い、その後病死を装って活動停止しろ」

「承りました」

ジョセフの髪の影響か、ゴーレムの口調や動きは猫ゴーレムや熊ゴーレムたちよりずっとなめらかだ。髪からジョセフの記憶や知識も付与されたから、誰もゴーレムだとは見抜けまい。

さすがに血や臓器は備えておらず、処刑されれば人間ではないとばれてしまうが、病死ならそのまま埋葬されるから問題無い。ほとぼりが冷めた頃、墓から掘り起こしてやればいい。

「これで何の問題もなくなったな」

フレイはふふんと笑い、胸を張った。勝手に偽者を創られた挙句死んだことにされてしまうのだ。問題だらけだろうとフレイとルベド以外の誰もが思っただろうが、指摘する勇気の持ち主は居ない。

「来い、ジョセフ。俺と一緒に」

　フレイはジョセフに手を差し出す。ルベドは触れれば切り刻まれそうな殺気を発散しているが、行動に移さないということは、フレイの選択に不本意ながらも賛成しているということだ。

「…しかし…、私は…」

「……お行き下さい、宰相閣下！」

　この期に及んで迷うジョセフに叫んだのは、彼の配下の一人だった。フレイたちに注目され、びくんと怯《ひる》みながらも必死に言葉を続ける。

「閣下はこれまでご自分を犠牲にし、王国のために尽くしてこられた。閣下が居られなければ、ソティラスはすでに滅んでいたでしょう」

「…そっ、そうです！　アルバートが無謀にもアステリア州を攻め、逃げ帰ってきた時、帝国がそのままソティラスに攻め込んでこなかったのは閣下を恐れたからです！」

「第三王子殿下に対するせめてもの罪滅ぼしだからと、取り壊し予定だった離宮を私費で維持してこられたのも閣下ではありませんか！」

　他の配下たちも必死の形相で援護する。

　クリフォード、ダグラス、アルバートと三代も愚王が続く間、彼らはどうにか王国を保とうと悪戦苦闘するジョセフを歯がゆい思いで見守ってきたのだろう。ジョセフの人望の厚さに舌を巻きつつも、フレイは意外な情報に目を丸くする。

……離宮を維持していたのはジョセフだった？　しかも自分のお金で？

「閣下はもうじゅうぶんに献身なさいました。…どうか、後は我らにお任せ下さい！」

仲間の応援に勇気を得たのか、最初に発言した配下が熱弁し、他の者たちも拳を握り締めながら同意する。

彼らのまなじりを濡《ぬ》らす涙にジョセフは息を呑み——やがて降参とばかりに首を振った。

「……ありがとう。我が人生は何も成し得なかったと思っていたが、君たちという素晴らしい宝を得ていたようだ」

「…か…、閣下……」

思いがけないねぎらいに配下たちは泣き崩れる。彼らの肩を叩いて回ってから、ジョセフはフレイの前にひざまずき、差し出したまま固まっていた手を取った。

「本当に……貴方には敵《かな》わない」

涙を滲《にじ》ませ、カドゥケウスのシンボルがうっすら浮かぶ手の甲にそっと口付ける。優雅で洗練されたその仕草は、貴族が王に忠誠を捧げる時にしか行わないものだ。

「ジョ、ジョセフ…」

「この命が続く限り、我が忠誠は貴方のものです——フ、フ、フレイ様」

今にも攻撃魔術を放ちそうなルベドを面白そうに一瞥し、ジョセフは初めて見る親愛のこもった優しい笑みを浮かべた。

数日もすれば帝国から使節団が派遣され、アルバートと王族の引き渡しをもって正式に降伏することになるだろう。

その時、アステリア州軍を全滅させたフレイたちやルベドが居ては大騒ぎになってしまう。百人のホムンクルスたちも共に、急いでソティラスを離れなくてはならない。

「何の問題もございません」

ルベドは微笑み、慌てるフレイを問答無用で抱えて転移の術を発動させ――ふと気付けば、離宮の私室よりもさらに大きく、豪奢な部屋に移動していた。その真ん中に置かれた天蓋《てんがい》付きの寝台に押し倒されている。

「え？　…え、ええ？」

「さて、仕置きの時間ですよ。ちょろくて可愛い、私のフレイ様」

フレイの腰にまたがったルベドが前髪をかき上げ、艶然《えんぜん》と笑う。発散される色気にくらくらしそうになり、フレイは首を振った。

「し、しし、仕置きって？　それにここは…ジョセフとホムンクルスたちは…」

「ここはフレイ様のために用意した邸《やしき》です。ジョセフとホムンクルスたちも全員移動させましたからご安心を」

……い、今、ジョセフのこと初めて名前で呼んだ⁉

大害虫だの蛆虫《うじむし》だのさんざんな呼び方だったのに、何の心境の変化なのか。

嫌な予感に襲われたが、不穏に光る深紅の瞳をずいと近付けられては、呑気《のんき》に尋ねられるわけがない。反射的に顔をそむけようとすれば、おとがいを掬《すく》われ、強引に目を合わされる。

「約束、覚えていらっしゃいますよね？」

「約束？　……あっ」

——アステリア州軍を撃退するまでの間、私を片時も傍から離さないこと。もし離したら、私の願いを何でも必ず叶えること。

ジョセフの依頼を請けた時、交わした約束が記憶の奥底からよみがえる。

「……その顔。忘れていらっしゃいましたね」

「お、覚えてる。覚えてるよ、もちろん」

凄《すご》みを増した笑顔が怖くて、早口で反論する。しかし深紅の瞳は不穏な光を強めるばかりで、とても納得してくれた様子は無い。

「本当だってば！　ルベドが傍に居るのは当たり前すぎて、意識していなかっただけなんだってば！」

「……」

ルベドが笑顔のまま口をてのひらで覆う。くそ、ちょろいくせに可愛い…と聞こえたのは、気のせいだったのだろうか。

「…つまり、私に一人で近衛騎士団を止めてくるよう命じられたのは、約束を忘れていたからではなかったと？」

「そう！　そうなんだよ！」

「わかりました。信じましょう」

押し潰されそうな威圧感がほんの少しだけ弱まり、フレイは安堵《あんど》するが、すぐさま心臓が止まりそうになった。

「ですが貴方が約束を違《たが》えたことに変わりはありません。…私の願い、叶えて頂きますよ」

ルベドの唇が蠱惑《こわく》的にゆがめられる。

あの唇に口付けられた瞬間を思い出し、震えるフレイの手を、ルベドは恭しく取った。

「──貴方を下さい」

「……え？」

「もうおわかりになったのでしょう？　貴方を渇望する私の愛が、子どものそれなどではないことを」

熱い舌が指を這《は》う。ぐっと歯を立てられ、甘い痛みが走った。指先と…ルベドと分かち合う心臓に。

「貴方は私を、貴方の心臓にして下さった。……私の、叶うはずもない願いを叶えてくれた」

「…ルベ、ド…」

「愛しています…愛しています。もう一秒たりとも離れてはいられない。私を受け容れて…さもなくば私は…、ばらばらに壊れてしまう…！」

「…ルベド、……っ…」

抗《あらが》う間も無く上着を、さらにはシャツを引きちぎられ、フレイの背中に冷や汗が伝い落ちる。この男は人間離れした力を誇るホムンクルスなのだと…魔術で服を脱がせる余裕すら無いほど追い詰められているのだと思い知らされて。

……焦ってる？　俺の完璧なルベドが？

「ああ…、フレイ様…」

さらけ出された胸に、ルベドはうっとりと頬を擦《す》り寄せる。

…初めてではない。ぬめる舌を這わされるのも、素肌をまさぐられるのも。

なのに全身がかっと熱くなり、心臓が壊れそうなくらい強く脈打つのは、見上げる深紅の瞳に宿る狂おしい光のせいだ。

「…や…っ、ルベドっ……」

「大丈夫です、フレイ様。つらい思いは絶対にさせませんから…」

白い手が優雅に動いただけでベルトはちぎれ、ズボンは下穿きごとずり下ろされる。露わになった肉茎を愛おしむように撫《な》でた手は、さらにその奥——秘められた蕾《つぼみ》に伸びる。

「……待って、ルベド！」

骨も残さず喰らわれる予感にうなじがぞくりと震え、フレイは叫んだ。

「…私に触れられるのは、お嫌なのですか？」

切羽詰まったものを感じたのか、ルベドが顔を上げる。深紅の双眸に焦燥と悲哀が滲んでいるのに気付き、フレイはぶんぶんと首を振った。傷付けたいわけではないのだ。

「違う、…違う。俺は…、…ルベドに、謝らなくちゃいけないんだ」

「謝る…？」

「うん。……今じゃなく、五十年前のこと」

フレイはルベドの左胸にそっと触れた。この男の一部を受け容れた時、悟ったのだ。かつての自分のあやまちを。

ルベドの心を受け止めるのなら、その前にフレイの心をさらけ出さなければならない。

「俺は、間違ってた。本当にルベドを大切に思うなら、置いて逝《い》っちゃ駄目だった。……一緒に、連れて逝くべきだった」

「…っ…、フレイ、様…」

「ごめんなさい、ルベド。置いて逝ってしまって……本当に…っ…」

逞《たくま》しい背中にぎゅっと縋り付く。

フレイがルベドを創り出したのは、母を失った孤独に耐え切れなかったからだ。愛する人を喪《うしな》う悲しみと絶望を誰よりも知っていたのに、ルベドに強いてしまった。どんなに詫《わ》びても許されない。

「…ならば…」

分かち合う心臓の鼓動が重なった瞬間、骨が軋《きし》むほどの強さで抱き返された。

「ならば約束して下さい。次は、…次に貴方がこの世を去る時は、私も連れて逝くと。二度と独りにしないと」

「…する…、約束、する」

賢者の石のかけらを受け容れた元人間とホムンクルス。新たな絆《きずな》で結ばれた二人があとどれだけ生きられるかはわからないけれど、命の終わりは同時に訪れるはずだ。そのことがたまらなく嬉《うれ》しい。

「……フレイ様……」

熱い吐息に、声にならない囁きが混じる。祈りにも懺悔《ざんげ》にも似たその響きが教えてくれた。今ようやく、ルベドの永い孤独は終わったのだと。

ルベドは深紅の双眸を甘く蕩かせ、再びフレイの背中から蕾へ手を滑らせる。

「私に、貴方を下さい」

「あ…っ、あ、ぁっ…」

「安心して、私に全てを委ねて。…ここもとろとろに蕩かせて、ぐちゅぐちゅになってから犯して差し上げますから」

すぼまった入り口をなぞった指が、浅く沈められる。そのまま媚肉《びにく》を抉《えぐ》られ、フレイはびくんびくんと背を震わせた。

男同士はそこでまぐわうのだという知識は、うっすらとある。だがまさかルベドにここを触れられる日が来るなんて思わなかった。

まぎれもない、欲望の熱を纏わせて。雄の匂《にお》いを漂わせて。

「……中で、感じていらっしゃるのですね」

完璧な美貌《びぼう》に滲んだ笑みはなまめかしく、獣めいた獰猛《どうもう》さを孕んでいた。

「ち…、ちがっ……」

「恥ずかしがらなくていいのですよ。私を奥まで銜《くわ》え込んで、気持ちよくなれるということなのですから…」

ルベドは上着のポケットから小瓶《こびん》を取り出し、コルクの栓《せん》を噛んで開けた。フレイが紅い唇から覗く鋭い牙にどきりとしている間に媚肉から指を引き抜き、中の淡い桃色の液体を指に纏わせる。

果実と蜂蜜が混じったような、熟れた匂いが漂った。初めて嗅《か》ぐそれはひどく甘ったるく、フレイは思わずきゅっと眉を寄せてしまう。

「貴方を楽にしてくれる香油ですよ」

小瓶を放り捨てるルベドは、フレイが中身について知らないのが嬉しいようだった。

「これを使えば、生娘でも自ら腰を振ってねだるようになると言われる一級品です。もちろん身体に悪いものは入っていません」

「…あ…っ、ああっ…」

香油を蕾に塗《ぬ》り込めながら、指が再び入ってくる。異物感は媚肉を撫で上げられるなり消え失せ、代わりに燃え上がるような熱が広がっていく。

「や…あっ、あ、あ…、あ、あっ」

幼い頃から慈しんでくれたあの指が、フレイ自身すら触れたことの無い腹の中を探っている。フレイに快楽を植え付けるために。

「ああ、…あっ、あ…んっ、ん、うぅっ…」

ひっきりなしにこぼれる悲鳴が甘さを帯びていく。不埒《ふらち》な指を追い出そうと腹に力をこめれば、きつく食《は》み締めてしまい、ひときわ強い衝撃が襲ってきた。

「…っ…、フレイ様……」

それが今まで感じたことの無いほど強い快感だと気付かせてくれたのはルベドだ。

耳朶《じだ》に吹き込まれる声は上擦り、深紅の瞳は情欲に濡れている。フレイの全身を舌と指で診察する間すら、落ち着き払った態度を崩さなかったのに。

フレイの心臓の真ん中に息づく賢者の石のかけら…ルベドの一部から熱い血潮が全身へ送り出され、燃え上がらせていく。

「夢のようです…。貴方が、私で興奮して下さるなんて…」

「あぁ、…っ！」

もう一方の手に握り込まれるや、肉茎はぶちゅりと大量の先走りを漏《も》らした。

…尻を抉られて興奮している。残酷な証拠を突き付けられ、いやいやをするように首を振れば、耳朶にやんわりと歯を立てられた。

「怖がらないで、フレイ様…」

「あ…、ル、ルベド、ぉっ…」

「これを使われれば、誰でもこうなります。…貴方は何も悪くない。ただ愚かなホムンクルスの毒牙《どくが》にかけられただけだと諦《あきら》めて、受け容れて下さい」

甘い声音に慰められても、また首を振らずにはいられなかった。

…気に入らなかったからだ。纏わり付く甘ったるい匂いも、ひたすら己を貶《おとし》めるルベドの物言いも…何もかもが。

「…嫌だ…、こんなの、嫌だ…」

「フレイ様…？」

「こんな…、こんなの、お前だけが欲しがってるみたいじゃないか…！」

悲しくて悔しくて、ぽろりと涙がこぼれる。ルベドは深紅の瞳をあぜんと見開いていたが、やがて震える唇を恐る恐る開いた。

「…そのお言葉は…、フレイ様も私を欲して下さっているように聞こえますが…」

「っ……」

当たり前だろ、と怒鳴りそうになり、フレイははたと気付く。ルベドの思いを受け止め、互いの心臓を分かち合いまでしたのに、肝心のフレイの気持ちを告げていなかったことに。

「……愛してる、よ……」

眼光を増した深紅の瞳に呑み込まれてしまいそうで恐ろしいけれど、フレイは懸命に言葉を紡いだ。…もし再び離れ離れになってしまった時、きちんと伝えておけば良かったと後悔したくないから。

「俺の居ない間、お前がどんなにひどいことをしてたって…悪魔になったたって、俺は、お前と離れたくないって思った」

「…フレイ様」

「他の誰にも、そんなこと、思わない。…一つになりたい、なんて、絶対に…」

もはや隠しようの無いほど張り詰めてしまった肉茎を扱《しご》かれ、フレイは真っ赤になった顔をばっと逸《そ》らす。

「も、もう、わかった、だろ。…お前のこと、本当に子どもだって思ってたら、ここを、こんなふうになんてしない」

「フレイ様、ああ、フレイ様」

「な、なのにお前、は、俺は悪くない、とか、毒牙にかけられたとか、か、悲しいこと、ばっかり言って…」

「申し訳ありませんでした、フレイ様。どうかこちらを向いて。このルベドに、愛らしいお顔を見せて下さい」

あやすような囁きは今までのようにただ優しいだけではなく、甘い棘《とげ》のような響きを孕んでいる。素直に従えないのは、その棘に刺されたら何かが決定的に変わってしまいそうだからだ。

「…愛らしくなんて、ない」

むしろ涙と望まぬ快楽でぐちゃぐちゃになって、みっともない顔になっているはずなのに、ルベドの囁きはいっそう甘さを増す。

「私にとっては世界で一番愛らしく美しいお顔ですよ。どんな表情をなさっていても、貴方が一番美しく愛おしい」

「……、それは、俺がルベドの創造主だからじゃないの？」

ルベドの愛情を疑っているわけではない。

だが人が神に逆らえないように、ホムンクルスも創造主には逆らえない。その全てを受け容れ、賛美する。そういう生き物なのだ。たとえ創造主がフレイでなくても、ルベドはきっとこうして…そう思うと、胸がちぎれてしまいそうに痛む。

「ホムンクルスが創造主を無条件で愛するというのは、大きな間違いですよ」

「……え……?」

「シルヴァやシトリたちを思い出して下さい。彼らは自分を創り出した錬金術師を慕っていましたか?」

直接確かめたことは無いが、フレイなら自分を奴隷として売り飛ばした人間を慕ったりはしないだろう。小さく首を振るフレイの頰に、ルベドは口付けを落とす。

「私も同じです。創造主が貴方だからこそ、私は守り慈しみたいと願い…それだけでは満足出来なくなってしまったのでしょう」

自嘲《じちょう》を含んだ吐息がうなじを撫でた。

「この世に生まれ出た最初の瞬間を、私ははっきり覚えています。お願い、来て、そばに居てと泣きじゃくる子どもの声が聞こえ…その願いを叶えてあげたいと思った時、私の自我は宿りました」

「あの時か…」

言われてフレイも思い出す。魔法錬金釜《マジックアタノール》の中で、核にした賢者の石がひときわまばゆく輝いた瞬間を。

「私のために血を流した貴方が、食事の必要の無いホムンクルスと食卓を囲みたがった貴方が、一人は寂しいと泣きながら私のベッドに潜り込んでくる貴方が、私を自慢にして下さる貴方が…愛情しか求めなかった貴方が愛おしくて愛おしくて…」

「ル、ルベド…」

「貴方を失った五十年の間、ずっと考えていました。生き返らせた貴方を、今度こそ絶対に逃がさない。私という楔《くさび》を打ち込み、永遠に縛り付ける。それさえ叶うなら、たとえ嫌われても構わないと、諦めていたのに…貴方は私を、貴方の心臓にして下さった…」

——フレイ様。

呼び声はあまりに真摯《しんし》で、フレイは思わず顔を上げてしまう。欲望に濡れた深紅の瞳に、吸い込まれてしまいそうだ。

「誓います。これより先、私はこの身が砕け散るまで貴方と共に在る。どのような定めからも危機からも、今度こそ貴方を守り抜くと。私の五十年間は、そのためだけにあったのだから」

「ルベド……」

ぐっと押し付けられたルベドの股間《こかん》は布越しにも熱く、フレイは腰が疼《うず》くのを感じた。人間と同じ性器があっても、繁殖能力を持たないホムンクルスが勃起《ぼっき》することは無いはずなのだ。けれどルベドのそこは、フレイとつながるためだけに猛《たけ》り狂っている。

可愛いルベド。フレイのために生まれてきてくれた、唯一の存在。

「愛してる、よ」

フレイは腕を伸ばし、ルベドの首筋に縋り付く。

「お前だけを愛してる。俺の可愛いルベド」

「ああ……！」

ルベドは美貌を歓喜に輝かせ、入ったままだった指で媚肉をぐちゅんと抉った。フレイの体温を吸った香油は媚肉にすっかり馴染《なじ》み、自ら潤っているような有様だ。

ぞわぞわするけど、嫌ではない。それどころかもっと奥を探って欲しいと思う。ルベドもフレイと同じだけ乱れて、ぐちゃぐちゃになって欲しいとも。

「俺だけこんななんてずるい。…ルベドも脱いで」

フレイは唇を尖《とが》らせ、ルベドの両頬をてのひらで挟み込んだ。

錬金術師が――創造主がホムンクルスとまぐわう。聖職者たちが聞いたら、きっとおぞましいと震撼《しんかん》するのだろうが糞喰《くそく》らえだ。

ルベドがくれるのと同じだけの愛を、フレイも返したい。胸を支配するこの気持ちを否定するのなら、ソティラスだってぶっ飛ばしてやる。

「……仰《おお》せのままに」

なまめかしい笑みを刻んだルベドの全身から、衣服が一瞬で消え失せた。尻に埋めていた指を抜き、膝立ちになってみせる。

「すごい……」

さらけ出された肉体美に、フレイは馬鹿みたいに見入ることしか出来なかった。

隆起した筋肉の一つ一つが、名工が精根込めた彫刻のようだ。美しいのに、研ぎ澄まされた刃や野生の肉食獣にも似た獰猛さと鋭さを秘めている。

だが何と言っても目を奪われるのは、股間に隆々とそびえる雄だ。幼子の腕ほどありそうなそれは反り返り、先走りをぼたぼたとしたたらせている。まるで獲物を前にした肉食獣がよだれを垂らすかのように。

「貴方が創って下さったのですよ。ご覧になるのも初めてではないでしょうに」

「それは、そうなんだけど…」

そこがそんなふうに猛り狂っているところを拝むなんて、思わなかったのだ。恥じらうフレイにルベドは微笑み、中途半端に絡み付いていた衣服を魔力で奪い去ってしまう。

「さあ、今度はフレイ様の番ですよ」

「え、…あぁっ」

両脚を大きく開かされる。勃起した肉茎も香油に濡れた蕾も、秘めておきたい全てがルベドの目にさらされてしまう。

「愛らしい…」

蕾を映した深紅の瞳がうっとりと細められた。

「私のフレイ様は花のように愛らしいと思っておりましたが、こんなところにも花を隠していらっしゃったのですね」

「…う、…ぁ…」

「もっとよく見せて。…この花を手折る栄誉を私にお与え下さい」

甘すぎる口説き文句に頭が沸騰しそうになりながら、フレイは紅い瞳に促されるがまま自ら両脚を持ち上げる。

ルベドは喉を鳴らし、濡れた蕾に口付けた。

「あ…、…ル、ルベドっ…」

熱い舌が蕾から陰嚢《いんのう》の裏側をたどり、肉茎の裏筋をなぞっていく。物欲しそうに震える蕾には再び指が突き入れられ、媚肉が嬉しそうに喰らい付くのがわかった。

「…っ、あ、や…っ、やぁ…っ、やだぁ…」

首を振ったとたん、じっとフレイを見上げていた深紅の瞳が曇る。誤解させたのだと悟り、フレイは朱金の髪に指を埋めた。

「違う…、お前じゃなくて、匂いが…」

「匂い…、…香油ですか？」

「うん。この匂い、好きじゃない…お前の匂いがわからなくなっちゃうから…」

お前の匂いが一番好きなのに。

呟いたとたん、二本に増やされた指が一気に奥まで侵入する。こぼれた嬌声は、覆いかぶさってきたルベドの唇に奪われた。

「…お許しを、フレイ様」

舌をからめとり、ねちゅねちゅと絡める合間にルベドは囁く。腹の中の指をいやらしくうごめかせながら。

「フレイ様が受け容れて下さるとは思わず、こんなものを用意してしまいました」

「…ぁ、…は、…んっ」

「ですがご安心を。…すぐに私の匂いだけを纏わせて差し上げますから」

腹を拡げていた指がゆっくりと抜け出ていく。すっかり蕩かされた蕾に、熱い先端が押し当てられた。

「ルベドぉっ…」

あまりの大きさと熱さに怯え、フレイは思わずルベドの首筋に縋ってしまう。これからフレイを犯そうとしているのは当のルベドなのに。

「大丈夫ですよ、フレイ様…」

顔じゅうに口付けを降らせてくれるルベドの美貌は、今までで一番甘く蕩けていた。

「私はフレイ様に創られ、フレイ様の血を分け与えられし者。苦痛など決して与えません」

「…あ、ルベド、…っ」

「愛しています。私の、私だけの創造主…」

濡れた媚肉を割り、大きすぎるものが入ってくる。フレイとつながり、二度と離れなくなるために。

…痛みは無い。だがその分身体を拓かれる感覚と雄の圧倒的な存在感を思い知らされてしまい、フレイはルベドのうなじに爪をたてる。

「ひ、あ、あっ…、ルベド、ルベドぉ…」

ゆっくりと腹を満たしていく雄がもどかしくて、無意識に腰を振ってしまう。いっそひと思いに貫いて欲しいと願うフレイは、知らなかった。ルベドが初めて犯される感覚を刻み込むため、わざと少しずつ腰を進めていることも――悩ましくくねる腰に、どうしようもなく劣情を刺激されていることも。

「…ああ、フレイ様…っ…」

長い時間をかけてようやく根元まで収めると、ルベドは逞しい身体でフレイを包むように抱き締めた。

体重をかけられ、フレイは銜え込まされたものの存在感を思い知らされる。こんなに熱くて大きなものが、自分の中で脈打っているなんて。

「最高です…、貴方の中は…」

「ルベド…っ、俺も、…俺もっ…」

フレイは夢中で両脚をルベドの胴に絡め、より奥へ雄を迎え入れる。

巨大な先端が最奥に嵌まり込んでいくのも、狭い穴を容赦無く拡げられるのも、火傷《やけど》しそうなほど熱い雄を食み締めるのも、互いの心臓が同じ鼓動を刻むのも…何もかもが気持ちよくてたまらない。怯えていたのが嘘みたいだ。

「溶けちゃいそう……」

恍惚《こうこつ》と漏らし、自ら腰を揺らせば、いっそう強く抱き込まれた。みちっ、と媚肉が軋む感触さえ愛おしい。

「…溶けて下さい。二人でどろどろに溶けて…、一つに混ざり合いましょう…」

「ん、…うん、…ルベドっ…」

媚肉の締め付けを堪能していたルベドが、おもむろに腰を使い始める。最初は緩やかだったそれはすぐに激しくなり、フレイの小柄な身体はルベドの下でがくんがくんと揺さぶられた。

「あっ、あんっ、あ…ぁっ、ルベドぉ…」

「フレイ様、フレイ様…」

ごりごりと雄に抉り上げられるたび、腹の奥から全身に快楽の波が広がっていく。

…知らなかった。自分の中に、こんなに感じるところがあるなんて。完璧なルベドが、フレイを呑み込んでしまいそうなほどの劣情を抱いていたなんて。

「……ぁ、あ、ああ――……!」

ずちゅんっと最奥を突かれ、頭が真っ白に染め上げられる。

小刻みにけいれんするフレイを抱きすくめ、ルベドは思いのたけを叩き付けた。

「フレイ様っ……」

「……あ、……あ……」

絶頂にわななく媚肉に、熱い精が浴びせられる。大量のそれは瞬く間にフレイの腹を満たし、内側から膨らませた。ちょっと腰を動かしただけで、たぷんと揺れるのがわかる。いったいどれだけ注ぎ込まれたのか。

ルベドの入った部分を腹の上から触れれば、ぬるりと指がすべった。中に出された瞬間、フレイも極めていたらしい。

「ルベド…、俺のルベド…」

フレイはルベドの手を引き寄せ、頰をなすり付ける。

「いっぱい出してくれて、嬉しい…」

繁殖能力を持たないホムンクルスは、本来精を作る必要は無い。だからフレイの腹をいっぱいに満たすこれは、ルベドがフレイのためだけに生み出してくれたものなのだ。

それに、中にたっぷり出してもらったおかげで香油の嫌な匂いが消え、ルベドの匂いしかしなくなった。嬉しくて嬉しくて、ふにゃふにゃと笑ってしまう。

「フレイ様…、貴方は…」

ルベドは苦しそうに眉を寄せ、さらに奥へ腰を突き入れた。狭い場所がこじ開けられ、ぐぽんと先端が嵌まり込む。

「あ、…あ、大きいっ…」

「何て愛らしい、何て可愛らしい、何て愛おしい…フレイ様、私のフレイ様…」

「ルベド…、あ…っ、あ、ま、…また？」

果てたばかりのはずの雄が、腹の中でぐんぐん奮い立っていく。すぐにでも再び精をぶちまけられそうな気配に震えれば、ルベドは凄絶《せいぜつ》な色香を溢れさせながら笑った。

「もちろんです。私がどれだけ貴方を愛しているか、このお身体に思い知らせて差し上げなければ」

「え、…あの、ルベド…」

「愛しています、私のフレイ様。貴方だけを永遠に。……この思い、受け止めて下さいますよね？」

愛してやまない完璧な笑顔に魅了され、ついつい頷《うなず》いてしまったのをフレイが後悔するのは、半日以上後のことだった。


……失敗した……。

指一本動かす気力も無く、フレイはぐったりとルベドの胸にもたれていた。ルベドはねだれるがまま頭や背中を撫で、時折口付けもくれるが、忘れたりはしない。この手と唇に刻まれた圧倒的なまでの淫《みだ》らな記憶を。

……ホムンクルスの体力を、甘く見すぎた……。

食事も休息も必要無いのは、まぐわいにおいても同じだったのだ。フレイの腹が精で溢れ返るほど注いでもなおルベドの欲望は衰えず、鳴かされ続けた。

フレイの体力が尽きれば収納空間から取り出した回復の魔法薬を飲まされ、なおもまぐわいを重ねた。自分の魔法薬の効果の高さを、身をもって知ることになろうとは。

しかし、魔法薬でも回復しきれない体力の限界というものがある。ルベドがそこを正確に見極めてくれたおかげで、果てが無いと思われたまぐわいはようやく終わった。

そして浄化の魔術で身体を清められ、スープを食べさせてもらい、今にいたるのだ。強い疲労のせいで油断すれば眠り込んでしまいそうだが、その前に確認しておかなければならないことがある。

「…お前、最初から気付いていてたんだな？　メルクリウスのシンボルに」

うなじを撫でながらフレイはルベドを睨む。思い返せばよみがえった当日から、ルベドはそこにしつこく痕を刻み、人の目にも触れないよう詰まった襟で隠していた。メルクリウスに刻まれたシンボルに気付いていたとしか思えない。

「はい、私の愛しいフレイ様」

「…ど、どうしてあんなことして隠したんだよ。教えてくれたって良かったのに」

「わざわざ気付きづらいところに刻んで驚かせてやろうという意図が見え見えでしたし、神のぶんざいで私の愛しいフレイ様に痕を刻もうという根性も気に入りませんでしたから」

――嫉妬したのですよ。

耳元で付け足された囁きは蜜をかけた砂糖菓子よりも甘く、フレイはびくっと背筋を震わせる。

「さ、さっきから、何で、そんなふうなんだよ」

「…そんなふう、とは?」

きょとんとするルベドは、どうやら自覚が無いようだ。抱き寄せようとする腕から逃れ、フレイは真っ赤に染まった頬をてのひらで隠す。

「だから…、その、何か、…終わってからずっと、むちゃくちゃ、甘いだろ！　何をするにも私の愛しいフレイ様って、は、…恥ずかしい…っ…」

「フレイ様、……ああ、フレイ様」

羞恥《しゅうち》のあまり丸まってしまったフレイの頭に、ルベドは感極まったかのように口付けを降らせ、甘い誘惑を仕掛ける。

「どうかお顔を見せて下さい、私の愛しいフレイ様」

「…う…っ、だから、それはっ…」

「…だって、貴方は私の…私だけのフレイ様になって下さったのでしょう？　それとも…私を愛していると仰《おつしや》ったあの言葉は、偽りだったのですか？」

傷付いたような響きに反応せずにはいられず、フレイはがばっと顔を上げる。

「そんなわけない！　俺はルベドを愛してる！」

「……ああ、何と嬉しいお言葉……！」

ルベドは美貌を輝かせた。思わず見惚れるフレイをすかさず抱き寄せ、腕の中に閉じ込めてしまう。

「ならば何の問題もありませんね、私の愛しい、世界で一番可愛いフレイ様」

「待って、何かよけいなのが増えてるんだけど」

「事実を述べたまでですよ」

甘い囁きを吹き込まれながら背中をぽんぽんと優しく叩かれるうちに、遠ざかっていた睡魔が再び忍び寄ってくる。ルベドに抱かれて眠るのはいつものことだけれど、裸で抱き合うとこんなに温かいのだと初めて知った。

「愛しくて世界一可愛い、フレイ様…」

つむじに熱い吐息がかかり、口付けを散らされる。体力の限界が存在しないルベドはまだまだまぐわえるのだろうが、このまま寝かせてくれるようだ。

「ゆっくりお休みなさい」

甘い囁きはどんな子守唄よりも優しく、フレイを眠りの世界へ導いてくれる。

「次に目が覚めたら、世界が変わっていますから……」

……そういえばここ、俺のために用意した邸だって言ってたけど、どこなんだろう。

一緒に戦ってくれたホムンクルスたちは、人質にされるところだった地方のホムンクルスたちは、ジョセフは。

——そもそも何故ルベドは、あれほど忌み嫌っていたジョセフの存在を受け容れたのだろう。

次々と思い浮かぶ気がかりは、強烈な眠気に押し流されていった。


フレイが完全に眠ったのを確認し、ルベドは魔術で衣服を纏った。後ろ髪を引かれつつも丸い頬に口付け、寝台を離れる。

「ルベド様。全員に住居をあてがいました」

「戦える者は周辺の賊や魔物の討伐を行い、それ以外の者は宮殿を整備しております」

部屋を出ると、待ち構えていたシルヴァとシトリが報告した。

二人の態度が今まで以上に恭しいのは、ルベドの全身に滲むフレイの魔力から、フレイとまぐわったことが伝わっているせいだろう。

今までもさんざんフレイの精を搾《しぼ》り取ってきたが、初めてのまぐわいで頂戴《ちょうだい》した精と魔力とは比べ物にならない。創造主とまぐわった者に、ホムンクルスが敬意を払うのは当然だ。…ホムンクルスには創造主から精を分け与えられた者が感じ取れる、なんてフレイが知ったら羞恥のあまり気絶しそうだから、教えるつもりは無いが。

「ずいぶんと早いな」

リーダー的存在になりつつあるシルヴァとシトリには、フレイには内緒である程度の情報を与えていたが、地方のホムンクルスたちが加わったことで人数は三倍以上に膨れ上がった。それだけの人数に的確な指示を下すのは、この二人にはまだ難しいはずだ。

「それが、その…」

「僭越《せんえつ》ながら、私が采配《さいはい》を振らせて頂きました」

シルヴァが気まずそうに視線をめぐらせた曲がり角から、ジョセフが姿を現す。偶然ではなく、ルベドを待ち構えていたのだろう。

五十年前、フレイの暗殺に協力したと自ら告白したせいで、ジョセフに向けられるホムンクルスたちの視線は憎悪混じりの刺々《とげとげ》しいものだった。それが今はずいぶんと和らいでいる。愚王が三代続きながらも王国を生きながらえさせてきた手腕を、さっそく発揮したらしい。己の存在意義と価値を知らしめ、殺すには惜しいと思わせるために。

「私がフレイ様のしもべになることを受け容れたのは、そのためだったのでしょう？」

こちらの心を見透かしたように言うのは気に入らないが、実際その通りなのだ。

フレイを失い、死んだように生きていた五十年の間、描き続けた構想。二度とフレイをどこにも…神のたなごころにさえも逃さないための囲い。

ようやく完成しつつあるそれを維持するには、人間に支配されてきたホムンクルスたちだけではなく、海千山千の内政家が必要だ。目の前の忌々《いまいま》しい男のような。

「何か異存でも?」

「いいえ、何も。ルベドどのには心から感謝しております」

晴れ晴れと笑うジョセフを思わず凝視してしまうが、皮肉でも何でもなく、本気で礼を言っているようだ。自業自得の罰とはいえ、数十年にわたり耐えがたい苦痛を与え続けてきたルベド相手に。

苦痛を快楽に感じる被虐趣味なのだろうか。身分の高い人間にはたまに居るが、などと失礼なことを無表情の下で勘ぐっていると、ジョセフの笑みがかげりを帯びる。

「――初めてでした」

「……?」

「何かを成して主君から評価されたことも、礼を言われたことも、詫びられたことも、惜しまれたことも」

クリフォード、ダグラス、アルバート。唾棄《だき》すべき人間たちに対する侮蔑がいっそう強くなった。

人は評価を求める生き物だ。創られた命であるルベドさえ、フレイに賛嘆され礼を言われれば活力が湧いてくる。王を補佐すべく育てられ、誰よりも忠実であろうとしてきたジョセフならなおさらだ。

愚王たちの誰か一人でもジョセフをねぎらったのなら、ジョセフはアルバートを見限らなかっただろうに。

「どれくらい生きられるかはわかりませんが、これから先の私の命は残らずフレイ様…いえ、フレイ陛下のためだけに使うと誓いましょう」

優雅に一礼し、どこかからの呼び声に応え去っていく後ろ姿は自信に満ち溢《あふ》れている。身も心も限界ぎりぎりまですり減らしていた、かつてのジョセフはどこにも居ない。わだかまりが完全に消えたわけではないが、共にフレイを支えていくことは出来るだろう。

「…さっき、宮殿の整備と言っていたな。私がたびたび手入れしておいたから、特に整備の必要は無いはずだが」

咳《せき》払いをして尋ねれば、ルベドとジョセフをひやひやと見守っていたシルヴァは安堵の表情で答える。

「お許し下さい。皆、陛下のために働きたくてたまらないのです」

「陛下がお召しになる衣装や宝飾品なども、次々と完成しております」

シトリが誇らしげに付け足す。

様々な環境で酷使されてきたホムンクルスたちには、仕立てや宝飾などの専門技術を有する者も多い。彼らにフレイのための衣装や宝飾品を誂《あつら》えるよう命じたのはルベドだが、命令以上に張り切っているようだ。

「…陛下のためなら仕方が無い。後で陛下に報告しておく。きっと喜ばれるだろう」

引き続き任務に励むよう命じ、ルベドは宮殿の見回りを始めた。シルヴァとシトリは優秀だし、ジョセフという最高の補佐役も得たが、やはり全体はルベドが手綱を握って引き締める必要がある。

……この分なら、フレイ様が目覚めたらすぐ執り行えそうだな。戴冠式《たいかんしき》を。

フレイにはぼかして伝えたが、ここは魔獣や賊が跋扈《ばっこ》するため危険すぎて開発されなかった結果、どこの国にも属さない広大な森…そのど真ん中に位置する宮殿だ。

フレイを生き返らせるためだけに暗躍した五十年の間、ルベドは魔獣どもを駆逐し、小さいが壮麗な宮殿を建築していた。

よみがえったフレイに——ホムンクルスの王に捧げるために。

ホムンクルスたちに反乱を起こさせたのは、王宮と教会を脅すことだけが目的ではない。本当の狙いは、フレイに決して解けない鎖をつけることだった。さもなくば愛しくて憎らしい創造主は、いつまたこの手をすり抜けていくかわからない。

心臓を分かち合ってくれたフレイの心を疑うわけではないけれど、好奇心の塊のようなあのメルクリウスのことだ。いつかきっとフレイをたなごころに呼び戻そうとするに違いない。

「陛下のため、どこもかしこもぴかぴかにしておかなければ」

「陛下のため、最上の衣装を仕立てなければ」

「陛下のため、どこの国よりも豪華な王冠を作らなければ」

宮殿のあちこちで忙しそうに、けれど嬉しそうに働き回るのは、近衛騎士団に人質にされかけた地方のホムンクルスたちだ。騎士団を叩きのめすついでにここへ転移させておいた彼らは、シルヴァたちからフレイの偉業を聞かされ、目を輝かせながらフレイに忠誠を誓った。

フレイは彼らにも名前を与えてやるはずだから、その忠誠は確固たるものになる。シルヴァやシトリをはじめとする兵士たちも加え、忠実無比の臣下としてフレイを支えてくれるだろう。

ホムンクルスは歳を取らず、核が無事な限り死なない。人間のように代替わりをする必要が無く、人間よりはるかに高い能力を誇るのだ。唯一劣るのは経験と知識だが、そこはジョセフが補ってくれる。

老いず病まず死なず、眉目秀麗で優秀な民しか存在しない。そんな国は大陸じゅう探してもこの国しか見付からない。

「もう、どこにも逃げられませんよ…」

目覚めた後のフレイを想像するだけで愉悦の笑みが浮かんでしまう。

ここに集められたホムンクルスたちは、自分たちを人間から解放してくれたフレイを救世主のごとく崇《あが》めている。

他に行き場の無い彼らに縋られれば、フレイは突き放せない。彼らを守るため、ホムンクルスの王になることを受け容れてくれるだろう。神の力の一部をメルクリウスから与えられたフレイ以上に、王に相応しい者は居ない。

そしてルベドは王の右腕として、心の拠《よ》り所《どころ》として、永遠に傍に在り続ける。かつてフレイが望んだように。

見回りを終えて部屋に戻ると、フレイは眠ったまま何かを求めるように手をさまよわせていた。

「フレイ様……」

愛おしさが溢れ、ルベドは裸になってフレイの隣にすべり込む。ようやく見付けた、とばかりにしがみ付いてくるフレイを、きつく抱き返した。

本当に、この人は変わらない。

五十年前も今も、ルベドに求めるのは傍に居てくれることだけだ。そんなフレイだからこそ、この腕に閉じ込めずにはいられなくなった。

「お目覚めになったら、何からお話ししましょうか…」

ホムンクルスの王としての戴冠が待っていることか、メルクリウスの力に加え、ルベドの心臓たる賢者の石を受け容れたせいで人間を逸脱し、不老不死の存在になってしまったことか。

伝えなければならないことはたくさんあるが、今はようやく手に入った愛しい人とまどろんでいたい。

フレイの寝息にルベドのそれが重なるまで、さほど時間はかからなかった。

あとがき

こんにちは、宮《みや》緒葵《おおあおい》です。『錬金術師の最愛の悪魔』をお読み下さり、ありがとうございました。本編のネタバレが含まれますので、未読の方はご注意下さいね。

この本は雑誌「小説キャラ」に掲載して頂いた前半に、書き下ろしの後半を加えた一冊……なのですが、前半の終わり方が終わり方だったもので、雑誌が発売された当初は『何でそんな終わり方なんですか⁉』とあちこちから突っ込まれました。私も一応悩みはしたものの、フレイがあれ以外の結末をどうしても選んでくれなかったので…。

愛しい創造主のためルベドが頑張ってくれた分、後半は前半以上に長くなりました。それでもかなりのエピソードを削ってあるんですよ。ルベドの頑張り日記とか、真面目に書いたらもう一冊分は増えるんじゃないでしょうか。他人様には見せられない暗黒日記ですが。

前半ではおそらく嫌われキャラだったジョセフが、もしかしたらフレイ以上に成長したキャラかもしれません。実は後半のプロットを立てた時、ジョセフはおじいちゃんのまま、ラストでは帝国に引き渡される予定だったのですが、何故かジョセフを推して下さっている担当さんの熱意に押されての大活躍になりました。

現代にたとえるなら、ジョセフは『馬鹿社長が三代続いてしまった一族経営の老舗大企業の叩き上げ中間管理職』です。上は無茶振りばかり、下は言うことを聞いてくれず、でも自分が頑張れば何とかなってしまうから何とかしてしまう。ジョセフの意志が途中で折れていたら、ソティラスもそこで滅亡していたかもしれません。

ジョセフを書く際参考にしたのが、大手商社の中間管理職の友人の言葉です。『仕事そのものの《》きつさよりも、正当に評価してもらえないことの方がつらい』。現実世界でもファンタジーでも、人間の性は変わらないんだなあと痛感しました。

フレイは目覚めたら戴冠式で仰天したでしょうが、最終的には諦めて即位するしかないですね。もちろんかたわらにはルベドが最高の笑顔で控えています。ジョセフは評価してもらえる新たな職場で活き活きと働き、フレイ王の治世を末永く支えてくれるでしょう。

今回のイラストは麻々原絵里依《ままはらえりい》先生に描いて頂けました。麻々原先生、お忙しい中ありがとうございました！　ずっと先生に憧れていたので、ご一緒出来て嬉しかったです。気高く美しいルベドと愛らしい創造主に見惚れてしまいました。

担当のY様、いつもありがとうございます。ジョセフの活躍はY様なくしてはありえませんでした。

長いお話をここまでお読み下さった皆様、ありがとうございます。よろしければご感想を聞かせて下さいね。

それではまた、どこかでお会い出来ますように。

この本を読んでのご意見、ご感想を編集部までお寄せください。

《あて先》〒141－8202　東京都品川区上大崎3－1－1　徳間書店　キャラ編集部気付
「錬金術師の最愛の悪魔」係

【読者アンケートフォーム】

QRコードより作品の感想・アンケートをお送り頂けます。

Chara公式サイト http://www.chara-info.net/

■初出一覧

錬金術師の最愛の悪魔……小説Chara vol.49（2024年1月号増刊）

錬金術師の最愛の心臓……書き下ろし

Chara

錬金術師の最愛の悪魔

……【キャラ文庫】

2024年6月30日　初刷

著者　宮緒葵

発行者　松下俊也

発行所　株式会社徳間書店

〒141-8202　東京都品川区上大崎3-1-1

電話　049-293-5521（販売部）

　　　03-5403-4348（編集部）

振替　00140-0-44392

印刷・製本
カバー・口絵　株式会社広済堂ネクスト

デザイン　カナイデザイン室

ISBN978-4-19-901135-1